Hochzeit mit Todesfolge

Über den Autor

René Falk wurde 1955 geboren. Er ist ein echter Rheinländer und lebt in Troisdorf, einem Nachbarort von Köln. Schon sehr früh zeigte sich seine Neigung zum Schreiben von Kurzgeschichten, vor allem im Bereich SF und Fantasy. In späteren Jahren richtete sich sein Interesse mehr auf das Genre Krimis & Thriller und bald begann er selbst damit, Kriminalromane zu schreiben. Er legt großen Wert darauf, seine Leser zu unterhalten, und wenn ihm dies mit seinen Geschichten gelingt, hat er sein Ziel erreicht. Die deutschsprachigen Bücher von René Falk werden nicht nur in Deutschland, sondern auch in Italien, Frankreich, Spanien, Großbritannien und den USA gelesen.

Hochzeit mit Todesfolge

René Falk

Bibliografische Information der Deutschen Nationalbibliothek: Die Deutsche Nationalbibliothek verzeich-
net diese Publikation in der Deutschen Nationalbi-
bliografie; detaillierte bibliografische Daten sind im
Internet über http://dnb.dnb.de abrufbar.

René Falk
Hochzeit mit Todesfolge

Umschlaggestaltung: *Bryan Gehrke, Buchcovers.de*

Herstellung und Verlag:
BoD – Books on Demand, Norderstedt

ISBN: 978-3-7562-2410-4

Inhaltsverzeichnis

Über dieses Buch

Endlich ist es so weit: Baby Marvin hat vor einem Monat das Licht der Welt erblickt und die überglücklichen Eltern wollen nun diesem freudigen Ereignis mit ihrer immer wieder aufgeschobenen Heirat noch die Krone aufsetzen. Und so treten Christina Ohlsen und Wolfgang Müller an einem sonnigen Frühlingsmorgen im Kreis ihrer engsten Freunde vor den Traualtar. Es soll der glücklichste Tag ihres gemeinsamen Lebens werden. Sie ahnen nicht, dass er in einer Katastrophe enden wird.

Prolog

Ein besonderer Tag

Das kleine Mädchen tollte im Hof lachend hinter den anderen Kindern her, dass ihr die Zöpfe um die Ohren flogen. Es war ein sehr heißer Sommertag, die Sonne stand gleißend hoch am wolkenlosen Himmel, und der Jahreszeit gemäß würde es sicher noch sechs oder sieben Stunden dauern, bis sie unter den Horizont abtauchte und die Nacht hereinbrach.

Sie spielten Nachlaufen, wobei die anderen Kinder sich Mühe gaben, nicht zu schnell zu rennen, damit die Vierjährige mit ihren kurzen Beinchen mithalten konnte. Ihre Cousine war mit zehn Jahren die Älteste. Dann waren da noch die zwei Kinder aus dem Dorf, mit acht und neun etwa im selben Alter. Sie kugelten sich gerade vor Lachen, als die Kleine sie eingeholt und zu Boden geschubst hatte. Natürlich hatten die Mädchen ihr einen Gefallen getan und sich fangen lassen. Ihre Cousine warf sich kichernd auf die drei und sofort entstand eine ausgelassene Balgerei.

»Denkt bitte daran, dass ihr heute nicht so lange draußen bleiben könnt!«, rief ihre Mutter von der Hoftür zu ihnen herüber. »Wir müssen noch packen und werden deshalb zeitig zu Abend essen!«

»Ooooch!«, maulte ihre Tochter, während sie sich widerwillig aus dem menschlichen Knäuel löste. »Es sind doch Schulferien, Mama!«

»Keine Widerrede! Du weißt, was heute für ein Tag ist! In spätestens einer Stunde seid ihr beide drinnen, verstanden?«, sagte ihre Mutter streng und kürzte die Diskussion ab, indem sie einfach hineinging.

Die Eltern der Kleinen wohnten nebenan, und Hof und Garten wurden von allen gemeinsam genutzt. Doch aus irgendeinem Grund, den die Kinder nicht kannten und der offenbar ein Geheimnis war, sollte die Cousine diese Nacht bei Onkel und Tante bleiben. Den beiden Mädchen war es recht, da sie nicht nur verwandt, sondern beste Freundinnen waren.

»Was ist das denn heute für ein besonderer Tag?«, wollte eins der Mädchen aus dem Dorf neugierig von ihnen wissen. »Habt ihr etwa vor, zu verreisen? Also *wir* dürfen ganz bestimmt länger draußen bleiben!«

»Ich nicht!«, maulte das andere Kind. »Die Tochter unserer Nachbarn wird mich schon in einer Stunde abholen. Am besten kommst du mit, dann können wir vielleicht bei mir noch etwas spielen, wenn die beiden hier sowieso ins Haus müssen! Ich habe zum Geburtstag eine Puppe bekommen, die musst du dir unbedingt ansehen!« Die Mädchen wohnten einige hundert Meter entfernt am Ortsrand. Und obwohl es sich um ein Dorf handelte, wo sich alle seit Generationen kannten, hielten es ihre berufstätigen Eltern für sicherer, sie von einer erwachsenen Nachbarstochter abholen und nach Hause bringen zu lassen, die auch hin und wieder als Babysitter aushalf.

»Kommt, wir spielen alle zusammen Verstecken!«, rief die Kleine und stürmte mit fliegenden Zöpfen los. »Ich fange an, und ihr müsst mich suchen. Macht die Augen zu, und nicht schummeln!«

»Aber nicht in den Schuppen, hörst du?«, rief ihre Cousine ihr nach. »Du weißt, dass wir da nicht hinein dürfen!«

»Was ist denn da drin?«, fragte eins der Mädchen.

»Das weiß ich nicht so genau, doch mein Papa und mein Onkel sind in den letzten Wochen oft bis spät in die Nacht in dem Schuppen gewesen. Aber da ist nur Gerümpel drin. Wisst ihr was? Die machen bestimmt eine Erfindung! Auf jeden Fall ist es was Geheimes!«, fügte sie flüsternd hinter vorgehaltener Hand hinzu. Die Freundinnen sahen sie mit großen Augen an und richteten dann ihre Blicke auf den Schuppen, der jetzt eine geradezu magische Anziehungskraft auszuüben schien.

Sie machten sich gemeinsam auf die Suche nach der Kleinen oder taten zumindest so. Denn so viele Verstecke gab es auf dem Hof und im Garten ja nicht und ihr Kleidchen lugte unübersehbar ein Stück weit hinter einem Busch hervor. Aber das Mädchen hatte seinen Spaß dabei und den wollten die Größeren ihr nicht verderben. Nach ein paar Minuten taten sie, als ob sie das Versteck nicht finden konnten, und berat-schlagten lautstark darüber, ob es nicht besser sei, aufzugeben. Dem Strauch kehrten sie dabei bewusst den Rücken zu. Die Kleine kam wie geplant jauchzend hervorgesprungen und klatschte kichernd am Apfel-baum ab, der vorher zum ›Befreiungsplatz‹ bestimmt worden war.

Jetzt war ihre Cousine an der Reihe, deren Versteck schon weitaus anspruchsvoller war. Denn sie hatte sich, kaum dass die drei die Augen zugemacht hatten, flink wie ein Äffchen auf den Apfelbaum gehangelt und blieb dort den Blicken der Suchenden lange Zeit verborgen. So verging die verbleibende Stunde wie im Fluge und plötzlich stand eine junge Frau hinter ihnen. »Ich wollte die Kinder abholen«, sagte sie. »Wo sind sie denn?« Sie schaute sich aufmerksam auf dem Gelände um, da außer der Kleinen und ihrer Cousine weit und breit niemand zu sehen war und man ihr gesagt hatte, dass die vier im Garten seien.

»Wir sind hier!«, rief eins der Mädchen und kam mit gesenktem Kopf aus dem verbotenen Schuppen, worin sie sich mit ihrer Freundin versteckt hatte. Mit schuldbewussten Mienen schlichen sie herbei. Beide atmeten sichtlich auf, weil außer ihren Freundinnen offenbar niemand etwas von dem Verstoß gegen das Verbot mitbekommen hatte.

»Es ist an der Zeit, Kinder!«, rief die Mutter von der Tür her. »Kommt herein und wascht euch die Hände vor dem Abendbrot!« Währenddessen begleiteten die beiden anderen ihr ›Kindermädchen‹ auf die Straße, wobei sie heftig gestikulierend auf sie einredeten und immer wieder zum Schuppen zeigten. Doch niemand nahm Notiz davon.

Kapitel 1

Der schönste Tag

»Ist auch wirklich alles in Ordnung mit dir, Kind?« Cornelia Ohlsen musterte ihre Tochter sorgfältig von oben nach unten und wieder zurück. »Du bist etwas blass um die Nase, Christina«, konstatierte sie fachmännisch mit einem zusammengekniffenen Auge. »Bekommst du denn nicht genügend Schlaf?« Gleichzeitig wiegte sie ihren fünf Wochen alten Enkel im Arm. Ihrem verklärten Gesichtsausdruck nach zu urteilen, hätte man durchaus denken können, sie sei seine Mutter.

Die jedoch stand ihr gegenüber in einem wunderschönen, bodenlangen Brautkleid neben ihrem Bräutigam. Wolfgang Müller überragte sie auch jetzt mit seiner massigen Gestalt deutlich, obwohl Christina Ohlsen Schuhe mit sechs Zentimeter hohen Absätzen trug. Dadurch war sie dieses eine Mal auf Augenhöhe mit ihrer Freundin und ehemaligen Kollegin Denise Malowski an ihrer Seite, die wie immer einer flachen Fußbekleidung den Vorzug gegeben hatte. Sie war als Trauzeugin der Braut erschienen.

Auf der anderen Seite hatte sich neben dem Bräutigam dessen Freund aus Kindertagen und ebenfalls ehemaliger Kollege Horst Weiland aufgebaut. Er war als der zweite Trauzeuge vorgesehen. Vervollständigt wurde die illustre Runde durch die beiden Elternpaare sowie Tobias und Melanie Heller, die gleichfalls mit dem Brautpaar befreundet waren. Und natürlich Baby Marvin, das sich im Arm seiner überglücklichen Großmutter pudelwohl zu fühlen schien und leise vor sich hin schnarchte.

Diese elf Personen, das Baby Marvin mitgerechnet, warteten vor dem Rathaus auf ihren Termin für die Trauung, die in wenigen Minuten stattfinden sollte. »Es ist alles in Ordnung, Mama!«, gab Chrissie zurück. Sie strahlte mit der Sonne am wolkenlosen Himmel um die Wette, so glücklich war sie. »Baby Marvin ist ein braves Kind, wie du siehst. Selbst jetzt schläft er tief und fest, als ginge ihn das alles nichts an.«

»Ich kann mich immer noch nicht so recht an den Namen gewöhnen«, schüttelte ihre Mutter den Kopf. Das Baby in ihrem Arm gab im Schlaf einen Seufzer von sich und sabberte auf das vorsorglich über die Schulter gelegte Tuch. »Hieß so nicht auch ein Fisch in einem Zeichentrickfilm?«

»Das war *Marlin*, Liebes, der Vater von Nemo!«, grinste ihr Ehemann. Gustav Ohlsen war ebenso wie seine Frau und seine Tochter von eher kleiner Gestalt. »Mir gefällt Marvin. Und du solltest aufhören, unsere Chrissie wie eine Glucke zu bewachen. Das Kind ist erwachsen und wird in wenigen Minuten heiraten!«

»›Heiraten‹ ist übrigens genau das richtige Stichwort!«, erhob Friedhelm Müller seine Stimme. Er war fast ebenso groß und breit gebaut wie sein Sohn und verfügte über ein ähnlich kräftiges, sonores Organ. Die Abstammung war jedenfalls nicht zu übersehen oder zu überhören. »Wir sollten langsam mal hineingehen, es ist an der Zeit!«

»Lass uns doch noch ein bisschen den strahlenden Sonnenschein hier draußen auskosten«, widersprach seine Frau ihm, während sie genießerisch ihr Gesicht in die Sonne hielt. »Wir müssen sowieso warten, bis das Brautpaar herauskommt, das vor den Kindern an der Reihe ist.« Sonja Müller war optisch das genaue Gegenteil ihres Mannes und Tobias Heller musste bei dem gewählten Begriff und dem Gedanken, dass sie das Riesenbaby einmal in ihrem Bauch gehabt hatte, unwillkürlich schmunzeln.

»Du siehst in dem Kleid richtig toll aus, Chrissie!«, hörte er Denise gerade sagen. Sie trug ihr Haar heute offen mit einer leichten Dauerwelle zu einem grünen Hosenanzug, der ihre sportliche Figur ausgezeichnet zur Geltung brachte. Ihre Kinder Leonie und Nicklas hatte sie in der Obhut ihres Ehemannes Sven zurückgelassen. Sie hätten sich bloß gelangweilt. »Ich freue mich ja so für euch. Es war eine fantastische Idee, mit der Hochzeit zu warten, bis euer Baby mit dabei sein kann. Wenn er sie auch verschläft, wie es scheint.«

»Vorher hätte ich auch nicht in dieses schöne Kleid gepasst«, gab die Braut trocken zurück. Ihr Blick richtete sich auf den Haupteingang, wo jetzt eine Hochzeitsgesellschaft erschien und sich zum obligatorischen Fotoshooting aufstellte. »Da kommen unsere Vorgänger gerade heraus«, sagte sie. »Gehen wir!« Sie griff ihren Lebensgefährten an den Arm und zog ihn mit sich, als befürchtete sie, er könne es sich anders überlegen. Doch diese Sorge war vollkommen unbegründet, wie sein Gesichtsausdruck sagte. Immerhin waren er und Chrissie seit fast sechs Jahren ein glückliches Paar.

Denise Malowski gesellte sich zu ihrem früheren Ermittlungspartner, der ebenfalls einen Anzug trug, und hob anerkennend den Daumen. »Du hast dich ja heute mächtig in Schale geworfen, Tobi!«, grinste sie. Tobias Heller sah man normalerweise nur in Jeans, Turnschuhen und Lederjacke, die jedoch perfekt zu seinem fahrbaren Untersatz passten, einem weit über dreißig Jahre alten Motorrad der Marke BMW. Der hob nur die Schultern. Wenn das hier vorbei war, würde er sich den unbequemen Klamotten schneller entledigen, als Denise ›Festnahme‹ sagen konnte!

Dann gingen sie in vorher festgelegter Reihenfolge hinein. Christina wurde von ihren Eltern vorneweg geführt und Wolfgang in Begleitung der beiden Trauzeugen dahinter. Er trug eine für diesen Anlass angemessene würdevolle Miene zur Schau. Danach kamen seine Eltern, und den Abschluss bildeten Tobias und Melanie Heller, die jetzt das Baby im Arm hielt. Für ihren Mann war es ein ungewohnter Anblick, die eher raubeinige Person derart liebevoll mit dem Säugling umgehen zu sehen. Seine Aufgabe bestand darin, den nun leeren Kinderwagen zu führen.

Drinnen wurden sie noch einmal kurz von einem Bediensteten des Ordnungsamtes aufgehalten, der jeden Einzelnen von ihnen auf einer Liste abhakte, da man das Rathaus derzeit ausschließlich mit einem gültigen Termin betreten durfte. Dann stand der von zwei Personen sehnlichst erwarteten Trauung jedoch endgültig nichts mehr im Wege. Für Chrissie Ohlsen und Wolfgang Müller sollte es der schönste Tag ihres Lebens werden, doch das Schicksal hatte heute etwas anderes im Sinn.

Das Foyer war so eingerichtet, dass sich niemand an dem Bediensteten des Ordnungsamtes vorbeimogeln konnte. Überhaupt waren momentan wegen der notwendigen Terminabsprache nur wenige Besucher im Wartebereich anwesend. Tobias, der die Kontrolle am Eingang als Letzter passierte, zählte sie beiläufig durch und kam auf acht Frauen und Männer auf den Stühlen, weitere vier bis sechs wurden wahrscheinlich in diesem Moment an den Schaltern abgefertigt. Einsehen konnte er den Bereich von seiner Position aus jedoch nicht.

Nachdem auch sein Name auf der Liste abgehakt war, folgte er den anderen eine Rampe hinauf auf das Niveau des Erdgeschosses und dann nach links zum Standesamt. Der Weg führte Richtung Treppenhaus und von dort erneut nach links, wo schräg gegenüber der Treppe eine offen stehende Tür sie zum Eintreten einlud. Hier war also das Trauzimmer. Tobias nahm alles nebenbei in sein unfehlbares Gedächtnis auf. Es war eine unbewusste Handlung, denn er konnte zu diesem Zeitpunkt noch nicht ahnen, dass schon bald jede Kleinigkeit von allergrößter Bedeutung für ihn sein würde.

Das Trauzimmer war gerade groß genug, um sechzehn Stühle aufzunehmen, die in einem Karree von vier Sitzreihen zu jeweils vier Sitzplätzen vor einem festlich dekorierten Schreibtisch angeordnet waren. Dort saß die Standesbeamtin, eine elegant gekleidete Frau Mitte fünfzig, und schrieb etwas in ein ledergebundenes Buch. Braut und Bräutigam nahmen ohne Umstände ihre Plätze vor dem Tisch ein, auch jetzt wieder links und rechts flankiert von ihren beiden

Trauzeugen. Dahinter kamen die Elternpaare und die dritte Sitzreihe hatten Tobias und Melanie mit dem Baby ganz für sich alleine.

»Wir haben uns heute versammelt, um Christina Ohlsen und Wolfgang Müller zu verheiraten«, begann die Standesbeamtin würdevoll. Tobias erinnerte sich, dass sie Marion Borchers hieß und seinerzeit auch Melanie und ihn hatte trauen sollen, dann aber kurzfristig erkrankte. War das wirklich sechs Jahre her? Sie hatte eine angenehme, melodische Stimme, wie geschaffen für Gelegenheiten wie diese. Eine andächtige Stille breitete sich im Raum aus, während sie an die Brautleute gerichtet den Text sprach, den sich die beiden vorher ausgesucht hatten.

Seine Gedanken schweiften ab zu seiner eigenen Trauung und er musste unwillkürlich schmunzeln, als er an eine für seine Frau absolut typische Aktion dabei dachte. Es war ihr damals alles nicht schnell genug gegangen und Melanie hatte ihm den Trauring mehr oder weniger aus der Hand gerissen. Er wollte zu ihr schauen, bemerkte aber in diesem Moment aus dem Augenwinkel eine Bewegung am Fenster. Tobias wandte reflexartig seinen Kopf und sah hinter den Streifenjalousien, die den wenig romantischen Blick auf den Parkplatz vor dem Haus abmildern sollten, ein Gesicht abtauchen. Wahrscheinlich ein Spanner.

»Und damit ist die Ehe von Christina Ohlsen und Wolfgang Müller rechtsgültig geschlossen«, beendete Marion Borchers soeben ihre Rede und holte Tobias Heller mit diesen Worten abrupt in die Wirklichkeit zurück. Waren tatsächlich schon zehn Minuten seit Beginn der Zeremonie vergangen?

Schnell erhob er sich zusammen mit seiner Frau und ging mit ihr nach vorne. Was jetzt kam, war Teil der Trauung und vorher abgesprochen worden. Sozusagen als abschließender feierlicher Akt zur Besiegelung des Ehegelöbnisses sollte Melanie der Braut das Baby in die Arme legen, was sie auch tat. Ein Blick in die Gesichter der beiden frisch Vermählten genügte. Hier standen die glücklichsten Menschen des Universums, zumindest für diesen magischen Moment. Er holte sein Handy hervor, um ihn für die Ewigkeit zu konservieren.

* * *

Nachdem alle Formalitäten erledigt waren, insbesondere die Unterschriften des Brautpaares und der Trauzeugen, war man fünf Minuten später auf dem Weg nach draußen, dieses Mal in lockerer Formation. »Und?«, fragte Denise leise. Sie ging mit Chrissie an der Spitze der Prozession. »War alles so, wie du es dir vorgestellt hattest?«

Christina Ohlsen hatte nur ihrer Freundin anvertraut, dass sie von diesem Tag geträumt hatte, seit sie ihren ›Wolfie‹ das erste Mal sah. Damals hatte sie als Kommissaranwärterin bei ihr und Tobias angefangen und sich sofort in den großen, breitschultrigen Kerl verguckt. Seither ließ sie keine Gelegenheit aus, seine Aufmerksamkeit zu erregen, doch der eingefleischte Junggeselle nahm lange Zeit keine Notiz von ihr. Das ganze Kommissariat hatte sich über ihre Eskapaden amüsiert. Erst ein brutaler Überfall, bei dem die junge Frau fast ihr Leben verloren hatte, brachte die beiden zusammen.

»Noch viel besser«, gab die glückliche Braut strahlend zurück und wiegte den Säugling sanft in ihren Armen. Er hatte die ganze Zeremonie verschlafen. »In meinen Träumen hatte ich Baby Marvin ja noch nicht dabei. Ist er nicht einfach süß?« Der Kleine hatte sich im Schlaf den Daumen in den Mund geschoben und nuckelte daran. »Und er ist ein ganz lieber, findest du nicht auch?«

»Er wird dann wohl nach deinem Mann kommen«, lachte Denise, denn Chrissie war vom Temperament her das genaue Gegenteil von Wolfgang und eher ein kleiner Wirbelwind. Und das im wahrsten Sinne des Wortes. »Warte ab, bis er Zähne bekommt. Wenn er dich nachts jede Stunde aus den Federn holt, wirst du die Sache anders sehen, glaube mir!«

Der Fotograf, der draußen vor dem Rathaus schon ungeduldig auf sie wartete, enthob Chrissie zunächst einer Antwort. Wie auf Kommando stellten sich alle für ein Gruppenbild auf, wobei es sich bei dem Mann anscheinend um ein besonders pedantisches Exemplar seiner Zunft handelte, denn er erteilte ihnen vor jeder Aufnahme Anweisungen, wie sie sich aufstellen sollten. Doch das gehörte natürlich dazu.

Endlich war auch das erledigt und was jetzt folgte, war in dieser Form erst möglich, seit es Smartphones gab: Beinahe synchron wurden diese Teile, ohne die man heutzutage kaum noch jemand außerhalb seiner vier Wände antraf, aus diversen Hosen- und Handtaschen gezogen, um sogenannte ›Selfies‹ anzufertigen. Der Fotograf schüttelte fassungslos den Kopf dazu und packte seine hochwertigen Kameras zusammen, bevor er sich verabschiedete.

»Jetzt noch ein Foto mit uns und dem Baby!«, rief Wolfgang Müller und erbleichte eine Sekunde später, als er in seine Hosentasche fasste und seine Hand ins Leere griff.

»Was hast du? Stimmt etwas nicht?«, fragte seine Frau besorgt, als sie seinen verstörten Gesichtsausdruck sah. Wolfgang klopfte derweil sein Jackett ab.

»Mein Handy!«, hauchte er, als er auch dort nicht fündig wurde. Dies war eine der raren Gelegenheiten, den sonst stimmgewaltigen Mann flüstern zu hören. »Es ist nicht mehr da, ich muss es verloren haben!«

»Doch nicht dein neues, sauteures iPhone? Bist du denn sicher, dass du es eingesteckt hast?«

»Natürlich, Liebes! Ich habe es extra ausgeschaltet, bevor wir vorhin hineingegangen sind. Weit kann es also nicht sein. Ich laufe schnell zurück, wahrscheinlich ist es mir während der Trauung aus der Hosentasche gefallen.« Er gab ihr und dem Baby einen Kuss und rannte ins Rathaus. »Ich bin gleich wieder da!«, rief er über die Schulter, bevor die automatische Tür sich hinter ihm schloss.

* * *

Vierzehn Minuten später

»Wo bleibt mein Mann bloß?«, brummte Christina Ohlsen ungehalten, nachdem sie zum zwanzigsten Mal in den letzten zehn Minuten auf die Uhr geschaut hatte. »Es kann doch nicht so schwer sein, ein Handy zu finden. Der Weg, den er abzusuchen hat, ist auf jeden Fall überschaubar!« Sie legte das mittlerweile aufgewachte Kind in den Kinderwagen und zog den Sonnenschutz hoch. »Achtest du in der Zwischenzeit auf Baby Marvin?«, bat sie ihre Freundin. »Irgendwas stimmt da nicht. Ich gehe schnell hinein und schaue, wo er so lange bleibt.«

»Um dann *was* zu tun, Chrissie? Ich kann deine Besorgnis ja verstehen, aber das hier ist das Rathaus! Wolfgang kann ganz gut auf sich aufpassen, und was soll ihm da drinnen großartig passieren? Er kommt sicher jeden Augenblick heraus.«

»Was weiß denn ich, Denise? Ich habe jedenfalls ein verdammt schlechtes Gefühl bei der Sache. Da ist etwas Schlimmes passiert, da bin ich mir sicher! Und deswegen werde ich jetzt ...«

Denise sollte niemals erfahren, was ihre Freundin jetzt zu tun gedachte, da der Rest des Satzes ihr förmlich von den Lippen gerissen wurde, als mit Martinshorn und Blaulicht zwei Streifenwagen um die Ecke fegten und mit quietschenden Reifen direkt vor dem Gebäude zum Stehen kamen. Sofort sprangen vier uniformierte Polizeibeamte heraus und stürmten mit gezogenen Pistolen auf den Eingang zu.

Die Hochzeitsgesellschaft erstarrte angesichts der herbeieilenden bewaffneten Polizeibeamten zu Stein, Tobias Heller, seine Frau Melanie und Horst Weiland hingegen wechselten automatisch in den Polizistenmodus. Sogar Denise Malowski griff reflexartig zu ihrer nicht vorhandenen Dienstwaffe, obgleich sie seit beinahe einem Jahr nur noch Privatperson war.

Christina Ohlsen wurde kreidebleich. Als Kriminalbeamtin, wenn auch in Elternzeit, wusste sie: Ein unmittelbarer Zusammenhang des ungewöhnlichen Aufgebotes mit dem ›vermissten‹ Ehemann war für einen bloßen Zufall viel zu naheliegend. Es ging also um Wolfgang! Sie ließ den Kinderwagen stehen, und ihre Beine lenkten sie wie in Trance fast gegen ihren Willen den Kollegen entgegen.

Der als ›Sofortumschalter‹ bekannte Tobias Heller war jedoch einen Tick schneller. Geistesgegenwärtig versperrte er den Beamten den Weg und zeigte ihnen seinen Ausweis. »Hauptkommissar Heller, Sonderkommissariat Rhein-Sieg, Kripo Siegburg!«, stellte er sich vor. »Was ist hier passiert?« Seine Frau Melanie und Horst Weiland hatten sich jetzt auch dazugesellt und zeigen ebenfalls ihre Dienstausweise, die sie als vorbildliche Kriminalbeamte stets dabeihatten.

»Uns wurde eine Leiche gemeldet«, berichtete der vorderste Beamte, den Rangabzeichen auf den Schultern nach ein Polizeikommissar. »Ein Mann soll blutüberströmt im Trauzimmer des Standesamts liegen. Es ist nicht ganz auszuschließen, dass ein Gewaltverbrechen vorliegt und der Täter noch im Gebäude ist. Wenn Sie uns jetzt bitte durchlassen würden?«

»Ich übernehme gemäß den für solche Situationen vorgesehenen Dienstvorschriften als der Ranghöhere hiermit die Leitung der Operation«, schüttelte Tobias Heller den Kopf. Hinter ihm sackte Christina Ohlsen ohnmächtig zusammen. Denise Malowski konnte sie gerade noch auffangen, bevor sie zu Boden ging.

»Wir sind insgesamt sieben Beamte«, fuhr Heller indessen ruhig fort. Hier ging es um jede Sekunde. Er zeigte auf drei der Uniformierten: »Ich nehme von meinem Recht Gebrauch, einen derart unübersichtlichen Tatort wie diesen bis zur Klärung des Sachverhaltes abzuriegeln. Niemand verlässt ohne Überprüfung seiner Identität das Gebäude! Da wir aber keine

Waffen mitführen, müsst ihr drei die Zugänge bewachen. Gibt es weitere Möglichkeiten, das Rathaus zu verlassen?«, erkundigte er sich bei dem mittlerweile hinzugetretenen Ordnungsamtsmitarbeiter.

»Einen Seiteneingang rechts zur Straße und zwei Türen auf der Rückseite«, informierte ihn der Mann bereitwillig. »Diese können aber von der Laderampe hinter dem Gebäude mit eingesehen werden, sodass drei Ihrer Leute reichen.«

»In Ordnung«, nickte Heller in Richtung der Polizisten. »Einer bleibt hier, die anderen bewachen die erwähnten Neben- und Hintereingänge! Denise, du wartest bitte hier draußen bei den Zivilpersonen und passt ganz besonders auf Baby Marvin auf. Stellt euch aber an einem ungefährlicheren Ort auf. Chrissie, du bleibst auch hier!«, wandte er sich eindringlich an die soeben wieder zu sich gekommene Braut. »Der Rest kommt mit mir! Hoffen wir, dass der Mann im Trauzimmer nicht Wolfgang ist!«

Im nächsten Augenblick stürmte er mit Horst und Melanie hinter dem einzig verbliebenen bewaffneten Polizisten ins Rathaus. Christina Ohlsen, den ›Befehl‹ Hellers geflissentlich ignorierend, lief ihnen voller böser Vorahnungen hinterher. Sie war zwar noch ein wenig wacklig auf den Beinen, aber keine zehn Pferde hätten sie jetzt zurückhalten können, und das Baby wusste sie bei Denise in den besten Händen.

Die Hoffnung stirbt bekanntlich zuletzt, doch als der Polizeikommissar, er hatte sich ihnen als Carsten Reichert vorgestellt, zwei Minuten später mit vorgehaltener Dienstwaffe das Trauzimmer öffnete, war die bittere Wahrheit nicht länger zu verleugnen: Bei dem Mann, der in einer riesigen Blutlache bäuchlings vor dem Tisch auf dem Teppich lag, handelte es sich eindeutig um Wolfgang.

Tobias zwang sich, genauer hinzusehen, während er mit einer Hand reflexartig nach Chrissie grabschte, die zu ihrem Mann laufen wollte. Wolfgang lag zwar gute zwei Meter von der Tür entfernt, doch er konnte deutlich die klaffende Wunde an seinem Hinterkopf erkennen. Konnte sie zu einem so großen Blutverlust geführt haben? Andererseits könnte es noch andere, nicht sichtbare Verletzungen geben, aber ...

Er musste sich wieder auf Chrissie Ohlsen konzentrieren, die in seinem harten Griff zappelte und sich verzweifelt dagegen zur Wehr setzte, indem sie ihn wüst beschimpfte und mit ihren Fäusten traktierte. Er musste sie jedoch zu ihrem eigenen Besten daran hindern, zu ihrem Mann zu laufen und einen Tatort zu verunreinigen. Seine Frau zog derweil mit versteinerter Miene ihr Handy aus der Tasche und rief einen Notarzt, die Rechtsmedizin und die Forensik. Bei aller Trauer war das nun die vordringlichste Maßnahme.

Horst Weiland, bester Freund des Opfers seit den Kindertagen, stand leichenblass und mit hängenden Schultern daneben. Er schüttelte immer wieder den Kopf, als könne er nicht glauben, was er sah. Tränen rannen ihm über das Gesicht. So hatte sich niemand den schönsten Tag im Leben zweier sich liebender Menschen vorgestellt!

Kapitel 2

Was zuvor geschah

Wolfgang Müller spurtete die barrierefreie Rampe hoch. Fast zu spät erinnerte er sich, dass sie auf dem Rückweg die Treppe genommen hatten, und kehrte wieder um. Vor der Trauung konnte er das Handy ja nicht verloren haben, da er es im Trauzimmer nachweislich noch hatte. So sehr er die Augen offenhielt, weit und breit war kein iPhone zu sehen. Blieb nur das Zimmer selbst. Es war schließlich nicht das erste Mal, dass ihm das Teil beim Hinsetzen aus der Tasche gefallen wäre.

Am Trauzimmer angekommen, stutzte er. Stand die Tür denn nicht offen, wenn keine Trauung stattfand? Ein weiteres Brautpaar müsste ihm aber aufgefallen sein. Es hätte ihnen ja begegnen müssen, als sie auf dem Weg nach draußen waren. Was sollte er also tun? Ging er hinein, würde er womöglich eine Trauungszeremonie stören. Er könnte natürlich im Büro nebenan nach seinem Telefon fragen. *Ach was*, dachte er. *Irgendeiner von uns wird die Tür vorhin geschlossen haben! Wahrscheinlich Tobias, der ist als Letzter raus.* Dennoch klopfte er vorsorglich an, bevor er hineinging.

Der Raum schien auf den ersten Blick leer. Erst, als er ihn vollständig betreten hatte, sah er die Standesbeamtin vor dem Tisch in einer großen Blutlache auf dem Boden liegen. Sie war sicher tot, denn ihre Kehle war über die gesamte Länge durchtrennt worden und klaffte weit auseinander. Ihre Augen starrten gebrochen zur Decke. Sein Telefon auf dem Stuhl, auf dem er vorhin gesessen hatte, nahm er eher beiläufig zur Kenntnis. Das war jetzt Nebensache!

Obwohl es unwahrscheinlich war, dass er für die arme Frau noch etwas tun konnte, sprang er sofort zu ihr und beugte sich über sie, um ihren Puls zu fühlen. Es war eine reine Reflexhandlung, die ihm seine Polizistenausbildung diktierte und die in Situationen wie dieser automatisch sein Handeln kontrollierte.

Für jeden Polizisten, der einen Tatort betrat, war die Eigensicherung oberstes Gebot, weshalb stets ein Partner dabei war, der diese Aufgabe übernahm. Aber Müller war kein Polizeibeamter mehr und außerdem alleine hier. Der Täter musste jedoch hinter der Tür gestanden haben, als er den Raum betrat und er ließ ihm keine Gelegenheit, seinen bodenlosen Leichtsinn zu bereuen. Ein mörderischer Schlag traf seinen Kopf und er kippte lautlos vornüber. Die tote Frau begrub er unter sich.

* * *

Tobias schob die wild um sich schlagende und vor schierer Verzweiflung schreiende Chrissie fast spielerisch von sich und hielt sie mit nur einem Arm auf Distanz. Da er größer und beinahe doppelt so schwer war, stellte dies physisch kein Problem dar. Wäre sie jedoch emotional in der Lage gewesen, sich auf ihr Ju-Jutsu zu besinnen, hätte er dennoch nicht die geringste Chance gegen sie gehabt.

»Hör mir bitte ganz genau zu, Chrissie!«, sprach er sie betont ruhig an. Er wusste, dass die Freundin sich gefühlsmäßig in einer absoluten Ausnahmesituation befand. »Ich glaube, dass unter dem Körper deines Mannes eine weitere Person liegt. Es ist gut möglich, dass das viele Blut von ihr stammt, und nicht von Wolfgang! Hast du das verstanden? Er könnte noch leben! Wenn du mir versprichst, hier brav zu warten, gehe ich jetzt da hinein und schaue nach, und zwar *allein*, hörst du? Kann ich mich darauf verlassen?«

»Er darf nicht tot sein!«, schniefte sie. »Was soll ich denn ohne ihn machen? Und Baby Marvin hatte doch noch gar keine Gelegenheit, seinen Vater richtig kennenzulernen!« Tobias war von ihrem Geständnis peinlich berührt. Chrissie war ihnen allen besonders stark vorgekommen und war im Grunde zerbrechlich wie jeder andere.

»Ach was, einen derart großen, kräftigen Kerl wie Wolfgang bringt man nicht so leicht um«, versuchte er, die für ihn und die Freunde unangenehme Situation zu überspielen. Doch bevor er noch etwas sagen konnte, ertönte direkt hinter ihm ein lautes Stöhnen, dessen Stimmlage ihm nur zu bekannt vorkam.

Und nicht nur ihm. »Wolfie!«, rief Chrissie erleichtert und schlüpfte unter seinem Arm hindurch in das Trauzimmer, wobei sie seine kurzzeitige Verwirrung schamlos ausnutze. Dort richtete der Totgeglaubte sich gerade in eine kniende Haltung auf und hielt sich mit beiden Händen stöhnend den Kopf. Bevor er es verhindern konnte, war sie schon bei ihrem Mann und fiel ihm sofort um den Hals. Tobias sah ihr seufzend hinterher, mit einem Lächeln auf den Lippen.

Für ihn war die wohl unvermeidbare Kontamination des Tatortes ohnehin Nebensache, zumal sie ein erfreuliches Ereignis begleitete. Denn nun konnte er sehen, dass er sich in seiner Einschätzung tatsächlich nicht getäuscht hatte. Und er konnte auch die Person erkennen, die bis jetzt unter Wolfgang gelegen hatte: Es war Marion Borchers, die Standesbeamtin, und sie war eindeutig tot!

»Ihr beide wartet hier«, instruierte er Melanie und Horst, dem die Erleichterung ebenfalls deutlich anzusehen war. »Ich bin beim Bürgermeister, er muss mir eine Vollmacht zur Hausdurchsuchung erteilen! Und Sie«, wandte er sich an Reichert, »besorgen mir noch ein paar Ihrer Kollegen als Verstärkung!«

»Ich werde Ihren Freund vorläufig festnehmen!«, schüttelte der Polizeikommissar den Kopf. »Er wurde bei einer Leiche angetroffen und ist dringend tatverdächtig. Sie sind in der Angelegenheit befangen und mir gegenüber daher nicht weisungsbefugt!«

»Was reden Sie denn da für einen Unsinn, Mann?«, fuhr Horst Weiland auf. »Müller ist selbst ein Opfer, das sehen Sie doch! Außerdem muss er sofort in ärztliche Behandlung!«

»Der Kollege hat Recht, Horst«, ging Tobias Heller dazwischen. »Du kennst die Vorschriften ebenso wie ich. Herr Müller wird diesen Raum jedoch vorläufig nicht verlassen«, wandte er sich dann an den Polizeikommissar. »Und darüber wird nicht diskutiert! Der Notarzt ist schon unterwegs und kann ihn gleich hier untersuchen. Sobald die Forensik und die Rechtsmedizin eintreffen, wird sich herausstellen, welche Rolle unser Freund bei der Sache gespielt hat!«

»Ich bin mir der Problematik einer vollständigen Abschottung eines Gebäudes wie diesem durchaus bewusst«, beschwor Tobias Heller den Verwaltungschef. »Es ist jedoch zu befürchten, dass der Täter oder die Täterin sich noch darin befinden könnte. Die Tat wurde vor längstens einer halben Stunde begangen. Wenn jemand es durch den Haupteingang verlassen hätte, wäre das von uns sicher bemerkt worden und seit etwa zehn Minuten werden sämtliche Ausgänge von meinen Leuten bewacht.«

»Und was ist mit der Sicherheit der momentan im Rathaus anwesenden Besucher?«, wandte der Bürgermeister ein. »Wenn hier tatsächlich ein bewaffneter Mörder herumläuft, sind die doch ebenfalls in großer Gefahr. Er könnte sich eine Geisel nehmen, das wäre ja nicht das erste Mal! Es muss einen anderen Weg geben.«

»Draußen sind auch Menschen!«, blieb Heller hartnäckig. »Wollen Sie einen gewissenlosen Mörder da hinauslassen? Außerdem sind die Besucher im Foyer in Sicherheit, da ein Polizeibeamter dort aufpasst.« Er dachte einen Augenblick intensiv nach. »Allerdings, wenn ich es mir recht überlege … Diese Leute waren zur Tatzeit entweder im Blickfeld Ihres Kontrolleurs oder wurden gerade abgefertigt. Außerdem hat der Täter sehr wahrscheinlich Blutspritzer an seiner Kleidung, so wie der Tatort aussieht.«

»Und wie hilft uns das weiter? Ich habe als Bürgermeister nicht nur das Wohl dieser Besucher im Auge zu behalten, sondern auch das meiner Mitarbeiter!«

»Nun, eine Beurteilung durch die Forensik steht zwar noch aus, doch ich denke, wir können die Leute nach einer kurzen Sichtkontrolle und anschließender Aufnahme der Personalien gehenlassen. Das Rathaus muss jedoch unter Verschluss gehalten werden, bis wir ganz sicher sind, dass sich der Täter nicht mehr darin aufhält!«

»Sie müssten hunderte von Räumen durchsuchen, das kann doch Tage dauern! Ich habe einen anderen Vorschlag. Unsere Außentüren sind sämtlich mit elektronischen Motorschlössern versehen. Ich werde sofort veranlassen, dass diese bis auf den Haupteingang verriegelt werden. Zum Glück sind wegen der Terminpflicht immer nur wenige Besucher im Haus. Sobald sie das Gebäude verlassen haben, kann auch dieser versperrt werden. Dann können Sie Ihre dort postierten Beamten abziehen und für die Hausdurchsuchung einsetzen. Für die Sicherheit der Mitarbeiter kann ebenfalls gesorgt werden, denke ich. Wir haben ein modernes Alarmierungssystem an allen unseren Bildschirmarbeitsplätzen installiert. Ich werde einen Alarm der Warnstufe ›Rot‹ herausgeben, das beinhaltet unter anderem auch das Verschließen sämtlicher Büroräume von innen. Weiterhin haben meine Angestellten die Möglichkeit, durch einen simplen Tastendruck an ihrem Computer zu signalisieren, ob sie sich derzeit in unmittelbarer Gefahr befinden.«

»Verstehe. Wir wüssten dann, dass der Täter sich in diesen Räumen *nicht* aufhält, und hätten lediglich die Zimmer mit entsprechenden Meldungen, unverschlossene Büros, die Toiletten und Kellerräume zu durchsuchen. Wenn Sie das bitte umgehend veranlassen würden? Die Zeit läuft uns ein wenig davon, fürchte ich!«

»Ich bin natürlich an einer schnellen Abwicklung am meisten interessiert«, nickte der Bürgermeister, während er zum Telefonhörer griff. »Ich werde daher noch etwas für Sie tun. Soweit ich weiß, werden alle Ereignisse an den Türen an zentraler Stelle protokolliert, aber ich bin diesbezüglich ein blutiger Laie. Ich weise unsere IT-Abteilung an, Ihnen diese Protokolle für die fragliche Zeit auszuhändigen. Dann können Sie zumindest sehen, ob jemand das Gebäude unmittelbar nach der Tat verlassen hat.«

* * *

Eine knappe Stunde später war Hellers Stimmung auf einem absoluten Tiefpunkt angelangt. Nachdem die zwölf Besucher nach eingehender Kontrolle das Gebäude verlassen hatten, wurden das Erdgeschoss, das Untergeschoss und die fünf Stockwerke durchsucht. Dank der von Reichert angeforderten Verstärkung und der erfreulichen Tatsache, dass man sich dabei auf wenige Räume auf jeder Etage beschränken konnte, war dies mit den jetzt sechs Polizisten schnell bewältigt. Allerdings ohne Erfolg.

Die Tat konnte zwar auf die Zeit unmittelbar nach der Trauung und der Bewachung aller Ausgänge eine gute Viertelstunde danach eingegrenzt werden, doch nutzte ihnen diese Erkenntnis nichts. Falls der Täter den Haupteingang zur Flucht benutzt hätte, wäre das von der Hochzeitsgesellschaft bemerkt worden. Sie standen schließlich direkt davor. Die Seitenausgänge waren gemäß den IT-Protokollen die ganze Zeit über geschlossen gewesen und durch den Hinterausgang waren nur vier Mitarbeiter hinausgegangen, die dort eine Raucherpause eingelegt hatten. Da sie sich dafür abmelden mussten, waren sie rasch ermittelt, doch keiner von ihnen hatte jemanden aus dem Gebäude kommen sehen. Die Fenster im Erdgeschoss waren zum Zeitpunkt der Ortsbegehung sämtlich von innen verschlossen gewesen, wobei niemand von den Angestellten in der Stunde davor eines geschlossen haben wollte.

Die einzige Tür, die während der fraglichen Zeit zusätzlich geöffnet wurde, war die zum Treppenhaus dem Trauzimmer gegenüber, und zwar zweimal im Abstand von fünf Minuten. Da jedoch unmittelbar davor und danach keine der anderen Etagentüren benutzt wurde und der Kontrolleur an der Infotheke niemanden von dort hatte kommen oder hingehen sehen, hätte man die Person auf der Treppe antreffen müssen beziehungsweise im Untergeschoss. Beides traf jedoch nicht zu. Sofern der Täter nicht einer der Angestellten war, hatte er sich in Luft aufgelöst.

Da es unter diesen Umständen keinen Sinn mehr hatte, den nicht ganz unbedenklichen Verschlusszustand des Rathauses noch länger aufrechtzuerhalten, hatte er ihn vor einigen Minuten aufgehoben. Überhaupt war der Zeitpunkt höchst ungünstig gewählt, wenn man das von einem Mord denn sagen durfte. In wenigen Tagen würde das Bürgeramt in das Gebäude gegenüber umziehen, wie er neulich in der Zeitung gelesen hatte. Dann hätten sich hier im alten Rathaus kaum Besucher aufgehalten.

Es war an der Zeit, sich endlich um den Mord zu kümmern. Es war *sein* Fall, denn es gab für ihn nicht den geringsten Zweifel, dass die SOKO ihn bearbeiten würde. Rechtsmedizin und Forensik waren bestimmt mit den Untersuchungen durch und er musste nach Wolfgang sehen. Er hoffte, dass dessen Verletzungen nicht so schlimm waren, wie es auf den ersten Blick ausgesehen hatte. Und natürlich, dass seine Frau ihm nicht nachtrug, wie er sie zu ihrem eigenen Schutz behandelt hatte, als er noch glaubte, ihr Mann sei tot. Davor hatte er die meiste Angst, wie er sich ehrlich eingestand, denn Chrissie konnte eine wahre Wildkatze sein.

Seine diesbezügliche Befürchtung sollte sich zum Glück nicht bewahrheiten. Als er in den Flur zum Standesamt einbog, saß das frisch getraute Paar einigermaßen munter und vor allem friedlich auf zwei Stühlen vor dem Trauzimmer, flankiert von Melanie, Horst und einem sehr finster dreinblickenden Polizeikommissar. Wolfgang hatte einen riesigen, turbanartigen Verband um den Kopf und trug eine leidende Miene zur Schau, während Chrissie beinahe zu jenem glücklichen Lächeln zurückgefunden hatte, das die Trauung vorhin auf ihr Gesicht gezaubert hatte. War das wirklich erst eine Stunde her? Ihr schönes Brautkleid war allerdings ruiniert, es musste bei der stürmischen Umarmung vorhin etwas von dem Blut auf dem Anzug ihres Mannes abbekommen haben.

»Schön, dich wieder unter den Lebenden zu sehen, Alter!«, begrüßte er den ehemaligen Weggefährten erleichtert. »Aber warum sitzt du hier draußen und nicht dort drinnen, wie es abgesprochen war?«

»Weil diese Furie uns achtkantig hinausgeworfen hat!«, schimpfte Reichert. Dabei zeigte er durch die

offen stehende Tür in das Zimmer, wo Rechtsmedizinerin de Luca immer noch mit der Untersuchung der
Leiche beschäftigt war. Zwei Forensiker turnten um
sie herum und nahmen alles an Spuren auf, dessen sie
habhaft werden konnten. »Sie sagte, wir würden
ihren Tatort kontaminieren und wir sollten uns doch
bitte woanders etwas zum Spielen suchen!«, fuhr der
Polizeikommissar fort. »Ist diese Person immer so?«

»Oh nein, offenbar hat die Dame heute einen ihrer
guten Tage!«, grinste Melanie Heller spöttisch. »Sie
haben sie noch nicht erlebt, wenn sie schlechte Laune
hat.«

»Ich werde sie mir gleich vornehmen«, versprach
Tobias lächelnd. Er hatte in den letzten Jahren schon
manchen Disput mit der eigenwilligen Rechtsmedizinerin ausgefochten, von denen sie die meisten aber
für sich entschieden hatte. »Doch vorher möchte ich
mir deine Version der Geschichte anhören«, wandte
er sich an Wolfgang, der ihm sofort bereitwillig eine
Zusammenfassung der wenigen Eindrücke gab, die er
vor dem Schlag auf den Kopf aufgenommen hatte.

»Das ist nicht viel«, brummte Heller unzufrieden.
»Du wirst den Täter auf frischer Tat ertappt haben.
Als du das Zimmer betreten hast, versteckte er sich
wahrscheinlich hinter der Tür, schlug dich nieder
und verschwand dann ungesehen. Jedenfalls haben
wir trotz Aufforderung bisher keine Meldungen über
eine verdächtige Person erhalten. Und wie derjenige
anschließend aus dem Gebäude entkommen konnte,
ist mir ebenfalls ein Rätsel!« Er berichtete ihnen kurz
vom mageren Ergebnis der ›Hausdurchsuchung‹. »Er

müsste demnach eigentlich noch hier sein, aber das ist er nicht!«

»Oder sie!«, ertönte eine gelangweilte Stimme von der Tür her. »Es kann ja auch durchaus eine *Täterin* gewesen sein!«, gab Jürgen Vogel seinen Senf dazu. Der Leiter der Forensik trug einen Blumentopf samt der darin befindlichen Pflanze in einem Spurensicherungsbeutel. Tobias erinnerte sich, sie während der Trauung auf dem Tisch gesehen zu haben.

»Das hier ist die Tatwaffe!«, grinste Vogel und hielt den Beutel in die Höhe. »Oder zumindest eine der beiden verwendeten. Das Messer, mit dem die Frau sehr wahrscheinlich getötet wurde, ist nämlich nicht aufzufinden. Der Topf dürfte kürzlich Bekanntschaft mit seinem Kopf gemacht haben«, nickte er in Richtung Müller. »Es grenzt an ein mittleres Wunder, dass er dabei heil geblieben ist. Ich meinte natürlich den Blumentopf!«, fügte er grinsend hinzu.

»Ihr könnt diesen Unglücksvogel laufen lassen!«, ergriff jetzt auch Dr. Martina de Luca das Wort. Mit der Untersuchung ihrer Leiche war sie offensichtlich fertig. Sie hatte eine überaus kräftige Stimme, die sie selten zu dämpfen pflegte. Jetzt schob sie den Forensiker, der immer noch die Tür blockierte, ungeduldig beiseite. »Er hat sich nur einen schlechten Zeitpunkt für ein Nickerchen ausgesucht«, brachte sie in ihrem üblichen Sarkasmus vor. »Als Täter kommt er jedoch definitiv nicht in Betracht!«

»Wie gesichert ist das?«, wollte Polizeikommissar Carsten Reichert wissen. Da sein ›Verdächtiger‹ mit dem Hauptkommissar befreundet war, der hier die Leitung an sich gerissen hatte, trug er in diesem Fall die Verantwortung. Zudem konnte er es nicht leiden, wenn man sich ungefragt in seine Arbeit einmischte, selbst wenn es sich dabei um den ›berühmten‹ Tobias Heller handelte! Leider hatte aber eine Rückfrage auf der Wache dessen Fachkompetenz bestätigt.

»Das will ich Ihnen gerne sagen, junger Mann!«, hob Martina de Luca indigniert die Augenbrauen, um sie gleich darauf zusammenzuziehen. Sie mochte es überhaupt nicht, wenn man ihre Expertise anzweifelte. Erst recht nicht, wenn derjenige in ihren Augen ein blutiger Laie auf ihrem Fachgebiet war. Carsten Reichert schien unter ihrem Blick einige Zentimeter zu schrumpfen.

»Diese Frau da drinnen wurde mit einem scharfen Messer getötet«, fuhr sie in belehrendem Tonfall fort. »Die Schnittwunde ist auf ihrer rechten Seite etwas tiefer als auf der Linken. Das bedeutet, dass ihr diese entweder von einem Rechtshänder von vorn oder einem Linkshänder von hinten beigebracht wurde. Im ersten Fall wäre man von dem herausspritzenden Blut förmlich besudelt worden. Man hätte nicht nur die wenigen Flecken, die durch den Kontakt mit der Leiche entstanden sein dürften. In der zweiten Variante hätte man eine größere Menge Blut an Händen und Unterarmen, was auf Müller aber ebenfalls nicht zutrifft. Außerdem ist er Rechtshänder! Das Durchtrennen der Kehle war übrigens die Todesursache«, fügte sie an Tobias Heller gewandt hinzu. »Näheres erfahren Sie wie immer nach der Obduktion. Wie ich hörte, ist der Tatzeitpunkt bekannt, genauer werden Sie es von mir diesmal auch nicht bekommen!«

»Dann bringe ich euch beide jetzt hinaus zu eurem Sohn«, wandte sich Horst Weiland an das Brautpaar und schaute dabei fragend zu Reichert, der mit einem Kopfnicken seine Zustimmung signalisierte. Besonders glücklich wirkte er aber nicht damit. »Mann, ich habe mich noch nie so gefreut, deine hässliche Visage zu sehen!«, grinste Weiland seinen alten Freund an.

Chrissie schien erst jetzt das Blut auf ihrem Kleid zu bemerken. »Schade, das Teil ist dann ja wohl hin«, seufzte sie traurig. »Dabei hätte ich es so gern in der Kirche und auf der Hochzeitsfeier getragen!«

»Ach was, Liebes«, meldete sich ihr Mann zu Wort. »Das ist doch erst am Sonntag, bis dahin sind es noch ein paar Tage. Meine Mutter kennt einige gute Tricks, wie man Blut aus der Kleidung herauswäscht. Was meinst du, wie oft ich früher mit Schrammen aus der Schule gekommen bin?«

»Du hast dich doch nicht etwa auf dem Schulhof mit anderen Jungs geprügelt?«, wollte Chrissie mit einem zusammengekniffenen Auge und in inquisitorischem Tonfall von ihm wissen. Anscheinend gab es nach all den Jahren doch noch ›Unausgesprochenes‹ zwischen ihnen. »Das hätte ich dir aber nicht zugetraut.«

»Von wegen!«, lachte Horst Weiland. »Das Riesenbaby war nur immer etwas ungeschickt, das ist das ganze Geheimnis! Manchmal frage ich mich, wie aus so einem Tollpatsch später ein guter Polizist werden konnte! Andauernd fiel er in Baugruben oder rannte gegen irgendetwas, weil er nie aufpasste und in den Tag hinein träumte. «

»Wer hätte das bloß gedacht!«, grinste Chrissie mit einem bezeichnenden Blick auf Wolfgangs ›Turban‹. Hierbei hatte der Notarzt möglicherweise ein wenig übertrieben, zumal dieser voluminöse Verband nicht weiß war, sondern giftgrün. Sofort brachen Tobias, Melanie und Horst in brüllendes Gelächter aus, in das der Verspottete schließlich zaghaft einstimmte. Doch bei aller zur Schau getragenen Heiterkeit waren die Freunde froh, dass nichts Schlimmeres passiert war!

Kapitel 3

Erste Überlegungen

»Müller hat zum Glück nur eine mittlere Gehirnerschütterung und eine große Platzwunde am Hinterkopf davongetragen, die allerdings mit zwölf Stichen genäht werden musste«, schloss Tobias den Bericht über die Ereignisse dieses Vormittages auf der sofort nach seiner Rückkehr einberufenen Fallbesprechung. Er hatte seine Leute bereits zu Beginn der Rathausdurchsuchung über den Vorfall informiert, sodass sie grob im Bilde waren. Ein Erscheinen ihrerseits hatte er unterbunden, da seiner Meinung nach genug Beine dort herumgelaufen waren. »Sein angeknackstes Ego wird auch irgendwann heilen«, lächelte er in Erinnerung daran, dass der ehemalige Oberkommissar sich wie ein blutiger Anfänger hatte übertölpeln lassen.

»Und ihr habt den Täter oder die Täterin tatsächlich nirgends finden können?«, vergewisserte Jasmin Brandt sich noch einmal. »Das Gebäude ist mit seinen fünf Stockwerken zugegebenermaßen reichlich groß und durch die vier Flügel auch total verwinkelt und unübersichtlich. Trotzdem kann man sich doch nicht einfach in Luft auflösen!«

Die Kommissarin hatte sich ihr naturblondes Haar kürzlich mit lila Strähnchen versehen lassen, sodass sie Tobias fast an Christina Ohlsens ersten Auftritt in Donners Kommissariat erinnerte. Fehlten nur noch das Piercing und ungefähr fünf Kilogramm Gewicht weniger. Auch vom Temperament unterschieden sich die beiden wie Tag und Nacht. Die Körpergröße kam hingegen in etwa hin. »Du hast recht«, nickte er. »Das ist eine Sache, der wir dringend auf den Grund gehen müssen. Versuchen wir, dieses Rätsel gemeinsam zu lösen!« Er nahm seine Tastatur zur Hand und tippte darauf herum. Auf dem ›Denkbrett‹, das zeitgleich an allen Plätzen eingesehen werden konnte, füllte sich nach und nach eine Tabelle mit Daten, die er seinem Gedächtnis entnahm.

→	Beginn Trauung:	10:00 Uhr (laut Termin)
→	Ende Trauung:	10:15 Uhr (Uhrzeit 1. Foto)
→	Tür Treppenhaus:	10:19 Uhr (Systemprotokoll)
→	Müller Handy:	10:20 Uhr (geschätzt)
→	Tür Treppenhaus:	10:24 Uhr (Systemprotokoll)
→	Notruf Polizei:	10:26 Uhr (Anrufprotokoll)
→	Polizei Rathaus:	10:34 Uhr (Einsatzprotokoll)
→	Leichenfund:	10:36 Uhr (geschätzt)

»Wie ihr seht, gibt es hier einige exakte, nachprüfbare Zeitangaben und ein paar weniger genaue, die jedoch ziemlich nahe an der Realität liegen dürften«, erklärte er seinen Leuten die komprimierte Aufstellung der wichtigsten Ereignisse. »Da der Fototermin sofort im Anschluss an die Trauung stattfand, habe ich hier das erste Bild genommen, das der Fotograf geschossen hatte. Ich habe vorhin bei ihm angerufen, um die Information einzuholen. Zu diesem Zeitpunkt standen wir alle gemeinsam vor dem Rathaus, es ist demzufolge auch die früheste Uhrzeit für den Mord. Es ist außerdem völlig ausgeschlossen, dass der Täter oder die Täterin währenddessen das Gebäude durch den Haupteingang verlassen hat und an uns vorbeigelaufen ist. Da draußen war praktisch nichts los, das hätten wir garantiert bemerkt. Müller vermisste sein Handy meiner Schätzung nach fünf Minuten später und eine Viertelstunde danach kam die Polizei. Wir sind direkt hinein und fanden die Leiche.«

»Und von da an war das ganze Gebäude abgeriegelt?«, wollte Jonas Faber wissen, obwohl sein Vorgesetzter diesen Punkt zu Beginn bereits angesprochen hatte. Sein Partner Martin Weber neben ihm verzog genervt das Gesicht und rollte mit den Augen.

»Das sagte ich«, bestätigte Tobias Heller geduldig. Er hatte sich an die Pedanterie seines Oberkommissars mittlerweile gewöhnt. »Durch den Verschlusszustand der Büros, den der Bürgermeister veranlasste, war es für den Täter unmöglich, sich in den oberen Etagen zu verkriechen, und die übrigen Räume haben wir durchsucht. Hinten raus konnte er auch nicht, da die Türöffnungen protokolliert werden. Die oberen Etagentüren waren alle während der fraglichen Zeit geschlossen. Er kann demnach nur über die Treppe von unten in das Erdgeschoss gelangt sein, die dazugehörige Tür wurde vor und nach der Tat geöffnet. Leider kann man in den Protokollen nicht sehen, aus welcher Richtung, doch im Resultat ist das gleich: Er oder sie musste anschließend entweder im Treppenhaus zu finden gewesen sein oder im Untergeschoss. Beides war nicht der Fall!«

»Dennoch ist die einzig logische Erklärung, dass derjenige das Haus nicht verlassen hat. Ganz gleich, was diese Systemprotokolle sagen«, meldete sich Erik Hagel zu Wort. Er war mit einundzwanzig Jahren das jüngste Teammitglied und als Kommissaranwärter streng genommen noch in der Ausbildung. »Sowas hatten wir doch schon einmal!« Er bezog sich auf den allerersten Fall der neu gegründeten SOKO. Seinerzeit hatte sich der Täter in einem Geheimraum im Haus versteckt und war nach dem Erscheinen der Polizei seelenruhig hinausspaziert. »Was ist mit den Angestellten? Von denen könnte es ja auch einer gewesen sein!«

»Das ist nahezu ausgeschlossen. Vorne an der Info-Theke passt ein Wachmann darauf auf, dass die Hygienebestimmungen eingehalten werden und niemand in einem Bereich herumläuft, wo er nichts zu suchen hat. Angestellte, die zum Standesamt wollten, hätten den Aufzug nehmen müssen und wären demzufolge an ihm vorbeigekommen. Das Treppenhaus hatte er zwar nicht im Blick, doch das scheidet ja aus, da man vorher irgendwo oben eine Tür hätte öffnen müssen, was wie gesagt nicht der Fall war! Ach ja, die Standesamtsmitarbeiterinnen hatten zu dem Zeitpunkt eine Dienstbesprechung und geben sich somit gegenseitig ein Alibi. Sie müssten sich schon verschworen haben, was ich jedoch ausschließen möchte. Eine von ihnen wollte nach ihrer längst überfälligen Kollegin sehen, fand das beschriebene Szenario im Trauzimmer vor und rief sofort über den Notruf bei der Polizei an. Ich sage es nicht gerne, aber wir haben es womöglich mit dem ersten perfekten Mord meiner gesamten Laufbahn zu tun!«

»So weit sind wir noch lange nicht!«, ereiferte sich die zweite Kommissarin im Team. Vanessa Fuchs war die Partnerin von Jasmin und gemeinsam mit Erik für forensische Analysen zuständig, sofern sie nicht durch Jürgen Vogels Abteilung erledigt wurden. »Wir wissen zwar noch nicht, wie der Mörder entkommen ist, doch Spuren hinterlässt jeder! Wir suchen eben, bis wir welche finden!«

»Wir dürfen auch eines nicht außer Acht lassen«, bequemte sich jetzt das älteste Teammitglied zu einer Stellungnahme. Martin Weber sah wie immer aus, als sei er gerade aus dem Bett gestiegen, mit wirr vom Kopf abstehenden, frühzeitig ergrauten Haaren. Sein analytischer Verstand war hingegen hellwach, wie er nun unter Beweis stellte. »Wir haben es hier mit zwei Taten zu tun, die völlig unterschiedlich zu bewerten sind. Da haben wir zum einen den Mord, der gezielt mit einem mitgebrachten Messer ausgeführt wurde. Dies erforderte, wie auch der Zugang zum Tatort zur rechten Zeit, eine exakte Planung und eine erklärte Tötungsabsicht! Der Schlag, der Müller ausknockte, wurde mit einem Dekorationsobjekt aus dem Trau-zimmer gemacht, nämlich einer Topfpflanze, die dort auf einem Tisch stand. Diese Tat war demnach nicht geplant und eine Tötungsabsicht kann ich hier auch nicht erkennen!«

»Das ist ein guter Einwand«, lobte Tobias ihn. »Wir können demnach wohl von einer persönlich motivier-ten Tat ausgehen. Täter und Opfer kannten sich wahr-scheinlich. Außerdem sieht alles nach einer von Rache diktierten Handlung aus. Der Mörder ist daher womöglich im sozialen Umfeld des Opfers zu finden. Die Kaltblütigkeit, mit der hier vorgegangen wurde, deutet dagegen auf eine sehr exakte Planung hin, was wiederum für einen Profi spräche. Es ist mental gar nicht so leicht, jemanden auf diese Weise zu töten, von Angesicht zu Angesicht. Es könnte sich also um jemand mit einer paramilitärischen Ausbildung oder einem ähnlichen Hintergrund handeln. Wir sollten uns die einschlägig Vorbestraften vornehmen.«

»Du denkst an einen Terrorakt?«, wunderte sich Martin. »Müssten wir in dem Fall nicht das Bundeskriminalamt einschalten?«

»Dazu besteht derzeit keine Veranlassung, es ist ja auch nur eine vage Möglichkeit. Gegen einen Amoklauf spricht auf jeden Fall, dass der zufällig hinzugekommene Müller verschont wurde und ›nur‹ eins übergebraten bekam. Das bedeutet, dass der Täter es gezielt auf dieses eine Opfer abgesehen hatte. Bleibt noch die nicht ganz unwesentliche Frage zu klären, weshalb die Tat auf ihrer Dienststelle verübt wurde, und nicht bei Borchers zu Hause, wo es doch sicher leichter gewesen wäre, nach dem Mord unerkannt zu verschwinden.«

»Es wäre logisch, wenn es ein Mitarbeiter oder eine Mitarbeiterin der Stadtverwaltung war«, wandte Erik ein. »Dann ergäbe das alles einen Sinn, auch das augenscheinlich ›spurlose‹ Verschwinden nach der Tat. Was ohnehin eine Unmöglichkeit darstellt. Mir ist noch etwas zu den Etagentüren eingefallen: Wäre es vielleicht möglich, dass jemand eine davon lange vorher geöffnet und mit einem Keil blockiert hat?«

»Der Einwand ist durchaus berechtigt«, überlegte Tobias. »Vanessa, kümmerst du dich bitte darum? Am besten fährst du mit Erik dorthin und fragst in der IT-Abteilung nach. Um aber auszuschließen, dass der Täter sich wider Erwarten doch noch im Rathaus aufhält«, kam er zum Thema zurück, »habe ich einen Polizeibeamten am Haupteingang postiert. Sämtliche Nebenausgänge bleiben heute mit Genehmigung des Bürgermeisters verschlossen. Alle Angestellten, die das Rathaus verlassen, werden von einem Mitarbeiter der Forensik auf Blutspuren untersucht. Dabei wird ein neuartiges Infrarot-Verfahren angewendet, das ohne das gesundheitsschädliche Luminol auskommt. Mehr können wir nicht tun.«

»Jonas und ich könnten uns gleich anschließend in der Wohnung des Mordopfers umschauen«, schlug Martin Weber vor. Das Gesicht seines Partners hellte sich sofort um etliche Stufen auf. Wie jeder kriminal-polizeiliche Ermittler war auch er froh, wenn er mal für ein paar Stunden aus dem Haus konnte. Endlich passierte etwas! Entsprechend erwartungsfroh sahen die beiden ihren Vorgesetzten an.

»Macht das!«, nickte dieser zu ihrer Erleichterung. »Ich besorge euch einen Beschluss. Jasmin, du gräbst so tief wie möglich im Lebenslauf des Mordopfers. Ich will alles wissen, was erforderlich ist, diesen Fall zu lösen. Und wenn es wichtig ist, was sie gestern zum Mittag hatte, bringst du auch das in Erfahrung! Sobald Vanessa und Erik von ihrem Ausflug zurück sind, können sie dich dabei unterstützen. Ich werde mir die Verbrecherkartei vornehmen und alle in den letzten Jahren wegen ähnlicher Delikte einschlägig verurteilten Straftäter heraussuchen, die derzeit auf freiem Fuß sind und sich in dieser Gegend aufhalten. Ihr wisst, was zu tun ist, macht euch an die Arbeit!«

* * *

Jasmin stürzte sich sofort mit Feuereifer in die ihr aufgetragenen Recherchen. Die nötige Ruhe hatte sie dafür, seit ihre Kollegen im Anschluss an die Fallbesprechung zu ihren jeweiligen Einsatzorten gefahren waren. Bei einem schönen, sonnigen Frühlingswetter wie heute hielt sich niemand gern den ganzen Tag in seinem Büro auf, entsprechend überstürzt waren die vier aufgebrochen. Sie würden einige Stunden unterwegs sein und, wie sie Vanessa kannte, wahrscheinlich zwischendurch an einer Eisdiele haltmachen.

Jasmin gönnte es ihnen von ganzem Herzen, denn ihre liebsten Beschäftigungen waren ohnehin Statistiken, Tabellen und Nachforschungen. Alles Arbeiten, die man in Ruhe am Schreibtisch erledigte, und übermäßige Bewegung war sowieso nicht ihr Ding. Tobias war da aus einem ganz anderen Holz geschnitzt, doch er konnte als Chef nicht sämtliche Arbeiten auf seine Leute abwälzen. Um die beneidete Jasmin ihn jedoch nicht, denn die Durchsicht der Strafakten mit einer anschließenden Überprüfung der jeweiligen Aufenthaltsorte der für eine solche Tat infrage kommenden Personen war ziemlich aufwändig. Damit würde er eine ganze Weile zu tun haben.

Bevor sie in die Tasten haute, warf sie ihrem Schokoriegel neben dem Telefon einen begehrlichen Blick zu, er würde später als Belohnung für eine hoffentlich erfolgreich verlaufene Recherche dran glauben müssen. Aber noch war es nicht so weit. *Fangen wir am besten mit deinen Personalien an*, dachte sie und griff zum Telefonhörer, um die Personalabteilung der Stadtverwaltung in Troisdorf anzurufen, dem Arbeitgeber der Toten. *Danach schauen wir, wo in der Welt du*

*dich in den vergangenen fünf Jahrzehnten so herumge-
trieben hast!*

Dazu musste sie sich durch die Online-Register der
Einwohnermeldeämter wühlen, worauf die Strafver-
folgungsbehörden bundesweit einen Zugriff hatten.
Zumindest in den meisten Fällen. Karteikarten waren
heutzutage zwar weitgehend Vergangenheit, aber in
kleineren Gemeinden doch hier und da noch anzu-
treffen. Sollte es sich als notwendig erweisen, würde
sie dann eben das Telefon bemühen.

* * *

Martin kramte in seinen unergründlichen Hosen-
taschen nach dem Schlüsselbund, den Tobias im
Schreibtisch der getöteten Standesbeamtin gefunden
hatte. Das Wohnhaus, in dem die Wohnung angesiedelt war, stand in der Poststraße, gleich gegenüber
dem Hauptbahnhof. Und zwar im ersten Obergeschoss, wie die Lage der Klingel am Hauseingang ver-
muten ließ. Doch in unmittelbarer Nachbarschaft
befand sich ein weiteres Gebäude: die Polizeiwache.

»Da hätten wir die Antwort auf die Frage, weshalb
diese Frau nicht in ihrer Wohnung getötet wurde!«,
mutmaßte Jonas. »Wer verübt schon einen Mord vor
den Augen der Polizei, wenn er alle Sinne beisammen
hat?«

Sein Partner hatte endlich den richtigen Schlüssel
gefunden und schob ihn ins Schloss. »Es sollen schon
Banken überfallen worden sein, die sogar im *selben*
Gebäude untergebracht waren«, brummte er. »Aber
du hast recht, das wäre zumindest eine Erklärung.
Auch, wenn die gewählte Lokalität sehr viel komplizierter zu händeln war. Woher hatte der Täter seine

detaillierten Ortskenntnisse? Das ist doch die Frage, die es vordringlich zu klären gilt!«

»Du darfst das nicht vom Endpunkt der Kausalkette aus betrachten«, belehrte ihn Jonas schulmeisterlich, während sie die schmale Treppe ins Obergeschoss hochgingen. Da er hinter ihm ging, konnte Martin es zwar nicht sehen, doch er war sicher, dass der Kollege den Zeigefinger dozierend erhoben hatte. »Wir haben ja nur das für den Täter positive Resultat, er kann aber auch einfach nur Dusel gehabt haben, nicht erwischt worden zu sein. Wenn du ein Projektil genau im Zentrum der Zielscheibe findest, muss das nicht zwangsläufig heißen, dass der Schütze dorthin geschossen hat. Es kann genauso gut nur Zufall sein!«

»Du spinnst doch!«, eiferte Martin sich. »Wer auf eine Scheibe schießt, *will* ins Zentrum treffen, das ist doch seine erklärte Absicht! Es ist also alles andere als ein Zufall, wenn das dann tatsächlich geschieht!« Er wusste zwar, was Jonas mit seinem Beispiel gemeint hatte, konnte aber die Gelegenheit, sich mit ihm zu streiten, nicht ungenutzt lassen. Das war sozusagen das Salz in seiner Suppe im täglichen Umgang mit diesem pedantischen Kerl.

Er schloss die Wohnungstür auf und blickte in ein sorgfältig aufgeräumtes Zwei-Zimmer-Appartement. »Dann wollen wir mal schauen, ob wir hier etwas von Belang finden«, brummte er, während er sich Handschuhe überstreifte. Spuren eines Verbrechens waren zwar vermutlich nicht vorhanden, doch man konnte nie wissen. Ein merkwürdiges Gefühl überkam ihn, als er die Wohnung der Toten betrat. Die Unterkunft eines Menschen sagte viel mehr über sein Leben und seinen Charakter aus, als man gemeinhin glaubte. Die Ermittler wussten nicht, was sie erwartete, doch sie hatten ja den ganzen Nachmittag, es herauszufinden.

* * *

Die IT-Abteilung des Rathauses bestand aus zwölf Angestellten mit unterschiedlichen Aufgaben. Allein für den Systembetrieb waren ganze vier Mitarbeiter zuständig, die ausnahmslos männlichen Geschlechts waren, wie Amara Jones feststellen musste. Frauen waren in dem Beruf auch im 21. Jahrhundert immer noch die große Ausnahme.

Sie hatte spontan darum gebeten, mitkommen zu dürfen, da sie sich von der dort eingesetzten Schließtechnik persönlich ein Bild machen wollte. Vanessa und vor allem Erik, der für die schöne Informatikerin schwärmte, nahmen dieses Angebot freudig an, da die Terminologie von IT-Spezialisten für Laien meist ohnehin unverständlich war und ein wenig Sachverstand in den eigenen Reihen von Vorteil sein konnte.

Der Bürgermeister, bei dem sie zuerst vorstellig geworden waren, hatte ihnen jegliche Unterstützung zugesichert, da er selbstverständlich ebenfalls daran interessiert war, dass dieses direkt vor seiner Nase verübte, grausame Verbrechen so rasch wie möglich aufgeklärt wurde. Jetzt hatten sie unter der Führung eines Auszubildenden ihren Rundgang beendet, der auch den Serverraum mit den entsprechenden Monitoren beinhaltete.

»Wie ich sehe, wird jedes Mal eine Meldung ausgeworfen, wenn eine der Türen länger als eine Minute geöffnet bleibt«, wandte Amara sich an den jungen Mann, nachdem sie den Bildschirm mit den Systemlogs eine ganze Weile beobachtet hatte. Dort erschien nahezu im Sekundentakt eine neue Angabe. »Ist das die normale Einstellung? Das scheint mir doch etwas übertrieben! Wie viele Türen gibt es denn in diesem Gebäude? Das müssen mehr als ein Dutzend sein!«

»Mit allen Außentüren sind es sogar fast zwanzig«, gab der Auszubildende zurück. »Allerdings werden die Etagentüren normalerweise nicht derart ausführlich protokolliert, das ist momentan aus Sicherheitsgründen eingestellt. Mit Ausnahme der Endpunkte, also der fünften Etage und dem Erdgeschoss, können sämtliche Zugänge vom Treppenhaus her derzeit nur mit einer Key Card entriegelt werden, wodurch die jeweilige Person eindeutig identifiziert werden kann. Die erwähnten Türen müssen als Fluchtwege ständig von jedem benutzt werden können, von innen lassen sich jedoch alle öffnen. Das ist feuerpolizeilich vorgeschrieben.«

»Wenn also jemand irgendwann vor dem Mord auf einer der Etagen die Tür so manipuliert hätte, dass er sie von der anderen Seite später öffnen konnte, wäre das hier protokolliert?«, vergewisserte sich Vanessa.

»Ganz recht. Ich habe die Systemprotokolle übrigens vorhin ein weiteres Mal untersucht. Auf diesem Weg ist der Täter auf keinen Fall entkommen, das ist völlig ausgeschlossen! Und der Hinterausgang wurde ebenfalls während dieser Zeit nicht benutzt, wie ich Ihrem Herrn Heller bereits sagte.«

»Haben Sie vielen Dank für die äußerst hilfreiche Auskunft«, nickte Vanessa. »Ich benötige dann aber noch einen kompletten Ausdruck dieser Protokolle, und zwar für die gesamte Zeit von Mitternacht an bis jetzt. Wie lange dauert das?«

»Ich habe vorhin zufällig mitbekommen, wie zwei Ihrer Kollegen von einem Umzug sprachen«, mischte sich Erik ein, bevor der IT-Mitarbeiter eine Antwort geben konnte. »Dabei war auch von einem Tunnel die Rede. Was hat es denn damit auf sich?«

»Die werden den Umzug des Bürgeramtes gemeint haben«, überlegte der Angesprochene. »Der ist für die kommende Woche geplant. Und der Tunnel ...?« Er dachte einige Sekunden intensiv nach. »Das wird der alte Versorgungstunnel sein, der unter der Straße auf die andere Seite führt. Vielleicht haben sie überlegt, ob man die Computer durch ihn transportieren kann. Doch der ist dafür viel zu eng und außerdem ohnehin nicht mehr passierbar, seit das Gebäude am anderen Ende abgerissen wurde.«

* * *

Jasmin legte kopfschüttelnd die Maus beiseite und griff geistesabwesend zu ihrem Schokoriegel. Sie war zwar mit ihrer Recherche noch nicht fertig und diese Süßigkeit eigentlich als Belohnung gedacht, aber sie war ohnehin in einer Sackgasse gelandet. Ein Mensch fällt nicht einfach vom Himmel, doch das war allem Anschein nach mit Marion Borchers passiert! Zumindest, wenn sie den diversen Einwohnermelde-Datenbanken glauben durfte, die sie in den vergangenen Stunden überprüft hatte.

Zunächst hatte alles ganz harmlos begonnen. Die Frau war laut ihrer Personalakte am 12. April 1966 in Frankfurt am Main geboren und so stand es auch in ihrem Personalausweis. Ihn hatte man neben einigen anderen Habseligkeiten wie Mobiltelefon und Schlüsselbund in einer kleinen Handtasche gefunden, die sie in ihrer Schreibtischschublade deponiert hatte. Es war auch nicht verwunderlich, dass der Eintrag im Melderegister damit exakt übereinstimmte, denn das Dokument war schließlich dort ausgestellt worden. So weit, so gut.

Danach wurde es jedoch wesentlich komplizierter. Zugezogen nach Troisdorf war sie laut der dortigen Meldeauskunft am 21. Februar 2003 aus Köln. Dort wiederum hatte sie bei ihrer Anmeldung etwa zwölf Jahre zuvor einen Personalausweis vorgelegt, der ihr 1987 in Bonn ausgehändigt wurde. Doch da versiegte ihre Spur, und zwar nachhaltig.

Ein vorheriger Wohnsitz, also vor dem in Bonn, war trotz unzähliger langwieriger Telefonate einfach nicht mehr zu ermitteln gewesen. Ja, selbst die Beurkundung ihrer Geburt in Frankfurt war nicht zu verifizieren. Wahrscheinlich handele es sich um einen Fehler im System, meinte die Sachbearbeiterin, das käme schon mal vor und sie solle es morgen wieder versuchen. Es schien, dass Marion Borchers im Alter von etwa einundzwanzig Jahren in der damaligen Bundeshauptstadt vom Himmel gefallen war.

Jasmin biss gedankenverloren ein Stück von ihrem Schokoriegel ab. Irgendetwas ging hier ihrer Ansicht nach ganz und gar nicht mit rechten Dingen zu. Denn wie es jetzt aussah, war diese Frau auf eine ähnlich geheimnisvolle Weise aus dem Nichts aufgetaucht, wie ihr Mörder nach der Tat dorthin verschwunden war. Man durfte daher gespannt sein, ob und welche

Erkenntnisse Martin und Jonas aus ihrer Wohnung mitbrachten. *Wer bist du wirklich, Marion Borchers?*, dachte sie und schob sich den Rest der Schokolade in den Mund.

Kapitel 4

Wer war Marion Borchers?

»Zumindest das Rätsel des Tatortes scheint gelöst zu sein«, resümierte Tobias Heller nach dem Bericht seiner beiden Ermittler. »Niemand, der einigermaßen bei Verstand ist, würde in einer solchen Gegend einen Mord begehen. Nur zwei Parteien im Haus, links und rechts Ladenlokale und gegenüber eine Polizeiwache. Da müsste man schon ziemlich abgebrüht sein, was jedoch zugegebenermaßen auf den Täter zuzutreffen scheint. Außerdem hat er offenkundig die Fähigkeit, sich einfach in Luft aufzulösen. Was aber umgekehrt eigenartigerweise für sein Opfer gilt, wie es aussieht. Hast du darüber noch etwas herausfinden können?«, wandte er sich an Jasmin Brandt.

»Nicht sehr viel. Wie ich schon in meinem Bericht erwähnt habe, tauchte sie bundesweit in den behördlichen Unterlagen erstmals im März 1987 auf, wenn man von ihrer in Frankfurt ausgestellten Geburtsurkunde absieht. Ich habe heute Morgen noch einmal etwas nachgebohrt und Folgendes erfahren: Damals erschien sie auf dem Einwohnermeldeamt in Bonn, um einen Personalausweis zu beantragen. Ihr wisst schon, im April 1987 wurden die neuen Ausweise im Scheckkartenformat eingeführt, und sie hatte noch das alte Teil. Dabei wurde festgestellt, dass sie da gar nicht polizeilich gemeldet war. Sie legte jedoch eine

Bescheinigung ihres Vermieters vor, wonach sie seit über zwei Jahren dort wohnte und anscheinend nur vergessen hatte, sich anzumelden. Daraufhin wurde die Anmeldung von Amts wegen vorgenommen und unter Vorlage des abgelaufenen Ausweises und einer beglaubigten Kopie ihrer Geburtsurkunde – beide in Frankfurt ausgestellt – nach der üblichen Wartezeit ein neuer Pass ausgehändigt.«

»Die Kopie der Geburtsurkunde fanden wir in der Wohnung«, warf Martin Weber ein. »Wie wir vorhin schon berichteten, waren dort keinerlei Gegenstände aufzutreiben, die älter als ein paar Jahre waren. Keine Fotos ihrer Eltern oder von Freunden, keine Urlaubsbilder, nichts. Diese Frau scheint ohne Vergangenheit zu sein! An elektronischen Geräten gab es nur ein neu aussehendes Laptop.«

»Das Modell kam erst im vergangenen Jahr auf den Markt«, warf Vanessa ein »Ich habe es mir angesehen, es war nämlich nicht mit einem Passwort gesichert und Amara hat noch mit ihrem Handy zu tun. Es war aber nichts von Bedeutung darauf zu finden. Im Posteingang ihrer E-Mail war nur Werbung, persönliche Kontakte hatte sie nicht gespeichert. Dokumente, die etwas über sie aussagen, sind nicht vorhanden. Da es zur Zeit ihres ersten Auftauchens noch keine Laptops oder ähnliche Systeme gab, war auch nicht damit zu rechnen. Wie Martin schon sagte: Marion Borchers ist eine Frau ohne Vergangenheit!«

»Dies bestätigen im Prinzip auch meine Nachforschungen an ihrem angeblichen Geburtsort«, nickte Jasmin. »Außer der Urkunde, beziehungsweise einer beglaubigten Kopie davon, deutet rein gar nicht auf eine frühere Anwesenheit in dieser Stadt hin. Auch ihre Eltern sind dort unbekannt. Es sieht tatsächlich alles danach aus, als sei sie vom Himmel gefallen!«

»Wohl eher nach einem großangelegten Betrug!«, widersprach Jonas Faber dieser ohnehin nicht besonders ernst gemeinten Einschätzung. »Eine Geburtsurkunde kann man fälschen, insbesondere wenn es sich um eine Kopie handelt. Das gilt ebenfalls für den alten Personalausweis im Heftformat, weshalb man ihn am 1. April 1987 durch einen fälschungssicheren Nachfolger ersetzte. Zudem waren damals computerunterstützte Vorgänge im Meldewesen noch unbekannt, sodass eine schriftliche Rückmeldung nach Frankfurt mehr als zwei Jahre später vermutlich aus Bequemlichkeit unterlassen wurde.« Als ›wandelnde Datenbank‹ musste der Oberkommissar nicht einmal recherchieren, um diese Informationen zum Besten zu geben. Dies war unbestritten eine seiner Stärken.

»Stimmt«, musste Jasmin zugeben. »Ich bekam diese Auskunft auch nur rein zufällig, weil ich heute Morgen in Bonn eine Mitarbeiterin am Rohr hatte, die kurz vor ihrer Rente steht und sich noch an die alten Karteikarten erinnern konnte, die seit dreißig Jahren im Archiv aufbewahrt werden. Sie war so nett, diesen Vorgang für mich auszugraben. Auf der Meldekarte von Marion Borchers hatte sie seinerzeit handschriftliche Vermerke angebracht, wie es damals üblich war. Ein Glücksfall sozusagen.«

»Es dürfte uns allen klar sein, dass hier irgendwo der Schlüssel zu diesem schrecklichen Mord liegt«, zog Tobias eine Bilanz aus dem Gesagten. »Leider ist das weit mehr als dreißig Jahre her und Frau Borchers oder wie ihr Name auch immer in Wahrheit lauten mag, hielt sich in Bonn wie lange auf?« Er warf einen Blick auf den von Jasmin erwähnten Ermittlungsbericht, der an jedem Sitzplatz über die installierten Bildschirme eingesehen werden konnte.

»Vier Jahre war sie in Bonn«, fuhr er fort. »Das ist nicht sehr lange und ich fürchte, wir werden heute keine Zeitzeugen mehr auftreiben, die uns etwas zur Person sagen könnten. Spätere Aufenthalte in Köln und letztendlich in Troisdorf werden uns zwar wenig bringen, sind aber unser einziger Anhaltspunkt. Wir werden also in den kommenden Tagen versuchen, so viel wie möglich über Frau Marion Borchers herauszufinden. Ich bin davon überzeugt, dass es irgendwo in ihrem Leben eine Verbindung zu ihrem gewaltsamen Tod geben muss. Zunächst hören wir uns aber an, was die Forensik zu sagen hat«, wandte er sich an Jürgen Vogel, der bereits seine Lesebrille ausgepackt hatte und einen ungeduldigen Eindruck machte. Was vor allem daran liegen mochte, dass er seit mehreren Minuten einen USB-Stick einsatzbereit in der Hand hielt. Bei ihm ersetzten subtile Gesten wie diese das Herumzappeln, das viele andere bei solchen Gelegenheiten an den Tag legten.

»Sorry, ich bin etwas in Eile«, gab Vogel kurz angebunden zurück, während er den USB-Stick in den Slot seiner Tastatur steckte. »Gestern ging es drunter und drüber, da bin ich nicht dazu gekommen, den Bericht schreiben, und wir waren ja bis in den Abend hinein mit der Untersuchung der Rathausmitarbeiter auf anhaftendes Blut beschäftigt. Es war niemand dabei, am nächsten dran war einer mit einem Ketchupfleck.

Es gibt aber interessante Dinge zu berichten. Fangen wir damit an, dass Müller wahrscheinlich mehr Glück als Verstand hatte, den Schlag auf den Kopf zu überleben.«

»Hatte er das? Soweit mir bekannt ist, kann er ein Einser-Abitur vorweisen!«, sagte Heller lächelnd.

»Sage ich doch! Er hatte nämlich wirklich einen enorm großen Dusel!« Vogel gab beiläufig eine Datei frei, die sofort auf allen Bildschirmen erschien. »Das ist der Blumentopf, mit dem Müller niedergeschlagen wurde«, erläuterte er das Foto. »Soweit wir wissen, stand er während der Trauung vorne auf dem Tisch, und zwar auf der Ecke, die zum Eingang zeigt. Es liegt daher nahe, dass die Täterin ihn sich mangels einer anderen Waffe griff und Müller damit ausknockte, als er sich unvorsichtigerweise über die weiter hinten im Raum liegende Leiche beugte.«

»*Täterin?*«, echote Heller hoffnungsvoll. »Habt ihr etwa Hinweise auf ihre Identität?«

»Wenn es sich so verhielte, wüsstet ihr es längst«, behauptete der Forensiker. Tobias war nicht davon überzeugt, enthielt sich jedoch eines Kommentars. »Später mehr darüber. Wer sich mit Zimmerpflanzen auskennt, sieht hier ein besonders schönes Exemplar aus der Familie der Wolfsmilchgewächse«, fuhr Vogel umständlich fort, was seine eingangs erwähnte Eile ad absurdum führte. »Es handelt sich hierbei um eine *Euphorbia milii*, einen Christusdorn, der neben seiner Blütenpracht vor allem für die nadelspitzen Dornen bekannt ist. Und diese haben eine sehr interessante Geschichte zu erzählen!« Er schaute sich beifallheischend um.

»Okay, ihr Banausen«, fuhr er enttäuscht fort, weil niemand ihm den Gefallen tat, nachzufragen. »Ich habe mir diese Pflanze genau angesehen und dabei zwei Auffälligkeiten bemerkt. Da gab es zum Beispiel mehrere angebrochene Zweige mit frischen Bruchstellen. Das kann man bei dieser Art durch den ausgetretenen ›Milchsaft‹ sehr gut beurteilen. Durch äußerst schmerzhafte Experimente mit einem identischen Exemplar bin ich zu der Überzeugung gelangt, dass jemand die Pflanze oben an den Ästen angefasst haben muss, um auf diese Weise heftiger zuschlagen zu können. Dabei kamen dieser Person jedoch sehr wahrscheinlich die Dornen in die Quere, sodass der Schlag weniger kräftig als geplant ausfiel, was Müller womöglich das Leben rettete. Bei voller Wucht wäre sein Schädel zertrümmert worden!«

»Das widerlegt zumindest unsere Theorie, dass in dem Fall keine Tötungsabsicht vorlag«, meinte Tobias dazu. »Und das andere? Du sprachst von zwei Auffälligkeiten!«

»Abgesehen davon, dass es sich offenbar nicht um eine ausgesprochene Pflanzenkennerin handelte, hat die Untersuchung noch etwas ergeben«, nickte Vogel. »An drei Dornen haftete jeweils eine geringe Menge Blut. Ich nehme an, dass sie bei der vorhin erwähnten Aktion durch den vermutlich getragenen Handschuh gedrungen sind und kleine Stichverletzungen verursacht haben, die äußerst schmerzhaft gewesen sein dürften. Dass der Schlag dennoch sehr heftig ausfiel, deutet auf eine extrem starke Willenskraft hin, was auf einen Profi hinweist. Und zu guter Letzt noch die Information, auf die ihr alle gewartet habt: Ich habe das Blut einem Schnelltest unterzogen. Die DNA ist, wie ich bereits mehrfach angedeutet hatte, weiblich! Eine Zuordnung ist aber erst möglich, wenn die vollständige Auswertung vorliegt.«

»Danke Jürgen! Doktor de Luca hat mich vorhin informiert, dass sie die Leichenschau bereits heute Nachmittag durchzuführen gedenkt«, wandte Heller sich an die Ermittler. »Aufgrund der Gegebenheiten wird diesmal niemand von uns daran teilnehmen, da Tatumstände und Tatzeitpunkt hinreichend bekannt sind. Immerhin war ich beteiligt, wenn man so will. Der allgemeine Zustand des Opfers dürfte uns wenig interessieren, zumal wir die Frau unmittelbar vorher lebend gesehen hatten. Wir können also ausnahmsweise in aller Ruhe den Autopsiebericht abwarten. Wenden wir uns stattdessen wichtigeren Dingen zu, wie der immer noch unbeantworteten Frage, wie die Täterin unerkannt den Tatort betreten und wieder verlassen konnte!«

»Sagte ich, dass ich fertig bin?«, hob Jürgen Vogel die Brauen und gab gleichzeitig eine Bilderserie auf seinem USB-Stick frei. »Dieses Ledersäckchen, das ihr hier seht«, begann er mit einer Erklärung, »wurde in der linken Hand der Toten gefunden. Wir hätten es beinahe übersehen. Möglicherweise wurde es ihr *post mortem* gegeben, Doktor de Luca will diese Möglichkeit im Zuge der Autopsie gesondert untersuchen. Es enthielt, wie ihr auf den Bildern sehen könnt, lediglich einige Münzen.«

»Das sind alles Währungen, die seit mindestens zwanzig Jahren nicht mehr im Gebrauch sind«, überlegte Heller. »Da sind acht italienische Lire, sechs griechische Drachmen, fünf spanische Peseten, vier schwedische Kronen und sogar drei russische Rubel. Insgesamt also sechsundzwanzig Münzen. Falls uns die Täterin damit etwas sagen wollte, erschließt sich mir diese Botschaft nicht. Außer vielleicht, dass die Anzahl der jeweiligen Währungseinheiten zyklisch abnimmt. Allerdings würden im Falle einer Bedeutung noch zwei Währungen fehlen. Ich nehme an, sie wurden auf DNA und Fingerabdrücke untersucht?«

»Natürlich. Wir haben sogar die Prägedaten verglichen«, nickte der Forensiker. »Selbst Amara war nicht in der Lage, einen logischen Zusammenhang darin zu erkennen, von einer versteckten Botschaft ganz zu schweigen. Ich gebe euch eine Liste an die Hand, vielleicht könnt ihr ja etwas damit anfangen.«

»Was ist mit dem Tunnel unter dem Rathaus?«, nahm Erik in der durch nichts gestützten Annahme, dass Vogel jetzt tatsächlich fertig war, Bezug auf die Frage des Vorgesetzten, bevor der Leiter der Forensik die Münzsammlung präsentierte. Dessen entspannte Miene bestätigte jedoch diese Einschätzung. »Die von der dortigen IT-Abteilung zur Verfügung gestellten Serverprotokolle der Türsensoren haben Vanessa und ich mehrmals gründlich untersucht, die sind sauber. Bleibt eigentlich nur der Tunnel!«

Tobias lächelte still in sich hinein. Erik hatte bei seinem ersten Einsatz bereits damit gepunktet, dass er einen Geheimraum voraussagte, in den der Täter sich nach einem Doppelmord zurückgezogen haben könnte, und am Ende recht behalten. Lag er womöglich erneut richtig? »Wenn ich mich recht entsinne, sagte man euch, dass der Tunnel seit dem Abriss des

Gebäudes, das auf der gegenüberliegenden Seite über dem Ausgang stand, unpassierbar ist«, wiegelte er dennoch ab.

»Aber ...«

»Aber wir werden uns mit eigenen Augen davon überzeugen, ob das auch wirklich stimmt«, würgte er seinen Widerspruch ab. »Ich werde daher gleich im Anschluss einen richterlichen Beschluss erwirken, ihn untersuchen zu dürfen. Du kannst mitkommen, wenn du magst. Und von dir benötige ich ein paar Männer für die unter Umständen notwendige forensische Untersuchung«, wandte er sich an Vogel. Bis auf die IT-Spezialistin Amara Jones waren nämlich tatsächlich keine Frauen in dessen Team zu finden.

Er blickte ernst in die Runde. »Wir sollten uns aber vorerst nicht allzu viel von dem Tunnel versprechen. Falls die Täterin wirklich diesen Weg genommen hat, wird uns das nur weiterhelfen, wenn sie dort ihre Visitenkarte hinterlassen hat oder sie beim Verlassen des Versorgungstunnels von jemand gesehen wurde, der sie uns beschreiben kann. Eine solche Person zu finden, dürfte allerdings sehr schwierig sein. Für ihre Ergreifung ist daher nach wie vor eine andere Frage zu klären: *Wer war Marion Borchers?* Die Antwort darauf wird uns zu ihrer Mörderin führen, dessen bin ich mir sicher!«

* * *

Insgesamt waren es sechs Personen, die vor der massiven Stahltür im Untergeschoss des Rathauses Aufstellung genommen hatten. Neben Tobias und Erik waren das zwei Forensiker, ein Bauingenieur und ein Mitarbeiter der Hausverwaltung, der die Exkursion jedoch nicht mitmachen würde. Er sollte ihnen mit seinem Generalschlüssel nur den Zugang ermöglichen. Der Versorgungstunnel aus den 1980er Jahren begann direkt unter der Treppe an der Stirnwand des Gebäudes.

»Ich weiß wirklich nicht, was Sie sich von dieser Aktion versprechen, Herr Heller«, mokierte sich der Bauingenieur. »Diese Tür ist ständig verschlossen, was übrigens auch für den Ausgang gilt, der zudem seit dem Abriss des darüber stehenden Gebäudes verschüttet ist, wie Sie noch sehen werden. Dazu werden wir jedoch außen herumgehen müssen, wie Sie sich bestimmt denken können.« Er wies auf einen mitgebrachten Karton. »Aus diesem Grund werden die Teilnehmer ausnahmslos Bauhelme tragen!«

»Wir haben sämtliche Möglichkeiten, das Rathaus auf normalem Wege zu verlassen, geprüft«, wiederholte Heller geduldig seine Argumente. »Auch wenn es noch so unwahrscheinlich erscheint, können wir es uns in einer Mordermittlung nicht erlauben, diese Spur *nicht* zu verfolgen. Sie sagten, der Zugang wäre ständig verschlossen. Wie sieht das von der anderen Seite aus?«

»Da ist es genauso. Allerdings können beide Türen von innen auch ohne Schlüssel geöffnet werden. Das ist aus Sicherheitsgründen vorgeschrieben, falls mal einer versehentlich darin eingesperrt wird. Aber wie gesagt, ist der Ausgang derzeit unpassierbar. Er endet zudem in einer vier Meter tiefen Baugrube. Selbst, wenn jemand es bis dahin geschafft hätte, wie wäre er da hinausgekommen? Eine Leiter wird er ja wohl nicht dabeigehabt haben. Er hätte sie in dem engen

Gang auch gar nicht transportieren können, wie Sie gleich selbst sehen werden!«

Dass eine flüchtige Mörderin eine so lange Leiter ständig mit sich herumschleppte, erschien Tobias im Grunde ebenfalls undenkbar, und wo hätte die auch herkommen sollen? Doch wenn sie das Gebäude auch auf dieselbe Weise betreten hatte, wäre das ohnehin nicht erforderlich gewesen. Die Leiter hätte in diesem Fall einfach in der Baugrube zurückgelassen und für den Rückweg benutzt werden können.

»Wieso soll das denn nicht gehen?«, wunderte er sich dennoch ein wenig über die Auskunft. »Ich hatte eigentlich angenommen, dass der Tunnel schnurgerade verläuft. Immerhin stehen wir mit dem Gesicht zur Straße und die von Ihnen erwähnte Baugrube ist direkt gegenüber.«

»Das tut er auch«, nickte der Bauingenieur. »Doch das war schließlich ein Versorgungstunnel. Nicht nur, dass er nirgends breiter ist als einen Meter, befinden sich darin selbstverständlich Rohre, Datenkabel und was weiß ich noch alles. Es wird für uns daher gleich sehr eng werden.«

* * *

Er hatte nicht übertrieben. Der Tunnel war zwar alles andere als ein finsterer Geheimgang, sondern im Gegenteil durch Leuchtstoffröhren an der zweieinhalb Meter hohen Decke genügend hell erleuchtet, doch viel Platz hatte man tatsächlich nicht. Diverse Rohre auf der linken Gangseite und Kabeltrassen aus Zinkblech rechts von ihnen engten den verfügbaren Raum noch zusätzlich ein, sodass sie hintereinandergehen mussten. *Wolfgang hätte sicher Probleme damit gehabt,* dachte Heller. *Arme Chrissie, so hatte sie sich die Hochzeit bestimmt nicht vorgestellt. Aber immerhin lebt er!*

Aufgrund dieser Problematik waren er und Erik mit Bauingenieur Grohmann zuerst eingetreten, da sie vornehmlich an der ihnen gegenüber liegenden Seite interessiert waren. Die dortige Tür, hatte dieser ihnen erklärt, endete ein gutes Stück außerhalb der ehemaligen Grundmauern des mittlerweile abgerissenen Gebäudes und sei daher intakt geblieben. Das gelte ebenfalls für die Datenleitungen, die zur neuen Stadthalle links von dem Tunnel führten und vorher abzweigten. Der daran anschließende, ungefähr zehn Meter lange Gang sei jedoch teilweise zerstört.

Während die beiden Forensiker damit begannen, jeden Quadratzentimeter in bekannter Gründlichkeit zu untersuchen, legten die drei den Weg in der größtmöglichen Geschwindigkeit zurück, die ihnen diese Umgebung erlaubte. Dabei stießen sich Tobias und Erik mehrmals schmerzhaft den Arm an hervorstehenden Armaturen. Notwendig war diese Eile eigentlich nicht. Zeit hatten sie im Grunde genügend, da die Kollegen von der Spurensicherung ein paar Stunden benötigen würden.

Erik legte den Kopf in den Nacken, als er über sich ein Auto fahren hörte. Sie mussten sich demnach unter der Straße befinden. »Kann man auch von oben in den Gang hineingelangen?«, erkundigte er sich bei dem vorangehenden Grohmann. Er kam damit einer Frage seines Vorgesetzten nur um Sekunden zuvor.

»Sie denken an einen Einstieg durch eine Klappe oder Luke in der Fahrbahn?«, vergewisserte sich der

Bauingenieur, ohne stehenzubleiben. Offenbar wollte er die leidige Angelegenheit schnellstmöglich hinter sich bringen. »Das wäre sowohl ein Sicherheitsrisiko als auch eine latente Gefahr, denn bei starkem Regen würde der Tunnel wahrscheinlich sofort überflutet. Um Ihre Frage zu beantworten: Von oben ginge es nur mit einem Presslufthammer, der aber nicht nur unüberhörbar gewesen wäre, sondern auch Spuren hinterlassen hätte! Von dem logistischen Problem des Straßenverkehrs ganz zu schweigen.«

Trotz dieser Auskunft nahm sich Tobias vor, auf dem schmalen Streifen Brachland vor dem Bauzaun durch die Forensiker nach solchen Spuren suchen zu lassen. Ein hypothetischer Presslufthammer, oder ein ähnliches Werkzeug, musste nicht zwangsläufig am selben Tag und auch nicht auf der Fahrbahn zum Einsatz gekommen sein! Allerdings hätte man über detaillierte Kenntnisse des Tunnelverlaufs verfügen müssen, doch davon ging er ohnehin aus. Er war nämlich mittlerweile davon überzeugt, hier endlich den Fluchtweg gefunden zu haben. Und wenn ihn sein untrüglicher Instinkt nicht ausgerechnet jetzt im Stich ließ, war die Täterin auf dieselbe Weise in das Rathaus gelangt. Es musste nur noch bewiesen werden, doch da vertraute er ganz auf die Fähigkeiten der Forensiker.

Vierzig Meter weiter und drei Beinahezusammenstöße mit irgendwelchen Armaturen später standen sie erneut vor einer massiven Stahltür. Sie waren am Ende des unterirdischen Tunnels angekommen. Was würde sie erwarten, nachdem sie diese Tür geöffnet hatten? Licht oder Dunkelheit? Führte dieser Durchgang in die Freiheit oder ins Nichts?

»Ist diese Tür besonders gesichert?«, wollte Tobias von dem Bauingenieur wissen. »Immerhin gelangt man durch sie nahezu ungehindert ins Rathaus!«

»Wozu? Dahinter war früher ein zehn Meter langer Gang mit einer weiteren Stahltür. Sie führte zu einer Treppe, die wiederum versperrt war. Außerdem hätte man sich erst einen Zugang in das darüber stehende Gebäude verschaffen müssen. Und jetzt ist der Gang ja verschüttet! Es gibt Pläne, ihn mit Beton auszugießen und damit endgültig zu versiegeln.«

Hoch lebe die Einfalt, kommentierte Tobias es in Gedanken und streckte den Arm aus. *Was sagte dieser Kerl noch? Von innen lassen sich angeblich beide Türen ohne Schlüssel öffnen. Dann wollen wir mal schauen, was dahinter ist!* Er drückte die Klinke ruckartig nach unten und Sekunden später flutete helles Tageslicht in den Tunnel!

So viel also zu ›der Gang ist unpassierbar‹, dachte er grimmig und quetschte sich an Erik und dem sprachlosen Mann vorbei. Schon auf den ersten Blick war zu erkennen, dass dessen Kenntnis über die baulichen Gegebenheiten entweder mittlerweile überholt oder einem Märchen entsprungen war. Der ungefähr vier Meter lange Gang, der sich daran anschloss und in besagter Baugrube endete, war zwar nicht gerade sauber zu nennen, aber begehbar. Ansonsten hätte er die Tür auch nicht öffnen können, da sie ebenso wie die auf der Rathausseite nach außen aufschwang.

»Sollte es hinter dieser Tür nicht eigentlich dunkel sein?«, brachte Erik es auf den Punkt. Da Tobias den

Ausgang blockierte, konnte er von seiner Position aus nur erkennen, dass es dahinter hell war. »Das sieht mir jedenfalls nicht sehr verschüttet aus«, wandte er sich an den Bauingenieur, der mit offenem Mund vor ihm stand.

Tobias gab Erik einen Wink, ihm zu folgen, und setzte sich in Bewegung, um sich draußen ein wenig umzuschauen. Zudem war er heilfroh, der Enge des Tunnels zu entkommen. Die Suche nach einem Presslufthammereinsatz hatte sich wohl ohnehin erledigt, außerdem hätten sie ein entsprechendes Loch in der Decke auf dem Weg hierher sicher bemerkt. Da der Gang nicht ganz auf dem Bodenniveau der Baugrube endete, mussten sie einen halben Meter tief springen. Dann standen sie im Freien.

Kapitel 5

Versäumnisse

Die Frau, die sich vor seinem Schreibtisch aufgebaut hatte, war 1,78 Meter groß und schlank, beinahe konnte man sie als dürr bezeichnen. Das glatte, tiefschwarze Haar fiel ihr bis weit in den Rücken und sie verfügte neben einer kräftigen, volltönenden Stimme über ausdrucksstarke Augen mit trügerisch warmer, haselnussbrauner Iris, mit denen sie ihn jetzt wie ein Racheengel wütend anfunkelte. Kurzum, es war Dr. Martina de Luca, die ihn mit einer seltenen Visite beehrte. Genau genommen war es der erste Besuch, den Tobias von ihr erhalten hatte, denn die eigenwillige Rechtsmedizinerin bemühte sich in der Regel nur aus ihrem Institut heraus, wenn sie zu einem Tatort gerufen wurde.

»Sie halten es wohl nicht mehr für notwendig, an meinen Autopsien teilzunehmen!«, grollte sie. Tobias lehnte sich in seinem Stuhl zurück und sah sie nur abwartend an. Er kannte das mitunter aufbrausende Temperament der Pathologin seit Jahren. Er wusste daher aus Erfahrung: Wenn sie in einer solchen Stimmung war, wartete man besser einfach ab, bis sie sich ›entladen‹ hatte. »Sonst konnten Sie es nie erwarten, das Ergebnis sofort zu bekommen und mir damit auf den Nerv zu gehen. Dieses Desinteresse an meiner Arbeit ist dagegen fast eine Beleidigung!«

»Es tut mir leid, wenn ich Ihre Gefühle verletzt haben sollte«, äußerte er sich diplomatisch. Sie war offenbar mit ihrer Tirade fertig und schnappte nun hörbar nach Luft. »Ich konnte nur gerade niemanden entbehren, und ich hatte zudem ehrlich gesagt auch nicht mit bahnbrechenden Erkenntnissen gerechnet. Die Tatwaffe wurde ja nicht am Tatort gefunden und Tatzeit und Todesursache waren mir bekannt.«

»Manchmal gibt es im Inneren einer Leiche mehr Informationen, die zu einer Aufklärung beitragen, als sich der Laie vorstellen kann!«, lächelte sie boshaft. »Sie werden Ihre dilettantische Ansicht von meiner Arbeit hoffentlich überdenken, wenn Sie sehen, was ich im Rachen des Mordopfers entdeckt habe! Alles Weitere entnehmen Sie dem Bericht!« Sie warf ihm einen Umschlag auf den Tisch und stolzierte hocherhobenen Hauptes aus dem Büro. Tobias gingen schier die Augen über, als er erkannte, um was es sich dabei handelte.

* * *

»Bevor wir uns dem Bericht der Forensik über das Ergebnis der gestrigen Exkursion zuwenden, möchte ich euch etwas zeigen, das im Zuge der Autopsie aus dem Rachen des Mordopfers geholt wurde«, begann Tobias und hielt einen braunen Umschlag aus Papier hoch. »Wenn ihr den Inhalt gleich seht, werdet ihr mit mir einer Meinung sein, dass die Entscheidung, diesmal nicht an der Obduktion teilzunehmen, mehr als voreilig war. Außerdem habe ich den Besuch unserer Lieblingspathologin, bei dem sie mir das hier überreichte, gerade eben überlebt«, zwinkerte er und leerte den Umschlag auf dem Tisch aus. Metallisch klirrende Geräusche ertönten und sechs Köpfe, den von Jürgen Vogel mitgerechnet, ruckten nach vorne, um die scheibenförmigen Objekte besser in Augenschein nehmen zu können.

»Zwei holländische Gulden, ein altes, westdeutsches Markstück und eine weitere italienische Lira. Vier nicht mehr gebräuchliche Münzen, wie die in dem Ledersäckchen!«, erkannte Erik, der unmittelbar daneben saß. »Aber warum waren sie nicht ebenfalls im Beutel? Oder andersherum gefragt: Aus welchem Grund waren nicht *alle* Münzen in ihrem Mund?«

»Vielleicht sollten sie das ja ursprünglich«, überlegte Martin. »Ich könnte mir vorstellen, dass Müller die Täterin störte, als sie gerade damit begonnen hatte, ihrem Opfer das Geld in den Mund zu stecken. Sie versteckte sich hinter der Tür, schlug ihn mit dem Erstbesten, was sie zu greifen bekam, nieder und suchte dann das Weite, nachdem sie der Toten den Beutel mit den übriggebliebenen Münzen in die Hand gedrückt hatte. An deren Mund kam sie nicht mehr heran, da Müller auf der Leiche lag. Und bei seinem Gewicht hätte sie genauso gut versuchen können, einen Panzerschrank wegzuschieben!«

»Demnach gab es hier tatsächlich eine Botschaft, doch die bestand nicht in der jeweiligen Anzahl der Währungseinheiten, sondern in den Münzen selbst«, resümierte Vanessa Fuchs. »Aber was könnte damit gemeint sein?«

»Versteht ihr das denn nicht?«, erhob Jonas seine Stimme. »Es waren, wie wir jetzt wissen, insgesamt exakt *dreißig* Geldstücke. Oder, um es anders auszudrücken: ebenso viele ›Silberlinge‹. Es handelt sich nämlich ausschließlich um silberne Prägungen, falls es einem entgangen sein sollte. Das ist doch der klassische Judaslohn! Hier wurde kein normaler Mord begangen, sondern eine Verräterin hingerichtet!«

»Und mit den Münzen wurde sie symbolisch zum Verstummen gebracht«, spann Jasmin den Gedanken munter weiter. »Es sollte ihr im wahrsten Sinne des Wortes das Maul gestopft werden. Aber wer tötet eine Standesbeamtin? So schlimm kann doch keine Ehe sein, dass man seinen Frust auf diese Weise an einer im Grunde unschuldigen Person auslässt!«

»Zumal der Täter dann ja männlich gewesen sein müsste!«, grinste Martin und schaute sich beifallheischend um, erntete jedoch für den lahmen und chauvinistischen Witz nichts als lauter grimmige Mienen. Vor allem Vanessa und Jasmin sahen ihn wütend an, als wollten sie ihm im nächsten Moment ins Gesicht springen.

»Solche Bemerkungen sind in meinem Team völlig unangebracht!«, rügte Tobias ihn sofort. Der Gescholtene sackte in seinem Stuhl schuldbewusst ein wenig zusammen. »Aber Martin hat, ohne es zu wollen, den Nagel mal wieder auf den Kopf getroffen«, wandte er sich an den Rest seiner Leute. »Diese Tat ist in ihrer Ausführung und Brutalität alles andere als typisch für eine Frau! Und das meine ich jetzt absolut wertfrei! Wie gesichert ist deine diesbezügliche Einschätzung?«, forderte er Vogel zu einer erneuten Stellungnahme auf. »Könnte das Blut auf andere Weise an die Pflanze gelangt sein? Vielleicht von einer Kollegin der Toten oder einer Reinigungskraft?«

»Klar wäre das möglich. Und anschließend fegte sie den unterirdischen Tunnel«, brummte der Forensiker. »Ihr habt ja sicher festgestellt, dass man beim Durchqueren höllisch aufpassen muss, sich nicht an den vielen hervorstehenden Teilen zu stoßen. Und genau das ist dieser Person in der Eile wohl passiert. Jedenfalls fanden wir in Gangmitte an einer Armatur einen blauen Wollfaden, der sehr wahrscheinlich aus einem Pullover stammt, und etwas Blut. Die DNA ist nach einem von mir durchgeführten Schnelltest zu mindestens achtzig Prozent mit der an der Pflanze identisch. Eine exakte Analyse ist in Arbeit. Da heute Donnerstag ist, erwarte ich das Resultat frühestens am Montag. Bis dahin müsst ihr euch gedulden, es ist jedoch davon auszugehen, dass das Ergebnis positiv ausfallen wird.«

»Der Gang war übrigens im Gegensatz zur Aussage der Stadtverwaltung alles andere als unpassierbar«, klärte Tobias seine Leute auf. »Im Zuge des Abrisses wurden zwar sechs der ursprünglich zehn Meter des an die Tunneltür anschließenden Verbindungsstücks zerstört, doch irgendjemand muss das heruntergefallene Erdreich später teilweise fortgeräumt haben. Jedenfalls hatten wir keine Mühe, nach draußen zu gelangen. Habt ihr irgendwelche Einbruchsspuren an der Tür feststellen können, Jürgen?«

»Wenn man weiß, wonach man suchen muss …«, gab Vogel launig zurück. »Wir haben mit Genehmigung der Eigentümerin den Schließzylinder ausgebaut, ihn im Labor zerlegt und gründlich untersucht. In seinem Inneren fanden wir die charakteristischen Spuren eines elektrischen Lockpickers, der offenbar zum Einsatz kam. Die Antwort lautet also ›Ja‹. Das bedeutet, dass die Täterin, sofern sie nicht eine oder mehrere Personen zur Unterstützung dabei hatte, bestens vorbereitet und ausgerüstet war. Das belegen neben den Münzen auch zwei weitere Indizien.«

Er schaute kurz in seine schriftlichen Unterlagen, die er heute statt eines USB-Sticks mit in die Besprechung gebracht hatte. »Da waren zum einen winzige Krümel eines Korkens, die wir tief im Schließblech der Tür auf der Rathausseite fanden. Ihr erinnert euch, dass man den Tunnel ohne Schlüssel verlassen kann, von außen aber einen solchen benötigt? Nun, eine einfache Methode, ein Schloss am Einrasten zu hindern, ist ein simpler Weinkorken, den man in die entsprechende Aussparung im Schließblech steckt, was hier der Fall war. Auf der Gegenseite gab es diese Spuren nicht, aber da war das ja auch nicht erforderlich.«

»Danke Jürgen, damit ist endgültig geklärt, wie die Täterin ungesehen zum Trauzimmer im Erdgeschoss gelangte, und nach der Tat ebenso unsichtbar wieder abtauchen konnte«, resümierte Heller. »Das bringt uns zwar momentan nicht sehr viel weiter, doch wir können auf jeden Fall festhalten, dass sie sich in der Lokalität ausgekannt haben muss! Wir werden daher als Nächstes zu klären haben, ob die Existenz des Tunnels öffentlich allgemein bekannt ist. Ich selbst beispielsweise wusste nichts davon!«

»Das habe ich schon erledigt, Chef!«, meldete sich Jasmin. »Trotz intensiver Recherche mit allen Schlagwortkombinationen, die mir dazu eingefallen sind, ist im Internet nicht ein einziger Hinweis darauf zu finden gewesen. Offenbar hat man da erfolgreich den

Deckel drauf gehalten. Allerdings wurde das heutige Rathaus vor über vierzig Jahren erbaut, solche Dinge interessieren heutzutage wohl niemanden mehr.«

»Gut mitgedacht, das spart uns Zeit!«, lobte er sie. Wenn seine beste Kraft für Online-Recherchen keine Hinweise im Netz fand, gab es auch mit großer Wahrscheinlichkeit keine. Die junge Kommissarin war in dieser Hinsicht äußerst erfinderisch, was der Hauptgrund für ihre Aufnahme in sein Team gewesen war.

»Allerdings haben wir uns außer meiner Entscheidung, diesmal nicht an der Obduktion teilzunehmen, mindestens eines weiteren Versäumnisses schuldig gemacht«, fuhr er nach einer Pause fort. »Jasmin hat recht: Wer tötet schon eine Standesbeamtin? Den von Martin angedeuteten Grund lassen wir einmal außen vor. Nein, da muss noch mehr dahinterstecken, und deshalb werden wir den Lebenslauf des Opfers von ihrem ersten Auftauchen in den Akten an bis heute lückenlos recherchieren. Das ist jetzt unsere dringlichste Aufgabe, und falls ihr dafür ihre früheren Wohnorte aufsuchen müsst, dann ist das eben so!«

»Aber was ist mit dem Tunnel? Woher wusste die Mörderin davon, wenn nirgends etwas darüber nachzulesen ist?«, brachte Jonas einen nicht unberechtigten Einwand vor. »Das herauszufinden, ist meines Erachtens ebenfalls von großer Bedeutung!«

»Das stimmt natürlich«, gab Tobias ihm recht. »Es bleiben wohl nur ehemalige Mitarbeiter der Stadtverwaltung und/oder der Firma übrig, die das Gebäude ursprünglich gebaut hat, sowie Angehörige, Freunde und Bekannte von ihnen. Dazu kommen sämtliche Dienstleister, die im Laufe der Jahre am Tunnelbau oder an Ausbau und Instandhaltung beteiligt waren. Die Anzahl dürfte sich in einem vierstelligen Bereich bewegen. Die könnten wir niemals alle überprüfen, selbst wenn wir eine komplette Liste besäßen. Und was ist nun das zweite Indiz?«, kehrte er zum Thema zurück, indem er sich an Jürgen Vogel wandte.

»Eine vier Meter lange Strickleiter, sie war oben an dem Bauzaun befestigt. Ihr habt sie bei eurem Rundgang nicht sehen können, weil sie auf Straßenniveau lag. Wie es aussieht, wurde sie dazu benutzt, aus der Grube zu klettern und nach der Flucht hastig hochgezogen, aber nicht eingerollt.«

»Das ist ein weiteres Indiz für eine äußerst detaillierte Planung«, nickte Tobias. »Ich nehme nicht an, dass sie uns irgendwie zum Täter führt?«

»Solche Strickleitern kann man in diversen Fachmärkten überall hier in der Gegend kaufen, auch im Online-Handel. Dieses Exemplar sieht neuwertig aus und weist keinerlei Besonderheiten oder Gebrauchsspuren auf, die bei einer Identifizierung hilfreich sein könnten. Möglicherweise wurde sie sogar speziell zu diesem Zweck angeschafft. Fingerabdrücke und DNA wurden bisher nicht gefunden, sie wird aber derzeit noch gründlich von uns untersucht. Sie ist immerhin vier Meter lang.«

»Dass die Leiter nicht mitgenommen wurde, sagt uns zweierlei«, fasste Martin zusammen. »Die Täterin hatte es auf dem Rückweg einerseits sehr eilig und sie war andererseits sicher, mit ihr keine Spuren zu hinterlassen, die zu ihrer Ergreifung führen würden. Der erste Punkt ist absolut nachvollziehbar, denn im Gegensatz zu den womöglich Tage zuvor begonnenen

Vorbereitungen einschließlich der höchst professionellen Tunnelöffnung hatte sie nach der Tat minütlich mit der Polizei zu rechnen, weshalb jede Sekunde wertvoll war. Dass einige von uns schon vorher vor Ort waren, wusste sie vielleicht gar nicht. Wollen wir hoffen, dass sie sich in dem zweiten Punkt ebenfalls geirrt hat!«

»Ich hätte es nicht besser sagen können«, lächelte Tobias hintergründig. »Und deshalb werden wir nun gemeinsam überlegen, wie wir aus diesen dürftigen Indizien trotzdem einen Hinweis auf die Identität der Täterin zusammenbasteln können! Aber zuerst hören wir uns an, was Jürgens Leute im Tunnel oder davor sonst noch gefunden haben!«

»Woher weißt du …?« Es war einer jener seltenen Momente, den Forensiker fassungslos zu sehen. Seit Tobias ihn kannte, und das waren jetzt fast fünfzehn Jahre, war es erst wenige Male vorgekommen, dass er *nicht* irgendeine Sensation bis zum Schluss zurückgehalten hatte. Des Knalleffektes wegen, wie er einmal gesagt hatte. Seine Sprachlosigkeit entschädigte die Ermittler nun für die vielen Gelegenheiten, bei denen er sie hatte zappeln lassen.

»Instinkt«, grinste Tobias ihn breit an. »Und? Was ist es diesmal?«

»Wir haben tatsächlich im Gras bei der Strickleiter etwas gefunden«, brummte Jürgen Vogel verstimmt. »Ich muss dich aber enttäuschen, es wird euch wahrscheinlich nicht weiterhelfen. Es ist nicht mal gesagt, dass es etwas aus dem Besitz der Täterin ist. Es kann auch zufällig dort gelegen haben und gar nichts mit der Sache zu tun haben.« Er griff in die Tasche und förderte einen kleinen Beutel zutage, worin etwas Goldenes schimmerte, und warf ihn vor ihm auf den Tisch. »Es ist eine Kette mit einem Medaillon, wie du siehst. Ein Bild ist auch drin. Sonst ist nichts Besonderes daran, nur der übliche Prägestempel für Gold. Keine Namen, keine Datumsangabe, nichts. Das Foto dürfte mindestens dreißig Jahre alt sein, eher mehr.«

Tobias zog das goldene Medaillon von der Größe einer Zwei-Euro-Münze an der Kette aus dem Beutel und öffnete es ohne besondere Erwartungen an den Inhalt. Jürgen hatte ihnen ja die relevanten Merkmale genannt, und er war in dieser Hinsicht sehr gründlich. Deshalb traf es ihn vollkommen unvorbereitet, als die kleine Fotografie darin stroboskopartig von einem Bild aus seiner Erinnerung überlagert wurde. Trotz lebenslanger Erfahrung mit diesem Phänomen zuckte er leicht zusammen.

»Das Fundstück hat definitiv etwas mit dem Mord zu tun!«, verkündete er selbstsicher und reichte das geöffnete Schmuckstück herum. Das Bild in seinem Inneren zeigte ein Paar, einen Mann und eine Frau. Beide in den dreißigern, soweit die winzige Fotografie eine solche Einschätzung erlaubte. Es sah aus wie ein Hochzeitsfoto. Eine weitere Parallele?

»Ich habe das Gesicht erst vorgestern kurz vor der Trauung gesehen«, erläuterte er. »Da stand jemand draußen vor dem Fenster des Trauzimmers, als wir uns gerade hinsetzen wollten. Die Person duckte sich direkt weg, doch ich konnte noch einen Blick erhaschen. Ich sah sie nur einen Lidschlag, aber sie ist der Frau auf dem Foto zumindest sehr ähnlich!«

»Das Bild ist doch uralt«, wunderte sich Vanessa, als die Reihe mit dem Medaillon an ihr war. »Solche Bob-Frisuren sind bei Frauen zwar momentan wieder total angesagt, aber die ›Vokuhila‹ von dem Kerl ist ja sowas von Achtzigerjahre! Die dürften heute wie alt sein? Siebzig?«

»Die Person, die ich sah, war erheblich jünger«, gab Tobias zu. »Kurze blonde Haare, schmales Gesicht. Ich sage ja nicht, dass es sich um die Frau in dem Medaillon gehandelt hat, aber es könnte eine Tochter von ihr sein! Womit wir womöglich einen weiteren Bezug zur Tat hätten, denn wer immer ein Bild von jemandem auf diese Weise mit sich herumschleppt, tut das aus einem wichtigen persönlichen Grund. Ich könnte mir vorstellen, dass die beiden tot sind!«

»Und Marion Borchers ist dafür verantwortlich«, schlussfolgerte Jonas. »Zumindest nach Meinung der Täterin! Aber warum stand sie vor dem Fenster?«

»Um den richtigen Zeitpunkt abzupassen«, klärte sein Partner ihn auf. »Das Trauzimmer zeigt doch zur Straße, korrekt?«, wandte er sich an seinen Chef, der bestätigend nickte. Er konnte sich denken, worauf Martin herauswollte. »Wahrscheinlich war sie bereits bei der vorherigen Trauung anwesend. Die Termine sind, soweit ich weiß, öffentlich einsehbar. Dadurch kannte sie die Länge der Zeremonie. Sie lief über die Straße zum Tunneleingang, den sie vielleicht am Tag zuvor oder in der Nacht freigeschaufelt und geöffnet hatte. Den Rest kennen wir. Sie wurde durch Müller überrascht, wodurch sie ihr Vorhaben nicht planmäßig zu Ende bringen konnte und Hals über Kopf fliehen musste. Dabei verlor sie das Medaillon.«

»So ungefähr könnte es tatsächlich gewesen sein«, nickte Jasmin. »Unter Umständen war sie sogar noch mit der Strickleiter zugange, als die Polizei anrückte. Das war womöglich der eigentliche Grund dafür, dass diese zurückgelassen und der Verlust des Medaillons nicht bemerkt wurde. Der Verschluss der Kette ist kaputt, falls es einem von euch nicht aufgefallen sein sollte. Es wäre sicher nicht verkehrt, die Namen zu den beiden auf dem Foto herauszufinden, aber das ist nach der seither vergangenen Zeit bestimmt nicht mehr so leicht möglich. Schade, dass du die mutmaßliche Täterin nur kurz gesehen hast«, wandte sie sich an Tobias. »Wie es scheint, bist du der Einzige, der sie zu Gesicht bekommen hat!«

»Ein eidetisches Gedächtnis hat zwei wesentliche Merkmale«, erklärte der Vorgesetzte ihr. »Es benötigt einen Trigger zur Abfrage von Erinnerungen, das war in diesem Fall das Bild in dem Medaillon. Und sie ist, einmal abgerufen, willentlich immer wieder visualisierbar. Die Dauer der Beobachtung ist dafür jedoch unerheblich. Ich bin in der Lage, das Gesicht für eine Phantomzeichnung genügend exakt zu beschreiben. So gesehen, ist der Fund von immenser Bedeutung, da ich mich sonst wahrscheinlich niemals erinnert hätte. Ich werde gleich im Anschluss bei Alexandra Stein wegen der Zeichnung vorbeischauen, während ihr weiterhin versucht, der wahren Identität unseres Mordopfers auf die Spur zu kommen.«

Kapitel 6

Kollateralschäden

Endlich hatte ich diese Schlampe erledigt und ihrer gerechten Strafe zugeführt! Wie lange hatte ich diesen Augenblick herbeigesehnt? Wie viele endlose Jahre hatte ich versucht, ihren Aufenthaltsort herauszubekommen? Jahrzehnte! Aber zuerst fehlte mir die Möglichkeit dazu, und als ich diese dann schließlich erhielt, und vor allem die notwendigen finanziellen und logistischen Mittel, war diese Person wie vom Erdboden verschluckt!

Aber dann kam mir ein glücklicher Zufall zu Hilfe, und zwar in Gestalt eines Käseblattes, das in dieser Gegend an alle Haushalte verteilt wurde. Normalerweise lese ich diesen Dreck ja nicht, doch in dieser Ausgabe war das Foto eines prominenten Hochzeitspaares direkt auf der Titelseite. Und daneben, mir fielen fast die Augen aus dem Kopf, stand SIE! Es bestand kein Zweifel, ich habe sie auch nach all den Jahren sofort erkannt. Sie hatte sich kein Bisschen verändert und ihr Gesicht sich mir ohnehin förmlich ins Gedächtnis eingebrannt.

Ihre Wohnung herauszufinden, stellte meine besonderen Fähigkeiten auf keine sehr harte Probe, aber dann kam der Schock: Niemand, der alle Sinne beisammen hatte, verübte eine Hinrichtung dieser Art vor den Augen des Feindes, und diese Person wohnte direkt gegenüber der Polizeiwache. Schlimmer konnte es gar nicht sein!

Ein ›Plan B‹ musste her und in mir reifte der verwegene Gedanke, sie auf ihrer Arbeitsstelle aufzusuchen und zu töten. Mit der richtigen Planung sollte es möglich sein, einen günstigen Zeitpunkt für die Aktion abzupassen. Ich war durch eine harte Schule gegangen und wollte auch hier streng nach Lehrbuch für Attentate vorgehen: Hineinschleichen, zuschlagen, abtauchen.

Den richtigen Zeitpunkt abzupassen, stellte noch das geringste Problem dar, denn das Trauzimmer lag mehr als günstig und für einen passenden Termin musste ich nur die Anzeigen in dem Käseblatt sorgfältig studieren. Ich fand schließlich zwei Trauungen, die unmittelbar hintereinander stattfanden. Geradezu perfekt, um das Timing einzuschätzen. Ein Blick durchs Fenster, um den Beginn der Zeremonie abzupassen, schnell hinüber zum Tunneleingang, hinein in das Zielgebiet, zuschlagen und verschwinden. So war der Plan.

Von der Existenz des alten Versorgungstunnels hatte ich bei einem Kneipengespräch zufällig von einer früheren Mitarbeiterin der Firma erfahren, die dieses Gebäude seinerzeit gebaut hatte. Einmal im Rathaus, sollte die Aktion nicht länger als drei oder vier Minuten dauern, und der Tunnel würde mir nicht nur das Hineinkommen ermöglichen, sondern ebenso den geordneten Rückzug.

Und so geschah es am Ende auch. Oder fast. Zumindest hineinzukommen, war wie ein Spaziergang! Wer konnte denn ahnen, dass mir dieser Kerl dazwischenfunken würde? Der sollte längst mit der ganzen Gesellschaft auf dem Heimweg sein und seine Hochzeit feiern! Durch sein unvorhergesehenes und ungeplantes Auftauchen konnte ich mein Vorhaben, die Verräterin für alle sichtbar zu brandmarken, aber nicht vollständig zu Ende führen.

Ihn niederzustrecken, war deshalb im Grunde ein Akt der Notwehr. Ein Kollateralschaden sozusagen, wie er in einer solchen ›Spezialoperation‹ eben unvermeidbar ist. Doch jetzt lag dieser Mensch auf der Leiche, sodass ich ihr die Münzen nicht wie geplant in den Rachen schieben konnte. Aber das Schlimmste von allem war, dass ich bei meinem durch diesen Zwischenfall alles andere als geordneten Rückzug das wertvolle Medaillon verlor!

Kapitel 7

Reise in die Vergangenheit

Die Phantomzeichnung, die Tobias anfertigen ließ, wirkte wie ein reales Foto. Das lag vor allen Dingen daran, dass Alexandra Stein, oder Alexa, wie sie meist gerufen wurde, ihren ›Gesichterbaukasten‹ diesmal außen vor gelassen hatte und stattdessen mit Papier und Zeichenkohle selbst Hand anlegte. Der Computer kam nur bei Zeugen in Betracht, die sich nicht mehr genau an spezifische Eigenheiten eines Gesichts erinnern konnten. Leider war dies die Regel.

Tobias jedoch konnte sich dank seines eidetischen Gedächtnisses an jede Kleinigkeit erinnern, obwohl er das Gesicht nur eine Sekunde lang gesehen hatte. Ein wahrer Glücksfall also. Ein weiterer Grund für die fotorealistische Darstellung lag im Talent der Polizeizeichnerin begründet. Eine Ausgabe dieses Konterfeis einer mutmaßlichen Mörderin hing in jeder ›Parzelle‹ an einer der Stellwände, die damit nicht zum ersten Mal als Pinnwände missbraucht wurden. Ein computergestützter Abgleich mit der Verbrecherkartei war indes erfolglos geblieben.

Martin Weber sah sich dieses Bild mangels einer anderen Aufgabe zum wiederholten Mal genau an. Er hatte es so aufgehängt, dass sowohl er als auch sein Partner Jonas Faber es ständig im Blick hatten. Eine stark vergrößerte Kopie des Fotos aus dem Medaillon hing zum Vergleich direkt daneben. *Ja, die Ähnlichkeit ist tatsächlich verblüffend*, stellte er erneut fest. *Auch, wenn man in der extremen Vergrößerung kaum noch Einzelheiten wahrnimmt. Viel zu verpixelt.*

»Wir könnten doch mit diesem Foto einen Aufruf in der Presse starten«, drang Jonas' Stimme in seine Gedanken. Erst jetzt wurde ihm bewusst, dass dessen nerviges Tastengeklapper verstummt war. Im Gegensatz zu ihm, der sich jede Taste sorgfältig aussuchte, bevor er sie betätigte, pflegte der Kollege mit stakkatoartigem Tempo darauf herumzuhacken. »Vielleicht erkennt sie ja jemand wieder«, fuhr Jonas fort. »Sollte die Frau auf dem Phantombild ihre Tochter sein, wie der Chef vermutet, würden wir auf diese Weise eventuell ihre Identität herausfinden!«

»Das habe ich ihm schon vorgeschlagen«, gestand Martin. »Er meinte, wir sollten damit warten, bis uns gar nichts mehr einfällt. Diese Fotografie hat seiner Schätzung nach eher vierzig Jahre auf dem Buckel als dreißig, und ist nur zwei Zentimeter groß. Aufgrund des Alters und der für eine Zeitungsanzeige notwendigen Vergrößerung wäre es nicht sehr wahrscheinlich, dass sich jemand an das Paar erinnert, und wir würden im Zweifel nur die Verdächtige mit der Nase darauf stoßen, dass wir ihr auf den Fersen sind.«

»Okay, wie wäre es denn dann mit einer kleinen Reise in die Vergangenheit? Ich habe mir im Melderegister der Stadt Bonn die Adresse angeschaut, unter der Borchers damals angemeldet war. Laut Hausauskunft sind da zwei alte Leutchen gemeldet, die schon über vierzig Jahre dort wohnen! Die sollten wir vielleicht ein wenig ausfragen!«

Martin verzichtete auf den Hinweis, dass der Chef ihnen im Grunde genau das aufgetragen hatte. Das hätte nur besserwisserisch geklungen, und dafür war Jonas zuständig. Stattdessen griff er sich das Lunchpaket, das er für die Mittagspause mitgebracht hatte, und sprang von seinem Stuhl auf. »Ich fahre aber!«, bestimmte er, denn auf die pedantische und überkorrekte Fahrweise des Kollegen hatte er jetzt keine Lust.

* * *

Jenseits der Stellwand stellte Vanessa Fuchs ruckartig ihren halbvollen Kaffeebecher ab. »Ist es nicht merkwürdig, dass in der Wohnung überhaupt keine persönlichen Gegenstände zu finden sein sollen, die etwas über die Bewohnerin aussagen?«, wandte sie sich an Jasmin Brandt. »Jeder hat doch Erinnerungsstücke, die ihm lieb und teuer sind! Und diese Frau ist immerhin schon sechsundfünfzig Jahre alt!« Erik war indessen mit irgendwelchen Recherchen beschäftigt, denen er sich seit geraumer Zeit mit großer Konzentration widmete. Dazu trank er hin und wieder von seinem Tee.

»Du meinst Marion Borchers?«, gab Jasmin geistesabwesend zurück. Sie hatte das Kinn in die rechte Hand gestützt und dachte intensiv über etwas nach. Ihr Kaffee, den sie sich vor einer halben Stunde in der ›Küche‹ geholt hatte, war unberührt und längst kalt geworden. »Ich frage mich, was sie vorher gemacht hat, beruflich meine ich«, murmelte sie mehr zu sich selbst. Bisher wusste man nur, dass sie nicht bei der Stadtverwaltung Bonn beschäftigt gewesen war. Das hatten sie selbstverständlich zuerst überprüft.

»Sie wird ja nicht immer als Standesbeamtin gearbeitet haben. Nirgends ist was darüber zu finden. Sie muss eine Schule besucht und eine Berufsausbildung absolviert haben. Dann müssten aber entsprechende Zeugnisse existieren, doch es gibt bloß diese Geburtsurkunde, und das ist sogar nur eine Kopie!«

»Das mit den Zeugnissen ist mir auch völlig unerklärlich«, gab Vanessa zu. »Ohne Ausbildungsnachweise stellt einen doch heutzutage keiner mehr ein. In der Personalabteilung hatte man aber nur Zertifikate und Empfehlungen ihres letzten Arbeitgebers, das war die Stadtverwaltung Köln. Da habe ich auch schon angerufen, die löschen nach fünfzehn Jahren ihre alten Personalakten. Wo sie davor war, lässt sich daher nicht mehr nachweisen.«

»Als Beamtin musste sie doch einen Hochschulabschluss vorweisen, für den man wiederum ein Abitur benötigt«, zweifelte Jasmin. »Wie kann es dann sein, dass es kein entsprechendes Zeugnis in der Personalakte gibt?«

»Diese Leute heißen umgangssprachlich ›Standesbeamte‹, weil es im Grunde genommen kein anderes Wort für ihre Tätigkeit gibt«, klärte Vanessa sie auf. »Marion Borchers war im Angestelltenverhältnis, da gelten wohl nicht ganz so strenge Regeln. Aber Zeugnisse oder andere Nachweise der Befähigung benötigt man trotzdem!«

»Eventuell hilft uns das hier weiter«, ließ sich Erik vernehmen und bewies damit, dass er sich nicht nur auf zwei Gedankengänge gleichzeitig konzentrieren konnte, sondern auch an derselben Sache arbeitete. »Ich habe da einen interessanten Artikel gefunden.

Anfang der Neunzehnhundertneunzigerjahre wurde in den Kommunalverwaltungen etwas eingeführt, das man ›Neues Steuerungsmodell‹ nannte. Es sollte die bis dahin starre Bürokratie in den Behörden stark reduzieren. Unter anderem wurden Fähigkeiten über Ausbildungsnachweise gestellt. Im Prinzip konnte so eine Reinigungskraft zum Chef aufsteigen, sofern sie die Befähigung dazu hatte, und natürlich umgekehrt. Zu dieser Zeit war Borchers bei der Stadtverwaltung in Köln angestellt.«

»Trotzdem muss es irgendetwas geben!«, beharrte Jasmin. »Solche Unterlagen hat schließlich jeder! Da ist etwas oberfaul, das sage ich euch!«

»Vielleicht sollten wir zuerst darüber nachdenken, wo das *Original* der Geburtsurkunde abgeblieben ist«, schlug Erik vor. »Eine *beglaubigte* Kopie fällt ja nicht einfach so vom Himmel!« Er bemerkte nicht, dass er eine Redewendung benutzt hatte, die im Zusammenhang mit diesem mysteriösen Mordfall beileibe nicht zum ersten Mal zur Sprache kam. Sie traf den Nagel jedoch auf den Kopf. Hier schrie förmlich alles nach Manipulation!

»Unsere Männer haben jedenfalls in der Wohnung nichts dergleichen gefunden«, überlegte Jasmin laut. »Vielleicht sollten *wir* uns der Sache mal annehmen. Frauen kennen manchmal Verstecke, auf die ein Kerl im Leben nicht kommt. Jonas und Martin sind vorhin nach Bonn gefahren. Wie wäre es, wenn wir zwei uns mal *richtig* in der Wohnung dieser Marion Borchers umschauen würden, oder wie die Dame auch immer geheißen haben mag. Erik kann gerne mitkommen!«

* * *

Das alte Wohnhaus aus den Fünfzigerjahren des vergangenen Jahrhunderts beherbergte laut Klingelbrett und Einwohnermeldeauskunft insgesamt sechs Parteien, zwei auf jeder Etage. Da die Haustür nicht verschlossen war, gingen sie ohne weitere Umstände hinein und Martin klingelte an der linken Wohnung im Erdgeschoss, die mit ›A. Hofenbitzer‹ beschriftet war. Die zweiundachtzigjährige Witwe war eine der beiden von Jonas ermittelten langjährigen Hausbewohner, die sie heute befragen wollten. Aufgrund des Alters und der seither verstrichenen Zeit hatten die Ermittler keine großen Erwartungen an zielführende Erkenntnisse, doch die Hoffnung stirbt bekanntlich zuletzt.

»Sind Sie Angehörige von Agnes Hofenbitzer?«, hörten sie hinter sich die Stimme einer Frau. »Dann bemühen Sie sich umsonst hierher. Sie erlitt vor einer Woche einen schweren Schlaganfall und ist gestern friedlich entschlafen. Es tut mir sehr leid!«

Jonas und Martin hatten sich schon bei den ersten Worten zu der Sprecherin umgedreht und sahen eine junge Frau im Alter von etwa dreißig Jahren vor sich stehen. Sie trug ein kleines Kind in den Armen. Die offene Tür hinter ihr sagte ihnen zudem, dass sie aus der Wohnung gegenüber gekommen war. Dort, wo laut Meldeauskunft der andere langjährige Hausbewohner leben sollte, den sie befragen wollten. Die unverhoffte Anwesenheit der jungen Frau schraubte allerdings die Aussicht auf einen Erfolg auch hier auf nahezu null herunter. Sie waren zu spät!

Martin zeigte ihr seinen Dienstausweis. »Wir sind von der Kriminalpolizei in Siegburg und wollten Frau

Hofenbitzer etwas fragen. Eigentlich gilt das auch für Herrn Winter, der laut Einwohnermeldeauskunft ihr gegenüber wohnen sollte, also in Ihrer Wohnung. Da scheint man uns wohl irgendwie falsch informiert zu haben!«

»Nein, das ist völlig korrekt«, wehrte sie sofort ab. »Egon Winter wohnt hier, er ist mein Großvater. Wir, also mein Mann und ich, kümmern uns tagsüber hin und wieder um ihn und halten die Wohnung sauber. Er ist über achtzig Jahre alt und wird langsam etwas tüdelig, weigert sich jedoch standhaft, in ein Heim zu gehen. Sie dürfen gerne mit ihm sprechen. Erwarten Sie sich aber lieber nicht zu viel davon, seine Demenz ist schon recht fortgeschritten. Manchmal hat er aber auch seine guten Tage.«

* * *

Manchmal hat er auch seine guten Tage, sagte die Enkelin des Mannes, der bei ihrem Eintreten friedlich in einem Schaukelstuhl schlummerte. Offenbar war er vor dem Fernseher eingeschlafen, denn dort flimmerte eine jener Familienserien über den Bildschirm, die von den Verantwortlichen als Unterhaltung angesehen wurden und mit denen man tagtäglich malträtiert wurde. Getreu nach dem Motto: *We love to entertain You!* Das faltige Gesicht Egon Winters war eingefallen und wirkte fast wie ein Totenschädel. Gemildert wurde dieser Eindruck durch sein zwar weißes, aber volles Haupthaar, das ihm lockig bis in die Stirn fiel.

»Du hast Besuch, Opa!«, sagte Katrin Jahnke leise, und rüttelte vorsichtig an seiner Schulter. Eine merkwürdig subtile Art, jemand zu wecken, fand Martin.

Offenbar hatte der alte Mann jedoch einen leichten Schlaf, denn er schlug, obwohl sie wirklich nicht sonderlich laut zu ihm gesprochen hatte, schon nach wenigen Sekunden die Augen auf. Schwerhörig war er demnach nicht. Er blinzelte sie verschlafen nacheinander an.

Die Augen sind ein Spiegel der Seele, sagt man und Martin glaubte, in denen des Greises vor ihnen einen wachen Verstand zu sehen. *Vielleicht ist ja heute so ein Tag*, hoffte er. Er wusste von seinen Eltern, dass alte Menschen zwar oft nicht mehr präsent hatten, was gestern passiert war, sich jedoch umgekehrt an Jahrzehnte zurückliegende Begebenheiten mit bewundernswerter Klarheit erinnern konnten. Das mochte unter anderem daran liegen, dass die Zeit mit zunehmendem Alter förmlich zu rasen schien.

Die ersten Worte, die der Alte in Gegenwart seiner Besucher von sich gab, ließ das zarte Pflänzchen der Hoffnung jedoch gleich wieder verdorren. »Ah, Georg und Paul!«, krächzte er mit hörbarer Begeisterung in der Stimme. »Schön, dass ihr euren alten Vater auch mal besuchen kommt!«

Seine Enkelin setzte ihm behutsam die Brille auf, die ihm wahrscheinlich im Schlaf heruntergefallen und in seinem Schoß gelandet war. »Das sind nicht deine Söhne, Opa!«, berichtigte sie ihn nachsichtig. »Sieh genau hin, die Herren sind von der Polizei und möchten dich etwas fragen.«

»So?«, kicherte Egon Winter, nachdem er ihnen durch die Brille einen Blick zugeworfen und seinen Irrtum offenbar erkannt hatte. »Ich hab aber nichts angestellt! Großes Indianerehrenwort!«

»Er ist heute etwas albern, wie es scheint, aber sonst ganz gut dabei«, nickte seine Enkelin ihnen zu. »Ich lasse Sie dann jetzt lieber allein. Wenn Sie mich brauchen, rufen Sie nur. Ich bleibe in der Nähe. Und du benimmst dich den Herren von der Polizei gegenüber anständig!«, ermahnte sie ihren Großvater.

Kaum hatte sie sich entfernt, war der alte Mann wie ausgewechselt. Er setzte sich sofort aufrecht hin und sah Jonas und Martin mit klaren Augen an. »Die behandeln mich wie ein kleines Kind, nur weil ich manchmal etwas vergesse«, beschwerte er sich. »Als ob das nicht jedem mal passiert! Aber wenn man alt ist, machen sie gleich ein Riesengedöns daraus! Was wollen Sie denn wissen?«

Martin Weber, der bei solchen Gelegenheiten in der Regel das Wort führte, war über diese Wendung dermaßen perplex, dass er keinen Ton herausbrachte. Und das sollte schon was heißen, denn den Hauptkommissar konnte normalerweise nichts so schnell aus der Ruhe bringen. Jonas Faber sprang aber sofort geistesgegenwärtig in die Bresche. »Es geht um eine Frau, die vor fünfunddreißig Jahren in der Wohnung über Ihnen gewohnt hat«, formulierte er eine Einleitung zu seiner eigentlichen Frage. »Ich weiß, das ist lange her, fast ein halbes Menschenleben, aber ...«

»Busch, Bosch, oder so ähnlich«, unterbrach ihn Winter. »Ich erinnere mich an ihren Einzug. Sie war noch nicht trocken hinter den Ohren und kam mit nichts als einem kleinen Koffer hier an. Und ich kann Ihnen sogar genau sagen, wann das gewesen ist. Es war ein Wahlsonntag. Der Tag, an dem Helmut Kohl das erste Mal seit seiner Amtsübernahme mit großer

Mehrheit wiedergewählt wurde, der 25. Januar 1987. Meine Frau und ich kamen gerade vom Wahllokal, als sie aus einem Taxi stieg. Wir fragten uns, wo denn ihre Möbel waren. Kann sein, dass die ein paar Tage später geliefert wurden. Bis dahin wird sie wohl auf dem Fußboden geschlafen haben.«

»Unserer Kenntnis nach hatte sie schon zwei Jahre länger dort gewohnt«, wandte Martin ein, ohne ihn wegen des Namens zu berichtigen. »Sind Sie sicher, dass wir von derselben Person sprechen? Sie müsste damals so um die zwanzig gewesen sein, mittelgroß mit braunen Haaren.«

»Da war sonst in der Zeit keine so junge Frau, Herr Kommissar«, schüttelte Winter sein greises Haupt. Seit seine Enkelin das Zimmer verlassen hatte, war er nicht wiederzuerkennen. Oder lag es daran, dass die Polizei ihn, den vermeintlich dementen alten Mann, um Rat fragte? »Sie hatte die Wohnung auch nicht so lange. Vier Jahre, wenn ich mich recht erinnere. Dann war sie sozusagen über Nacht genauso schnell wieder verschwunden, wie sie zuvor aufgetaucht war. Die paar Möbel ließ sie einfach zurück. Ich weiß noch gut, wie der Vermieter geschimpft hat, weil er den Kram auf eigene Kosten entsorgen musste.«

»Wissen Sie vielleicht, was sie beruflich machte?«, übernahm Jonas wieder die Befragung, nachdem er einen einvernehmlichen Blick mit seinem Partner ausgetauscht hatte. Viel war es zwar nicht, was sie bisher von dem alten Mann in Erfahrung gebracht hatten, sie waren aber auf einem richtigen Weg, das spürten beide in seltener Eintracht.

»Nicht so richtig. Es war jedoch bestimmt etwas Hochoffizielles, wenn Sie wissen, was ich meine. Meine Frau sagte, sie könnte vielleicht für ein hohes Tier gearbeitet haben, wir waren damals ja Bundeshauptstadt, da liefen die haufenweise herum. Jedenfalls verließ sie das Haus immer aufgebrezelt und in dezenten, aber total schicken Klamotten. Die machte richtig was her!«

»Haben Sie vielen Dank, Herr Winter, Sie haben uns wirklich sehr geholfen!«, beendete Martin das erfreulich informativ verlaufene Gespräch. Wesentlich mehr würden Sie hier und heute nicht erfahren. Der alte Mann strahlte wegen seines Lobes über das ganze Gesicht. »Nennen Sie uns aber bitte noch den Namen und die Anschrift des Hauseigentümers? Und die Telefonnummer, falls Sie die haben.«

* * *

Vanessa und Jasmin sahen Erik grinsend dabei zu, wie er akribisch jeden Quadratzentimeter Wand des Appartements auf etwaige Hohlräume abklopfte. Er hatte es sich in den Kopf gesetzt, dass ein klassisches Versteck ein eingemauerter Tresor wäre. Ein solcher musste jedoch von außen auf einfache Weise zugänglich sein, doch das Gemälde, das über dem Sofa hing, war nur ein Bild mit nichts dahinter.

»Sowas gibt es nur in Filmen, Erik«, lachte Jasmin über seine bisher erfolglosen Bemühungen, die ihrer Meinung nach ohnehin Zeitverschwendung waren. Die Kommissarinnen suchten stattdessen zwischen den Seiten einiger Bücher, die auf einem Regal aufgereiht waren und sahen unter dem Teppich und hinter Schränken und Kommoden nach. Schließlich konnte man Dokumente auch mit Klebeband an deren Rückseite befestigen.

Da man nach Papieren suchte, waren die üblichen Verstecke wie Zucker- oder Keksdosen und Blumenvasen keine Option. Der Fußboden war durchgehend gefliest, also kamen lose Dielenbretter ebenfalls nicht in Betracht. Nachdem sie mit vereinten Kräften das Sofa abgerückt und auf den Kopf gestellt hatten, starb auch die leise Hoffnung, dahinter oder darunter etwas zu finden. Während Erik mit der ihm eigenen Verbissenheit immer noch die Wände untersuchte, verzogen sich Jasmin und Vanessa in das kleine Bad und in den Schlafraum. Es wäre nicht das erste Mal, dass etwas unter Matratzen oder in Spülkästen vor neugierigen Augen verborgen wurde.

Jasmin, die mit der Durchsicht des maximal drei oder vier Quadratmeter großen Badezimmers schon nach zehn Minuten fertig war, ging entmutigt nach nebenan zu Vanessa, die auf dem Bett saß und einen ähnlich desillusionierten Eindruck machte wie sie selbst. »Du hast auch nichts gefunden, oder?«, fragte sie dennoch, und erhielt wie erwartet ein Schulterzucken zur Antwort. Deprimiert setzte sie sich erst mal daneben.

»Aber ich hab was!«, rief Erik triumphierend aus dem Wohnzimmer. Erst jetzt fiel ihnen nachträglich auf, dass sein nerviges Geklopfe bereits vor mehreren Minuten aufgehört hatte. Die Kommissarinnen sahen sich entgeistert an, sprangen dann wie von der Feder geschnellt auf und stürmten hintereinander aus dem Zimmer.

* * *

Ralf Pilger konnte unmöglich der Vermieter von Marion Borchers gewesen sein, denn er war dem äußeren Anschein nach maximal Mitte vierzig. Vor fünfunddreißig Jahren drückte er demnach noch die Schulbank. Weit zu fahren hatten es Martin Weber und Jonas Faber nicht, das Büro seiner Immobilienfirma lag nur ein paar Straßen entfernt.

»Ich leite die Firma mit meiner Frau seit dem Tod meines Vaters allein«, beantwortete er die unausgesprochene Frage der beiden Ermittler, als habe er ihre Gedanken gelesen. »Der alte Herr hatte jedoch schon vorher die Geschäftsführung an mich abgetreten und kümmerte sich nur noch sporadisch um die Bücher. Immerhin wäre er in diesem Jahr achtzig geworden!«

»Wir hatten eigentlich gehofft, Ihren Vater sprechen zu können«, äußerste sich Martin enttäuscht. »Es ist zwar wenig wahrscheinlich, dass er sich noch an eine fünfunddreißig Jahre zurückliegende Begebenheit erinnern könnte, doch Sie werden uns diesbezüglich ganz sicher nicht weiterhelfen können!«

»Wenn es sich um eine Angelegenheit handelt, die mit einem unserer Mieter zu tun hat, kann ich das vielleicht doch!«, gab Pilger selbstbewusst zurück. Er zeigte lächelnd auf eine Regalwand zu seiner Linken. Sie war mit dicken Leitz-Ordnern vollgestellt. »Sehen Sie das? Mein alter Herr hat jede noch so winzige Kleinigkeit in diesen Aktenordnern festgehalten. Neuere Vorgänge sind zwar im Computer erfasst, aber das da ist alles, was sich in den Jahren 1980 bis 2000 so an Schriftkram angesammelt hat. Ich habe es einfach nicht übers Herz gebracht, sie zu vernichten.«

»Es geht uns speziell um eine Bescheinigung, die Ihr Vater damals angeblich für eine Mieterin ausgestellt hatte«, präzisierte Jonas ihren Wunsch. »Darin soll bestätigt worden sein, dass sie vor Januar 1987 bereits zwei Jahre in dem Haus wohnte. Sie legte das Schriftstück damals bei der Anmeldung vor, aber das Einwohnermeldeamt hat das Dokument nicht mehr, falls es denn jemals existiert hat.«

»Das haben wir gleich.« Pilger griff sich zielsicher einen Ordner aus dem Regal und schlug ihn auf. Offenbar waren die Inhalte wohlgeordnet und durch Registerblätter sauber getrennt, denn er wurde sofort fündig. »Mein Vater gab nämlich niemals ein Schriftstück heraus, ohne nicht wenigstens ein Duplikat für die Akten anzufertigen«, erklärte er den Ermittlern, während er in dem Vorgang blätterte.

»Nein, da ist nichts«, schüttelte er dann den Kopf. »Sofern es dieses Dokument gegeben hätte, müsste ein Durchschlag davon vorhanden sein, was jedoch nicht der Fall ist. Allerdings kann ich auch nicht so recht an eine solche Bescheinigung glauben, da mein Vater in diesen Dingen äußerst gewissenhaft vorging, und die vorigen Mieter sind laut Aktenlage erst drei Wochen zuvor ausgezogen. Diese Frau Borchers kann also gar nicht so lange vorher dort gewohnt haben! Halt warten Sie«, fügte er hastig hinzu. »Hier ist eine handschriftliche Notiz: *Wunsch nach falscher Angabe der Mietdauer verweigert*, hat er mit Bleistift auf den Mietvertrag geschrieben. Die Schrift ist nach all den Jahren kaum zu entziffern. Hilft Ihnen das eventuell weiter?«

»Das tut es tatsächlich«, nickte Martin zufrieden. Falls es diese Bescheinigung gab, und daran hegte er nach der Aussage einer Mitarbeiterin des Einwohnermeldeamtes Jasmin gegenüber keinen Zweifel, dann hatte Borchers diese gefälscht. Es existierte zwar nur ein handschriftlicher Vermerk dazu auf einer alten Meldekarte, aber der genügte ihm als Beweis vollauf. »Sagen Sie, steht da auch etwas über eine Möblierung der Wohnung? Einer der Mieter sagte, Frau Borchers sei damals ohne Möbel eingezogen.«

Ralf Pilger blätterte stirnrunzelnd einen Vorgang zurück. Seinem Gesichtsausdruck nach zu urteilen, war er von der Nützlichkeit dieser Information für polizeiliche Ermittlungen nicht überzeugt. Doch wer war er schon, das zu beurteilen? »Sie haben recht«, sagte er, als er fündig geworden war. »Hier steht in der Tat etwas darüber. Die vorherigen Mieter sind bei Nacht und Nebel abgehauen, nachdem sie schon drei Monate keine Miete mehr gezahlt hatten. Scheint so, dass die Nachmieterin die Möbel übernommen hat.«

Kapitel 8

Jagd nach der Wahrheit

»Ich habe meine Recherchen zu verurteilten Straftätern, die in den letzten zehn Jahren wegen ähnlicher Verbrechen vor Gericht gestanden haben, abgeschlossen«, berichtete Tobias seinen Leuten von den diesbezüglichen Bemühungen der vergangenen Tage. Da heute Freitag war und wesentliche Erkenntnisse nicht vorlagen, die einen Wochenendeinsatz gerechtfertigt hätten, würde dies eine sehr kurze Fallbesprechung werden und er konnte seine Ermittler früh ins Wochenende entlassen. Da er gemeinsam mit seiner Frau am Sonntag zu Chrissies nachgezogener Hochzeitsfeier eingeladen war, kam ihm dies bei allem Diensteifer höchst gelegen.

»Da ich sämtliche Morde berücksichtigt habe, die mit Messern oder ähnlichen Hieb- oder Stichwaffen verübt wurden, hat es länger gedauert«, fuhr er fort. Die Blicke seiner Leute hingen förmlich an seinen Lippen. Würde der Chef in wenigen Augenblicken einen Namen nennen? »Leider konnte ich darunter niemanden finden, der nicht immer noch seine Haftstrafe verbüßen würde«, zerstörte er aber sofort die aufkeimende Hoffnung. »Einmal davon abgesehen, wurden all diese Verbrechen, und das waren beileibe nicht wenige, durchweg von Männern verübt. Diese Spur ist demnach kalt.«

»Und was ist mit den nicht aufgeklärten Fällen?«, wollte Vanessa wissen. »Hast du die ebenfalls untersucht?«

»Da gab es schon einige. Natürlich alle außerhalb unserer Zuständigkeit, ansonsten hätten wir davon gewusst. Doch die nutzen uns in diesem Stadium der Ermittlungen sowieso nichts. Ohne Täter bringen sie uns nämlich keinen Schritt weiter. Was ist denn mit dem Schlüssel, den ihr in der Wohnung des Opfers erbeutet habt? Gibt es Hinweise darauf, auf welches Schloss er passt?«

Das Objekt, das Erik seinen beiden Kolleginnen bei der Wohnungsdurchsuchung stolz präsentiert hatte, war zwar keins der von ihnen gesuchten Dokumente. Doch allein der Ort, an dem er es gefunden hatte, ließ auf eine Bedeutung für seine Besitzerin schließen. Es handelte sich um einen ziemlich kompliziert aussehenden Schlüssel, und er war mit Klebeband hinten im Rahmen des Gemäldes befestigt, dem Erik zuerst keine Beachtung geschenkt hatte, weil er das Bild für die Abdeckung eines eingemauerten Tresors hielt.

»Negativ«, musste Vanessa eingestehen. Sie hatte sich eingehend damit auseinandergesetzt. »Ich halte ihn für einen Tresorschlüssel, wenn wir auch in der ganzen Wohnung keinen gefunden haben. Er könnte natürlich zu einem Bankschließfach gehören, doch diesbezüglich sind die Möglichkeiten nahezu unendlich. Wir kennen im Zweifel nicht einmal die Stadt, wo das dazugehörige Geldinstitut steht, geschweige denn, welches es namentlich ist. Die Auswahl ist riesig, wir bleiben aber dran. Ein paar Banken haben Jasmin und ich schon abtelefoniert.«

»Und was, wenn ich mit dem in eine Wand eingemauerten Tresor recht hatte, nur dass er sich nicht in
ihrer aktuellen Wohnung befindet, sondern in ihrer
allerersten in Bonn?«, ließ sich Erik vernehmen. »Das
wäre immerhin möglich, oder?«, schob er hinterher,
als er die zweifelnden Blicke sah, mit denen ihn die
Kolleginnen und Kollegen ausnahmslos bedachten.

»Sicher wäre es das«, nickte Tobias nachsichtig.
»Es ist aber nicht sehr wahrscheinlich. Mir fallen auf
Anhieb mindestens drei Argumente ein, die dagegen
sprechen. Erstens: So eine Arbeit muss von einem
Fachmann ausgeführt werden, sowas kann ja nicht
jeder! Aber selbst wenn das der Fall war, hätte sie ihn
zweitens beim Auszug doch garantiert leergeräumt!
Außerdem wäre das Risiko zu groß, dass jemand ihn
in den dreißig Jahren entdeckt, die seither vergangen
sind. Und drittens: Wie sollte sie später an den Inhalt
gelangen? Natürlich hätte sie rechtzeitig einen Nach-
schlüssel anfertigen lassen können, doch die Wahrscheinlichkeit, dass während dieser Zeit die Schlösser
ausgetauscht werden, ist nicht eben gering!«

»Außerdem können wir nicht sicher sein, dass die
von uns gesuchten Dokumente, sofern sie denn überhaupt existieren, sich in dem Schließfach befinden, zu
dem der Schlüssel gehört«, wandte Jonas ein. »Da
kann doch alles Mögliche drin sein!«

»Das wiederum«, lächelte Tobias, »spielt nur eine
untergeordnete Rolle. Wir werden diese Kassette auf
jeden Fall zu finden versuchen, ganz gleich, was sich
eventuell darin befindet! Die Tatsache, dass der dazugehörige Schlüssel so gut versteckt war, macht mich
extrem neugierig. Beschränkt euch aber zunächst auf

die Banken in Bonn, Köln und Troisdorf«, riet er den Kommissarinnen. »Das sind zwar auch schon genug, doch ich denke, dass wir in den Städten, wo Borchers nachweislich gewohnt hat, am ehesten Erfolg haben werden.«

Er entnahm einem großen braunen Umschlag ein mehrseitiges Dokument und hielt es hoch. »Kommen wir nun zum Bericht der Pathologie, der heute in der Post war. Große Überraschungen waren naturgemäß nicht zu erwarten gewesen, da uns das Wesentliche bereits bekannt ist. Allein die Information, ob das Ledersäckchen mit den Münzen dem Opfer vor oder nach der Tat in die Hand gedrückt wurde, wäre von Interesse, konnte jedoch nicht geklärt werden. Sonst ist dazu nichts weiter zu berichten. Außer vielleicht, dass die gesamte körperliche Verfassung dem durch ihre Personalien bekannten Alter entspricht, aber das bringt uns auch nicht viel.«

»Hat Amara nichts auf ihrem Handy gefunden?«, erinnerte sich Martin daran, dass das bei Borchers gefundene Mobiltelefon bereits seit drei Tagen in der Forensik lag. »Auf dem Notebook mag ja nichts von Belang gespeichert gewesen sein, da es noch neu war. Bei Handys sieht das aber schon ganz anders aus, weil viele Daten bei einem Wechsel meist mitgenommen werden!«

»Ich werde mich nachher mal bei ihr erkundigen«, versprach der SOKO-Chef. »Einzelverbindungsnachweise und Bewegungsprofile der letzten Wochen, die ich angefordert hatte, sind heute ebenfalls in der Post gewesen. Damit könnt ihr euch dann anschließend vergnügen. Vielleicht bekommen wir ja so etwas über ihr Leben heraus, wenn schon der Versuch, in ihrer Vergangenheit zu graben, nichts weiter gebracht hat, als dass sie offenbar bereits beim Einzug in ihre erste uns bekannte Wohnung geschummelt hatte.«

»Die Bescheinigung ihres Vermieters brauchte sie, um beim Bonner Einwohnermeldeamt den Eindruck zu erwecken, dass eine Rückmeldung zu einem Jahre vorher aufgegebenen Wohnsitz keinen Zweck hatte«, vermutete Jonas. »Sowas war in den Achtzigern noch absolut üblich, da wurde gerne geschludert. Städteübergreifende Netzwerke gab es ja nicht, und Schriftkram war lästig. Sie muss das gewusst oder zumindest vorausgesetzt haben, und ein formloses Schriftstück zu fälschen, ist nicht besonders schwierig!«

»Solange wir nicht wissen, was sie dort getrieben hat, hilft uns diese Erkenntnis allein nicht weiter«, beendete Tobias den Disput. »Findet heraus, was sie in den Jahren 1987 bis 1991 beruflich machte, eventuell gibt es noch ehemalige Arbeitskollegen, die wir befragen können. Das könnten wir zwar auch in Köln tun, aber irgendetwas sagt mir, dass der Schlüssel zu allem in diesem Zeitraum liegt!« Er seufzte vernehmlich. »Jetzt versteht ihr hoffentlich meine Abneigung gegen ›Cold Cases‹. Die Zeit ist ein gnadenloser Geist, der sämtliche Spuren unter dem Mantel des Vergessens zu begraben versucht.«

Nach diesen poetischen Worten ließ er mit einem beiläufigen Tastendruck auf seiner Steuerkonsole die Bildschirme in die Tischplatte einfahren. »Ihr wisst, was zu tun ist«, entließ er seine Leute an ihre Arbeitsplätze. »Falls bis dahin nichts Gravierendes passiert, könnt ihr heute pünktlich in den Feierabend!«

* * *

Von nebenan waren die Stimmen von Martin und Jonas zu vernehmen, die sich einmal mehr lautstark über die von Tobias zugegebenermaßen schwammig formulierte Aufgabenverteilung stritten. Allerdings war er auch davon ausgegangen, dass seine Kommissare alt genug wären, das unter sich zu regeln. Es war wie immer: Martin als der Ranghöhere hatte Jonas die Liste mit den Funkzellenauswertungen gegeben und die Einzelverbindungen für sich behalten. Sein Partner wiederum warf ihm vor, sich wieder mal den leichteren Teil der Arbeit ausgesucht zu haben.

»Ob die das jemals leid sind?«, schüttelte Vanessa den Kopf über die ›Kindsköpfe‹, wie sie ihre männlichen Kollegen wegen der dauernden Streitereien um Nichtigkeiten bei sich nannte. Währenddessen legte sie ihren Teil der Liste mit den anzurufenden Geldinstituten neben ihrem Telefon bereit. Die Aufstellung war lang und vorher wollte sie sich noch einen Kaffee in der abgetrennten Nische holen, die von allen etwas großzügig als Küche bezeichnet wurde.

Sie hatten sich im Gegensatz zu den Männern mit wenigen Worten darauf verständigt, dass Jasmin die Banken in Bonn anrufen würde, Erik die in Troisdorf, und sie selbst für die Kölner Institute verantwortlich sein würde. Der einzige Anhaltspunkt war eine in die Schlüsselreide eingravierte Nummer, doch die sollte in Verbindung mit dem Namen der Inhaberin ausreichen. Einen richterlichen Beschluss zur Herausgabe des Schließfachinhaltes würden sie bei einem Erfolg erhalten. Während sie sich erhob, um ihren Kaffee zu holen, klingelte bei Jasmin das Telefon.

Als sie mit dem gefüllten Kaffeebecher zurück an ihren Schreibtisch kam, legte Jasmin gerade den Telefonhörer auf und blickte ihr mit ungewohnt finsterer Miene entgegen. »Was ist denn los?«, erkundigte sie sich alarmiert bei der Kollegin. »Hat es etwa wieder einen Mord gegeben?«

»Schlimmer!«, erhielt sie zur Antwort. »Ich habe nämlich ziemlichen Mist gebaut. Bei den Recherchen zum Vorleben unseres Mordopfers ist mir ein Fehler unterlaufen!«

»Das ist ja mal ganz was Neues. Die Meisterin der Online-Recherche macht Fehler!«, spottete Vanessa. »Dann habe ich eine Ansage an dich: Willkommen im Club, wir verbocken alle mal was! So schlimm wird es schon nicht sein!«

»Na ja, *dieser* Bockmist könnte immerhin unsere ganze Theorie komplett über den Haufen werfen! Ich hatte doch berichtet, dass ich eine Anwesenheit von Marion Borchers in Frankfurt weder beim dortigen Einwohnermeldeamt noch im Geburtenregister verifizieren konnte. Die Mitarbeiterin beim Standesamt hatte die Beurkundung nicht finden können und es auf einen Systemfehler geschoben. Sie sagte, ich solle am nächsten Tag wieder anrufen.«

»Und? Hast du?«

»Eben nicht! Weil es in den Einwohnerdaten ebenfalls keinen Eintrag gab und auch sonst nichts über sie oder ihre Eltern zu finden war, hatte ich das ad acta gelegt. Und jetzt ruft mich die Standesbeamtin zurück und sagt mir, dass sie in uralten Archivdaten aus den Achtzigerjahren noch etwas entdeckt hat! Im Computer haben die nur die Dokumente der letzten dreißig Jahre, wie sie mir erklärte. Deshalb hatte ich auch in den Meldedaten nichts gefunden, dazu hätte ich aber nur einen Zugriff auf das Archiv beantragen müssen. Ich habe kläglich versagt!«

»Du darfst nicht so hart mit dir ins Gericht gehen. Du hast in der kurzen Zeit mehr herausbekommen, als ich jemals in der Lage gewesen wäre! Was ist mit den Dokumenten? Erhalten wir die noch?«

»Erstmal nur die Geburtsurkunde. Ich hielt es für besser, sie im Original zu haben, um sie mit der uns vorliegenden Kopie vergleichen zu können. Deshalb bekomme ich sie am Montag mit der regulären Post zugeschickt. Aber da ist noch etwas anderes, ein alter Zeitungsartikel aus dem Jahr 1980.« Sie schob ihrer Kollegin einen Ausdruck über den Tisch.

Schreckliche Familientragödie
Wie viele müssen noch sterben?

Frankfurt. Am vergangenen Wochenende wurde auf der B44 bei einem tödlichen Verkehrsunfall fast eine ganze Familie ausgelöscht. Das Fahrzeug der Eheleute B. kam in einer scharfen Kurve auf regennasser Fahrbahn ins Schleudern und kippte über eine Böschung, wo es sich wahrscheinlich mehrmals überschlug. Werner und Eleonore B. konnten von den Rettungskräften nur noch tot aus dem völlig demolierten Auto geborgen werden, ihre vierzehnjährige Tochter Marion überlebte schwer verletzt und liegt seitdem im Koma. Besonders tragisch ist die Tatsache, dass es dort vorher bereits zu ähnlichen Unfällen kam, und die Stadt auf entsprechende Bürgerinitiativen zur Begradigung der Strecke nicht reagierte. Wie viele Menschen müssen noch sterben, bevor etwas unternommen wird?

»Das ist ein Zeitungsausschnitt vom 21.04.1980«, erklärte Jasmin, nachdem Vanessa den Artikel rasch überflogen hatte. »In der Prä-Computerzeit wurden in Frankfurt, wie auch in vielen anderen Städten, alle regionalen Nachrichten in einem sogenannten Pressespiegel zusammengefasst und später digitalisiert. Eine ältere Kollegin der Standesbeamtin konnte sich noch vage an den schrecklichen Unfall und auch an die ungefähren Namen erinnern. Sie suchte aus dem Archiv diesen Artikel heraus und schickte ihn vorhin per E-Mail. Die beiden haben damit im Grunde meine Arbeit gemacht!«

»Ist doch egal, Hauptsache wir haben die Information! Ich denke aber nicht, dass sie viel an unserer Einschätzung zur Person der Marion Borchers ändert. Mit der Frau stimmt etwas nicht, und die Geschichte mit ihrer Geburtsurkunde ist längst nicht die einzige Ungereimtheit. Du solltest aber den Chef von dieser Entwicklung unterrichten!«

* * *

»Danke, dass du es mir gesagt hast. Ich denke aber nicht, dass die Information etwas daran ändert, wie wir das Mordopfer einzuschätzen haben«, tröstete Tobias Heller die aufgelöste Jasmin Brandt ohne es zu wissen mit denselben Worten wie kurz zuvor deren Kollegin Vanessa Fuchs. »In ihrem Lebenslauf klafft nach wie vor eine sehr große Lücke, die es zu füllen gilt. Darauf sollten wir jetzt unser Hauptaugenmerk richten. Und seht zu, dass ihr so bald wie möglich an den Inhalt dieses Schließfachs gelangt, dann können wir am Montag vielleicht schon damit arbeiten!«

»Wir wollten gerade anfangen, die Banken in der Umgebung abzutelefonieren, Chef. Das sind naturgemäß eine ganze Menge, wie du dir denken kannst. Wir werden uns etwas beeilen. Im Erfolgsfall benötigen wir aber schnellstens einen Gerichtsbeschluss zur Einsichtnahme!«, wies sie den Vorgesetzten überflüssigerweise auf eine bekannte Notwendigkeit hin.

»Ich werde daran denken«, versprach er ihr milde lächelnd. »Ach, und noch was«, hielt er sie zurück, als sie sein Büro verlassen wollte. »Zucker soll doch gut für die Konzentration sein. Vielleicht solltest du den als Belohnung vorgesehenen Schokoriegel in Zukunft lieber *vorher* essen. Als Motivationshilfe sozusagen«, grinste er und zeigte damit, dass er über die Gewohnheiten seiner Mitarbeiterin bestens Bescheid wusste. Der versteckte Rüffel in seiner Rede entging ihr aber nicht.

* * *

»Wie ich sehe, sitzt dein Kopf noch auf den Schultern!«, bemerkte Vanessa, als sie sich wieder an ihren Schreibtisch setzte. »War es sehr schlimm?«

»Du kennst ihn«, brummte sie. »Tobias beherrscht das Kunststück, selbst einen Anschiss in einen Witz zu verpacken und trotzdem keinen Zweifel daran zu lassen, was die Stunde geschlagen hat. Er meinte, ich solle mich etwas mehr konzentrieren. Als ob ich das nicht schon genug tun würde!«

»Vielleicht bessert das ja deine Laune ein wenig«, lachte Vanessa und reichte ihr ein Handy über den Tisch. Es war das Telefon von Marion Borchers, wie sie an der gelben Schutzhülle erkannte. »Das brachte Amara vorbei, während du beim Chef warst. Sie hat ihre Untersuchungen jetzt abgeschlossen. Es ist zwar nichts Besonderes an Daten darauf, aber schau dir mal die App auf dem Startbildschirm an!«

Natürlich tummelten sich dort ein gutes Dutzend Apps, wie das heutzutage allgemein üblich war. Doch Jasmin wusste dennoch sofort, was Vanessa meinte, auch ohne Schokolade! Das leuchtend rote Logo einer Banking-App sprang sie förmlich an. »Du meinst ...?«

»Ich weiß es sogar genau«, nickte die Freundin mit unbewegtem Gesicht, doch ihre Augen sprühten vor Unternehmungslust und straften ihre vorgetäuschte Gleichmütigkeit Lügen. »Diese Bank ist in Bonn, also auf deiner Liste. Sie wäre aber erst ganz zum Schluss drangekommen, ich habe mir daher erlaubt, da mal anzurufen, während du beim Chef warst.«

»Und?«

»Du kannst dir gleich wieder ein paar Pluspunkte einheimsen, wenn du jetzt nochmal zu Tobias gehst und um einen richterlichen Beschluss für den Inhalt des Schließfachs bittest«, grinste Vanessa sie breit an. »Wir haben es nämlich soeben gefunden!«

Fast pünktlich auf die Minute zwei Stunden später legte Jasmin dem Leiter der Bonner Filiale der Kreissparkasse Köln den Beschluss vor. Die Bank lag zwar postalisch sowohl außerhalb der Zuständigkeit der Siegburger Kriminalpolizei als auch der des dortigen Amtsgerichts, doch für die Gültigkeit der richterlichen Verfügung war letzten Endes der Wohnsitz der Kontoinhaberin von Bedeutung und die hatte zuletzt in Troisdorf, also im Rhein-Sieg-Kreis gewohnt.

»Sie haben den Schlüssel?«, erkundigte sich der Bankdirektor beiläufig, nachdem er das Dokument sorgfältig geprüft hatte. Vanessa übergab ihm diesen wortlos und schaute auf ihre Uhr. Wenn alles gut lief, waren sie zum Feierabend zurück im Kommissariat.

»Aus Sicherheitsgründen können Sie nicht allein in den Tresorraum«, verkündete der Bankdirektor. »Ein Angestellter wird Sie in den für Kunden zugänglichen Bereich begleiten. Er wird den zur Öffnung der Kassette notwendigen zweiten Schlüssel mitbringen, diese in Ihrer Gegenwart aufschließen und Sie dann allein lassen. Sie können den Raum nicht von innen öffnen. Sobald sie fertig sind, brauchen Sie aber nur zu klingeln. Sie werden unverzüglich dort abgeholt.« Ohne eine Antwort abzuwarten, griff er zum Telefon, um den erwähnten Mitarbeiter zu rufen.

* * *

»Ist das nicht etwas übertrieben?«, wunderte sich Erik, als sie mit der Kassette unter sich waren. Sie stand mit noch heruntergeklapptem Deckel auf dem Stahltisch in der Mitte des kreisrunden Raumes. Der Bankangestellte hatte sie dort abgestellt, ohne einen Blick hineinzuwerfen, und sich anschließend wortlos entfernt. An der umlaufenden Wand reihten sich bis an die Decke Schließfächer. Es mussten schätzungsweise tausend oder mehr sein.

»Das finde ich eigentlich nicht«, meinte Vanessa dazu. »In der Kassette kann schließlich alles Mögliche untergebracht sein, das wird ja nicht überprüft. Zum Beispiel eine geladene Schusswaffe, mit der man sich einen Zugang in den Tresorraum erzwingen könnte! Ich bin mir aber auch ziemlich sicher, dass wir hier drin nicht ganz so unbeobachtet sind, wie man uns das gerne glauben machen möchte!«

»Wollen wir hier erst ein gemütliches Kaffeekränzchen abhalten, oder schauen wir jetzt endlich in diese verdammte Kassette?«, meldete sich Jasmin zu Wort. Sie hätte sich am liebsten sofort darauf gestürzt und konnte nicht verstehen, wie die beiden im Angesicht der möglichen Antwort auf all ihre Fragen dermaßen gelassen bleiben konnten. Es war jedoch eher so, dass sich keiner richtig herantraute. Schließlich trat Erik vor und hob entschlossen den stählernen Deckel der etwa einen halben Meter langen Kiste. Ihnen gingen die Augen über, als sie sahen, was sich darin befand!

Kapitel 9

Der schönste Tag, reloaded

Wolfgang hatte recht behalten. Das Hochzeitskleid war nach der Spezialbehandlung durch seine Mutter wieder blütenweiß geworden und strahlte mit seiner Trägerin geradezu um die Wette. Chrissie hatte jetzt allen Grund dazu, denn obwohl der schönste Tag in ihrem Leben beinahe in einer Tragödie geendet hätte, war er letzten Endes doch noch gut ausgegangen. Sie hatte daher jetzt doppelt Veranlassung, dieses Fest zu genießen, denn dass ihr Mann diesen hinterhältigen und gemeinen Anschlag überlebt hatte, war wie eine Wiedergeburt. *Reloaded* sozusagen.

»Wie hübsch du aussiehst!«, kam Denise Malowski nicht umhin, auch jetzt wieder ihr schönes Kleid zu bewundern. Auch heute trug die glückliche Braut die speziell zu diesem Anlass gekauften Schuhe mit extra hohen Absätzen, die sie einander fast auf Augenhöhe brachten. Durch das bodenlange Hochzeitskleid war die kleine Schummelei nicht zu sehen, aber natürlich wussten es alle. Denise war diesmal mit ihrer ganzen Familie hier. Sven war in ein Gespräch mit Wolfgang vertieft, und Leonie und Nicklas standen ehrfürchtig staunend an der Wiege mit Baby Marvin. Der Winzling schien die ihm entgegengebrachte Aufmerksamkeit sehr zu genießen, denn er lachte über das ganze Gesichtchen.

»So schön sieht ein Lachen ohne Zähne nie wieder aus«, wusste Denise, die den wachsamen Blicken der Freundin zur Wiege gefolgt war. Ihre eigenen Kinder waren zum Glück vollständig ausgestattet, da es eine höchst schmerzvolle Angelegenheit sein kann, sie zu bekommen. Auch für die Eltern, wegen der zahllosen schlaflosen Nächte. Wobei Nicklas die meisten Milchzähne schon hatte, als sie ihn bekam. Er war im Alter von zweieinhalb Jahren von ihr und Sven adoptiert worden, nachdem jemand seine Mutter getötet hatte.

»Sie sind total süß, nicht wahr?«, wandte Chrissie sich an die Freundin. »Da wird einem so richtig warm ums Herz. Sag mal, du bist jetzt ja schon fast ein Jahr weg, hast du es eigentlich jemals bereut, keine Polizistin mehr zu sein?«

»Denkst du etwa auch darüber nach? Wenn ich ehrlich sein soll, vermisse ich es schon manchmal ein wenig«, gestand Denise ihr leise. »Aber dann schaue ich mir die Kinder an und weiß, dass es die richtige Entscheidung war. Sie werden so schnell groß!«

»Unsere Männer scheinen sich ja ausgezeichnet zu verstehen«, meinte Chrissie, als sich ihre Augen von den Kindern lösten und ihrem Wolfgang zuwandten. Sven redete gerade heftig gestikulierend auf ihn ein, während er ab und zu bestätigend nickte. Der voluminöse Kopfverband war in der Zwischenzeit durch einen unauffälligeren Sprühverband ersetzt worden. Die ausrasierte Stelle auf der Schädeldecke war nun das Einzige, das von seinem ›Unfall‹ zeugte. Wenn denn hier jemand anwesend wäre, der dem großen Kerl auf den Kopf hätte gucken können. »Was die wohl zu bereden haben?«

»Wie ich meinen Mann kenne, versucht er ihn als Klienten zu gewinnen«, lachte Denise. »Mit seinem Gehalt als Pilot und Personenschützer passt er in sein Beuteschema. Nicht, dass wir über mangelnde Kundschaft zu klagen hätten!« Sven Leuchner betrieb eine florierende Steuerberaterpraxis, in der Denise ihn vor Jahren im Rahmen einer Ermittlung auch kennenlernte. Seit sie ihr Arbeitsverhältnis bei der Kriminalpolizei gekündigt hatte, half sie ihm halbtags bei der Büroarbeit.

»Dann wünsche ich ihm viel Glück dabei«, grinste Chrissie, die die Beratungsresistenz ihres Mannes in dieser Beziehung kannte. »Wo die Familie Heller bloß bleibt?«, meinte sie nach einem Blick zur Uhr. »Ich fand es schon schade, dass sie nicht mit in der Kirche waren. Gleich gibt es das Mittagessen, es wäre schön, wenn Melanie und Tobias wenigstens dann mit dabei sind.«

»Es war von vornherein klar, dass die beiden an der kirchlichen Trauung nicht teilnehmen würden«, hob Denise die Schultern. »Sie haben es damit nicht so, das musst du akzeptieren, und Tobias fühlt sich in Anzügen eben nicht besonders wohl. Dabei war es eine so schöne Zeremonie, du hast in deinem weißen Kleid ganz toll ausgesehen und der Pfarrer hat eine sehr bewegende Rede gehalten. Ich war fast ein bisschen neidisch! Ob man die kirchliche Trauung nach all den Jahren wohl noch nachholen kann?«

Ein Klingeln an der Tür enthob die Braut zunächst einer Antwort, die sie ohnehin nicht gewusst hätte. »Das werden sie sein«, nickte sie Denise erleichtert zu. »Gehst du bitte mal an die Tür, Mama?«, wandte sie sich an ihre Mutter, die hier das Hausrecht hatte. Aus Platzgründen wurde die Hochzeitsfeier bei ihren Eltern in Sankt Augustin abgehalten, wo am Morgen auch die kirchliche Trauung stattgefunden hatte.

Herein kam wenige Augenblicke später aber nur *eine* Person: Melanie Heller. Sie trug eine zerknirschte Miene zur Schau, die sich mit großer Wahrscheinlichkeit nicht auf ihr verspätetes Erscheinen bezog, denn das war bei ihr sozusagen Standard. »Du bist allein?«, fragte Denise alarmiert. »Wo ist Tobias?«

* * *

Der stand in diesem Augenblick zusammen mit seinem früheren Vorgesetzten, dem Ersten Kriminalhauptkommissar Donner, auf dem Lohmarer Zentralfriedhof vor einer Grabstelle. Beide blickten erschüttert auf eine grausame Szene, wie sie ihnen während ihrer langen Zusammenarbeit noch nicht oft vorgekommen war: Vor ihnen lag eine schlimm zugerichtete Frauenleiche in einer Blutlache quer über einem Grabstein. Da sie ihnen das Gesicht mit vor Entsetzen aufgerissenen Augen dabei zuwandte, war die Todesursache selbst für einen Laien sofort zu erkennen: Ihr war die Kehle durchtrennt worden! Tobias überkam auf der Stelle ein heftiges Déjà-vu.

»Siehst du jetzt, warum ich dich angerufen habe?«, zeigte Donner auf die grausige Szene vor ihnen. »Das ist bis auf die Lokalität eurem Fall doch sehr ähnlich, findest du nicht? Wobei die beiden Taten, sollten sie tatsächlich zusammenhängen, einer gewissen Ironie nicht entbehren: Erst war es eine Hochzeit, und jetzt ist es eine Beerdigung!«

»Die jedoch eher schon eine ganze Weile her ist«, schränkte Heller seine Feststellung ein. Er zeigte auf das eingemeißelte Todesdatum. »Siehst du? Doch in einem stimme ich dir zu: Dieser Mord hängt definitiv mit meinem aktuellen Fall zusammen, ich werde ihn daher übernehmen. Deine freundliche Zustimmung natürlich vorausgesetzt.«

Donner sah versonnen der hageren, hochgewachsenen Gestalt hinterher, die ihnen im Vorbeigehen kurz zugenickt hatte, jetzt ihre Instrumententasche beim Grab abstellte, und sich neben die Leiche kniete. »Kein Problem, wir sind mit unserem eigenen Kram wie immer genug beschäftigt«, gab er seinem ehemaligen Ermittler sein Einverständnis. »Aber nur, wenn du mich im Gegenzug an deiner Weisheit teilhaben lässt. Was macht dich denn so sicher, es wieder mit demselben Täter zu tun zu haben?«

»Das zeige ich dir, sobald de Luca mit der Untersuchung der Leiche durch ist«, nickte Heller in Richtung der Rechtsmedizinerin. »Ich will nicht leichtfertig unser beider Leben riskieren, indem ich diesen Drachen bei der Arbeit störe!«

»Ja, ich weiß, was du meinst«, grinste Donner und wandte sich Jürgen Vogel zu, der jetzt mit zwei seiner Leute ebenfalls hinzugetreten war. »Das ist ab sofort ein Fall für die SOKO Rhein-Sieg«, verkündete er ihm.

Vogel zuckte nur gleichgültig mit den Schultern. Ihm konnte es egal sein. Er gab seinen Männern einen Wink und sie begannen umgehend, den Bereich rund um das Grab nach Spuren abzusuchen. Immer darauf bedacht, die Rechtsmedizinerin nicht über Gebühr bei ihrer Arbeit zu stören. Die Steinplatte, auf der die Leiche lag, würden sie daher untersuchen, nachdem diese abtransportiert war. Tobias sah ihnen dabei zu, mehr konnte er derzeit ohnehin nicht tun.

»Den Friedhofsgärtner, der die Tote gefunden hat, habe ich schon befragt und anschließend nach Hause geschickt. Er war total durch den Wind«, informierte Donner ihn. »Er hat nichts von Bedeutung gesehen, ich werde dir aber natürlich das Vernehmungsprotokoll und seine Anschrift geben, sobald ich wieder im Büro bin.«

* * *

»Tobias kann also nicht kommen?«, vergewisserte sich Christina Ohlsen enttäuscht, nachdem Melanie Heller ihr den Grund für das Fehlen ihres Ehemannes genannt hatte. »Das ist wirklich sehr schade, zumal ich mich noch gar nicht richtig für mein unmögliches Verhalten nach der standesamtlichen Trauung bei ihm entschuldigt habe! Was ich ihm alles an den Kopf geworfen habe ... Und geschlagen und getreten habe ich ihn auch! Das tut mir jetzt unendlich leid, er wollte mich schließlich nur schützen.«

»Ich bin mir sehr sicher, dass er das weiß«, beruhigte Denise die Freundin. Sie kannte Tobias als langjährige Ermittlungspartnerin von allen Anwesenden, seine Ehefrau selbstverständlich ausgenommen, am längsten und, ohne Melanie zu nahe treten zu wollen, auch mit am besten. Nichts schweißt zwei Menschen mehr zusammen, als unzählige, teilweise gefährliche Einsätze, etliche Verfolgungen flüchtender Straftäter und dank Schutzwesten glücklicherweise glimpflich ausgegangene Schießereien, in die sie geraten waren.

Der Spitzname, den die Kollegen den beiden schon vor Jahren verpasst hatten, kam nicht von ungefähr: *das dynamische Duo*. Es hieß, sie hätten sich in jeder Gefahrensituation ohne Worte verständigen können. »Tobias ist nicht nur Polizist, sondern hat aufgrund seines Studiums auch eine psychologische Grundausbildung«, fuhr Denise fort. Sie hatte die Szene zwar nicht mitangesehen, aber natürlich davon gehört. »Er weiß daher, dass du emotional in einer Ausnahmesituation warst, als du deinen Mann in einer Blutlache da liegen sahst. Er hat dir längst verziehen!«

»Jedenfalls ist das nun schon die zweite Leiche, die an meinem Hochzeitstag gefunden wurde«, meinte Chrissie. »Ist das nicht irgendwie beängstigend? Erst nach der standesamtlichen Eheschließung und jetzt am Tag der kirchlichen Trauung! Fast könnte man glauben, dass ein Fluch darauf liegt«, fügte sie nicht ganz ernsthaft hinzu.

»Na, dann solltest du einfach nie wieder heiraten«, riet Denise ihr grinsend. »Und schon ist das Problem gelöst!«

»Das Kontingent an Hochzeiten ist sowieso bis an unser Lebensende ausgeschöpft.« Wolfgang hatte das Gespräch mit Denises Ehemann beendet und sich der kleinen Gruppe angeschlossen. Er nahm seine Frau in den Arm. »Aber ein Gutes hat das Ganze immerhin«, lachte er. »Wir werden diesen Tag garantiert niemals wieder vergessen und dürfen ihn deshalb zu Recht als den Schönsten unseres Lebens bezeichnen! Lasst uns gemeinsam darauf anstoßen!« Er zauberte ein Tablett mit Sektgläsern hinter seinem breiten Rücken hervor und reichte jedem ein Glas.

Martina de Luca hatte ihre Untersuchung an der Leiche abgeschlossen und erhob sich nun in einer für sie typischen, dem Aufklappen eines Taschenmessers gleichenden, jedoch fließenden Bewegung. Nachdem sie die Instrumententasche an sich genommen hatte, wandte sie sich mit einer ebenfalls üblichen, unbewegten Miene den beiden am Wegesrand wartenden Kommissariatsleitern zu. Zumindest bei Donner stieg die Spannung ins Unermessliche, denn gleich würde Heller ihm sagen, was an dieser Leiche so Besonderes sein sollte, das ihm selbst entgangen war! Weil er ihn aber seit vielen Jahren kannte, war er sicher, dass sein ehemaliger Top-Ermittler damit richtig lag.

»Das ist beinahe eine genaue Kopie der tödlichen Verletzung, die ich am Dienstag untersuchen durfte«, wandte Martina de Luca sich direkt an Tobias Heller. »Die Schnittlänge und die Schnitttiefe sind praktisch identisch und dürften auch hier innerhalb weniger Sekunden zum Tode geführt haben. Diese Verletzung wurde ihr wahrscheinlich auch von derselben Hand und mit einem ähnlichen Messer beigebracht. Aber darauf dürfen Sie mich jetzt nicht festnageln, warten Sie also die Autopsie ab!«

»Todeszeitpunkt?«, bellte Donner, der im Umgang mit der eigenwilligen Rechtsmedizinerin längst nicht so duldsam war wie Heller. Auch wenn er diesen Fall an die SOKO Rhein-Sieg abgetreten hatte, musste er sich noch lange nicht von dieser eingebildeten Person auf der Nase herumtanzen lassen. Tobias konnte sich ein Grinsen nicht ganz verkneifen. Sein früherer Chef machte seinem Namen mal wieder alle Ehre.

De Luca richtete ihren Blick auf den deutlich kleineren Kriminalisten, der jedoch mühelos standhielt. »Irgendwann zwischen Mitternacht und 02:00 Uhr«, zischte sie, nachdem der Erste Hauptkommissar das ›Augenduell‹ offenbar 1:0 für sich entschieden hatte. »Die Leiche wird in einer halben Stunde von meiner Assistentin abgeholt. Alles Weitere erfahren Sie nach der Leichenschau!«, fügte Sie hinzu und rauschte mit erhobenem Haupt von dannen.

»Ui, das war knapp!«, grinste Tobias. »Ich dachte schon, die zieht jeden Augenblick ihren Zauberstab und verwandelt dich in eine warzige Kröte!«

»Ach was, ihr seid alle viel zu duldsam mit dieser Person! Manchmal wünsche ich mir den guten alten Heinz Balensiefen zurück! Aber jetzt sag endlich: Was macht dich so sicher, dass dieser Mord und der von Dienstag zusammengehören? Die Verletzung kannst du nicht gemeint haben, da man das von hier aus gar nicht beurteilen kann!«

»Siehst du die vielen Münzen, die auf der Brust der Leiche und um sie herum liegen?«, zeigte Tobias zum Grab, wo sich zwei der Forensiker nach dem Weggang der Pathologin näher herangetraut hatten und jetzt auch den Bereich unmittelbar daneben inspizierten. »Ich verwette meine Pension darauf, dass ich dir von hier aus die exakte Anzahl nennen kann!«

Er legte die Stirn in Sorgenfalten. »In Zusammenhang mit dem, was meine Kommissare vorgestern in den Hinterlassenschaften des ersten Opfers fanden, frage ich mich allen Ernstes, ob das hier nicht einige Nummern zu groß für uns ist!«

»Du denkst daran, das Bundeskriminalamt einzuschalten?«, wunderte sich Donner. »Wegen ein paar Münzen?«

»Ich dachte dabei eher an den Bundesnachrichtendienst!«, versetzte Heller mit Grabesstimme. Er setzte sich vorsichtig Richtung Grab in Bewegung, wobei er darauf achtete, keine Spuren zu verwischen. Er hatte jedoch die Befürchtung, dass ihnen die Zeit davonlief, und er wollte die Forensiker schon jetzt nach ersten Ergebnissen befragen. Sich die Leiche genauer anzuschauen, hielt er indes nach Lage der Dinge nicht für erforderlich. Dafür waren andere da.

Kapitel 10

Wo sind die Zusammenhänge?

»Leider sind die Tatumstände das einzige Indiz für einen unmittelbaren Zusammenhang dieser beiden Taten«, beendete Tobias seinen atemlos lauschenden Ermittlern gegenüber den Bericht über die Ereignisse vom Vortag. Dass sie ausnahmslos geschockt waren, konnte er an ihren Gesichtern ablesen. Es war aber verständlich: Da kam man völlig ahnungslos aus dem Wochenende und dann sowas! Als ob der Fund, den Jasmin, Vanessa und Erik am Freitag gemacht hatten, nicht schon für genügend Aufregung gesorgt hätte!

»Unglücklicherweise hatte das Opfer nichts außer einem Haus- oder Wohnungsschlüssel bei sich, der aber nicht beschriftet ist«, fuhr er fort. »Falls sie ein Handy und/oder Ausweispapiere mitführte, wurden ihr die Gegenstände vom Täter respektive der Täterin nach der Tat oder vielleicht vorher abgenommen. Ich habe, nachdem die Leiche abtransportiert war, ein Foto von der Grabplatte gemacht. Womöglich bringt uns ja die Inschrift der Identität des zweiten Opfers näher. Ein Zusammenhang mit Marion Borchers ist aber schon durch dieselbe Tötungsart und die dreißig Münzen gegeben, die auf und neben ihrem Körper verstreut waren. Allerdings unterscheidet sich diese Vorgehensweise stark von der Vorherigen.«

»Schon der Todeszeitpunkt ist extrem ungewöhnlich«, bemerkte Vanessa. »Was hatte die Frau mitten in der Nacht auf dem Friedhof zu suchen? Und dann noch ›zufällig‹ auf ihre Mörderin zu treffen, ist ohne eine vorangegangene Verabredung mehr als unwahrscheinlich!«

»Das könnte vielleicht der Grund für das fehlende Mobiltelefon sein«, überlegte Martin. »Für mich steht es außer Frage, dass sie dorthin gelockt worden sein muss. Warum dann nicht mit einer SMS, oder besser noch mit einer *WhatsApp*-Nachricht, die bekanntlich nicht nachverfolgbar ist?«

»Was wiederum nahelegt, dass Täter und Opfer sich kannten«, ergänzte Jonas. »Was auch für Marion Borchers gelten dürfte! Allein die Münzen weisen auf einen Racheakt hin, und sowas setzt eine persönliche Beziehung voraus!«

»Womit wir beim Thema angelangt sind«, nickte Tobias. »Es wurde ja bereits mehrfach der Verdacht geäußert, dass Marion Borchers womöglich nicht die Person gewesen ist, für die sie gehalten wurde. Durch den Inhalt ihres Bankschließfachs, das wir am Freitag sicherstellen konnten«, schickte er einen Blick zu den Kommissarinnen, »ist die Vermutung praktisch zur Gewissheit geworden! Leider bringt uns auch das im Moment nicht wesentlich weiter.«

»Die Handydaten geben ebenfalls kaum was her«, meldete sich Martin zu Wort. »Laut ihren Einzelverbindungsnachweisen telefonierte Marion Borchers in den letzten Tagen nur mit ihrem Zahnarzt und ihrem Frisör. Bei ihren Bewegungsdaten verhält es sich ganz ähnlich. Nur Fahrten zwischen Büro und Wohnung, zum Supermarkt, und so weiter. Laut den Kollegen, die ich befragt habe, war sie nicht besonders gesellig, war sehr zurückgezogen und nahm nie an Betriebsfesten, Weihnachtsfeiern und dergleichen teil.«

»Okay, dann haken wir das auch erst mal ab«, hob Tobias die Schultern. »Kommen wir aber wieder zu dem Bankschließfach. Vanessa?«, forderte er seine Ermittlerin auf, die erarbeiteten Fakten noch einmal für alle darzulegen.

»Dass die Tresorbox neben einigen Dokumenten wie ein Schulabschlusszeugnis und dem Original der Geburtsurkunde eine ziemlich große Summe Bargeld, eine Pistole und einen Ausweis der ehemaligen DDR enthielt, ist euch ja schon bekannt«, begann sie. Diese Informationen hatte sie am Freitag hochgeladen und sie waren für alle an ihren Bildschirmen verfügbar.

»Wir haben die Scheine, die aus lauter Hundertern der Währung ›D-Mark‹ bestehen, gezählt und katalogisiert. Es handelt sich hierbei um gebündeltes Geld mit Banderolen von der Deutschen Bank und fortlaufenden Seriennummern in Höhe von 126.200 DM. Die Forensik ist derzeit dabei, die Echtheit zu prüfen. Die Pistole ist eine ›Makarow Kaliber 9 mm‹ aus DDR-Produktion der Fünfzigerjahre des vergangenen Jahrhunderts. Das ursprünglich in der damaligen Sowjetunion produzierte Modell wurde bis zur Wende auch in Ostdeutschland in Lizenz hergestellt und von den Streitkräften und bei der Polizei verwendet.«

»Die Geburtsurkunde entspricht der, die mir heute vom Standesamt Frankfurt mit der Post zugeschickt wurde«, fuhr Jasmin fort, die diesen Teil der Recherchen durchgeführt hatte. »Sollte das Exemplar aus

Borchers Besitz eine Fälschung sein, wurde sie jedenfalls äußerst professionell ausgeführt. Die Namen der Eltern lauten Werner und Eleonore. Sie kamen, wie wir nun wissen, am 19.04.1980 bei einem Autounfall ums Leben, den ihre damals vierzehnjährige Tochter schwer verletzt überlebte.«

»Bevor wir nun zu dem DDR-Pass kommen«, übernahm Vanessa wieder, wobei sie die enttäuschten Gesichter der Kollegen geflissentlich ignorierte, »ist eine zweite Urkunde aus dem Bankschließfach von einigem Interesse. Es handelt sich um ein Schulabschlusszeugnis, ausgestellt 1985 von einer Schule in Remscheid, die kurz darauf bis auf die Grundmauern niederbrannte. Unterlagen zu den Schülern konnten nicht gerettet werden. Hier müssen wir uns fragen, wie eine junge Frau, die erst fünf Jahre zuvor einen Autounfall in *Frankfurt* schwer verletzt überlebte, im über 200 Kilometer entfernten *Remscheid* das Abitur machen konnte. Zumal sie im dortigen Einwohnerregister völlig unbekannt ist! Außerdem kann sie nicht an zwei Orten gleichzeitig gewesen sein. Sie hatte bei ihrer Anmeldung in Bonn ja behauptet, dort bereits mehrere Jahre vorher gewohnt zu haben und belegte dies durch eine Bescheinigung ihres Vermieters. Zu der Zeit drückte sie laut ihrem Zeugnis die Schulbank in Remscheid!«

»Ich glaube, du hast deine männlichen Kollegen jetzt genug gequält«, lächelte Tobias. »Bringen wir es also hinter uns. Was hat es mit dem Pass auf sich?« Er wusste natürlich Bescheid. Auch, dass die mit diesem Dokument verbundenen Informationen nicht helfen würden, den Fall zu lösen. Im Gegenteil!

»Vereinfacht gesagt«, hob Vanessa die Schultern, »können wir damit weniger anfangen, als wenn wir zum Beispiel Martins Pass zu den Akten nähmen. Da wüssten wir wenigstens, wem er gehört.« Sie nahm einen USB-Stick zur Hand und lud eine Bilderserie hoch. »Die habe ich gerade erst angefertigt, bevor ich den Pass in die Forensik zur Untersuchung gegeben habe«, sagte sie. »Wie ihr seht, sind sowohl das Foto als auch der Name und das Geburtsdatum nachträglich geschwärzt worden. Es ist nicht einmal sicher, dass er der Person zugeordnet werden kann, die wir als Marion Borchers kennen, obwohl das sehr wahrscheinlich der Fall sein dürfte.«

»Was das Sichtbarmachen der Schrift unter den Schwärzungen angeht, kann ich keine allzu positive Prognose liefern«, fühlte Jürgen Vogel sich angesprochen. »Sofern ein säurebeständiger Filzschreiber zum Einsatz kam, wird es uns unmöglich sein, diese Farbschicht zu entfernen, ohne die Tinte darunter aufzulösen. Für eine wasserlösliche Farbe gilt das ebenfalls, allenfalls werden wir in dem Fall blasse Rückstände zurückbehalten, die mit etwas Glück einigermaßen zu entziffern sind. Die wenigen nicht geschwärzten Stellen weisen auf einen Tintenfüller als Schreibgerät hin, sodass feine Vertiefungen, wie sie beispielsweise bei Kugelschreibern entstehen, nicht vorhanden sein werden. Allein das würde uns hier aber weiterhelfen, da der Pass mit schwarzer Tinte geschrieben wurde. Der Einsatz eines Spektrografen, um etwaige Farbunterschiede sichtbar zu machen, dürfte daher wenig Erfolg versprechen. Aber natürlich werden wir sämtliche Möglichkeiten ausschöpfen!«

»Der Pass wurde im Jahr 1985 ausgestellt«, merkte Jasmin an. »Die Seriennummer wird uns nach einer so langen Zeit ebenfalls nicht weiterhelfen, zumal der ausstellende Staat nicht mehr existiert. Schade, denn der Name der Inhaberin wäre höchstwahrscheinlich der Schlüssel zu allem!«

»Davon gehe ich auch aus«, nickte Tobias. »Das wird der Hauptgrund für die Schwärzung der Daten gewesen sein. Doch diese Überlegungen führen uns zu nichts, wir müssen das Ergebnis der forensischen Untersuchung abwarten. Da wir beim ersten Opfer in einer Sackgasse stecken und die Morde zusammenhängen dürften, werden wir uns daher jetzt auf den neuen Fall stürzen. Habt ihr auf dem Friedhof irgendwelche verwertbaren Spuren sicherstellen können?«, wandte er sich wieder an den Leiter der Forensik.

»Dazu wurde die Lokalität viel zu sorgfältig ausgesucht«, brummte Vogel. »Die Grabstelle ist, wie auch die daran anschließenden Parzellen, mit einer Platte aus schwarzem Marmor versehen, die sie vollständig abdeckt. Zwischen den Gräbern befinden sich Kieswege aus kleinen Steinen. Spuren sind auf so einem Untergrund niemals zu finden und verlorene Gegenstände waren ebenfalls keine vorhanden, obwohl wir den Weg mehr oder weniger gesiebt haben. Fingerabdrücke befanden sich reichlich auf dem Marmor, ich wage jedoch zu bezweifeln, dass auch welche vom Täter oder der Täterin dabei sind. Vergleiche mit *AFIS* sind negativ verlaufen.«

Er sah auf seine Notizen, die er statt des üblichen USB-Sticks mitgebracht hatte. Entweder aus Bequemlichkeit, oder weil er noch nicht dazu gekommen war, die Ergebnisse aufzubereiten. »Interessanter wird es allerdings im Umfeld der Leiche selbst«, fuhr er dann fort. »Alle Spuren, insbesondere das vergossene Blut, deuten darauf hin, dass die Tat dort verübt, und die Tote danach nicht mehr bewegt wurde. Die Münzen, die auf und neben ihr lagen, wurden wahrscheinlich einfach über sie ausgeschüttet oder geworfen. Es sind auch hier exakt dreißig Stück, und sie bestehen auch dieses Mal aus unterschiedlichen, zum größten Teil heute nicht mehr gebräuchlichen Währungen. Eine Aufstellung folgt.«

»Danke Jürgen! Das ist natürlich nicht viel, doch mit irgendwas müssen wir anfangen«, wandte Tobias sich an seine Leute. »Die Münzen sind zwar derzeit unser einziger Anhaltspunkt für einen Zusammenhang der beiden Morde. Aber ich denke, ihr seid mit mir einer Meinung, dass ein solcher unbestritten ist! Ich stimme auch Martin zu, dass es eine Verabredung an diesem Grab gegeben haben muss! In Anbetracht der Uhrzeit, die nicht gerade typisch für einen Friedhofsbesuch ist, ergibt alles andere in meinen Augen keinen Sinn! Und hier müssen wir ansetzen. Findet heraus, wer unser Opfer ist, und auf welche Weise sie zur nächtlichen Stunde dorthin gelockt wurde. Wenn ihr mir noch den Namen der anderen Person liefern könntet, wäre das absolut fantastisch.«

»Die Frage ist doch, ob der Treffpunkt rein zufällig oder gezielt ausgesucht wurde«, überlegte Vanessa. »Es könnte doch sein, dass speziell dieses Grab eine gewisse Bedeutung für eine der beteiligten Personen hat, oder sogar für beide! Ich werde mich daher mit dem Friedhofsamt der Stadt Lohmar in Verbindung setzen, um eventuell noch lebende Angehörige der dort beerdigten Eheleute zu ermitteln. Diese könnten wir dann gezielt dazu befragen.«

»Das ist eine gute Idee. Und wenn du schon einmal dabei bist, versuch doch auch gleich, etwas zu den dort Begrabenen herauszufinden. Insbesondere wäre es interessant, zu wissen, ob sie mit dem Paar aus dem gefundenen Medaillon identisch sein könnten!«

»Du meinst ...?«

»Wäre das so weit hergeholt? Das Grab liegt zwar sehr abgelegen und ist allein dadurch ein ausgezeichneter Treffpunkt, doch überprüfen müssen wir es auf jeden Fall. Weiter sollten wir die Vermisstenanzeigen durchsehen. Die Tat liegt zwar weniger als vierundzwanzig Stunden zurück, aber es ist nicht gänzlich auszuschließen, dass sich das Opfer zuvor schon in der Gewalt des Mörders befand und erst jetzt dorthin verbracht wurde. Das können Jasmin und Erik erledigen. Ich selbst werde gleich anschließend unsere Zeichnerin aufsuchen und ein vorzeigbares Porträt anfertigen lassen. Das können wir dann im Umfeld des Friedhofs herumzeigen. Martin und Jonas: Das werdet ihr beide machen. Weiterhin werde ich einen Zeitungsaufruf vorbereiten. Das ist diesmal unverfänglich, denke ich. Es ist immerhin eine normale Vorgehensweise, dass die Polizei so die Identität eines Menschen herauszufinden versucht. Hoffen wir also, dass der Täter oder die Täterin dadurch nicht aufgeschreckt wird, doch anders kommen wir momentan nicht weiter.«

* * *

»Rubel, Peseten, Lire ...«, murmelte Erik vor sich hin. Er sah sich die von Vogel vor wenigen Minuten elektronisch übermittelte Aufstellung der ›Münzsammlung‹ vom letzten Tatort an. »Allesamt aus der Prä-Euro-Zeit, die meisten davon wurden vor 1990 geprägt! Wisst ihr, was da fehlt?«, stellte er eine eher rhetorische Frage an die beiden Kolleginnen. Vanessa war mit den Eigentumsverhältnissen des Lohmarer Grabes beschäftigt und Jasmin wühlte sich durch die Vermisstenmeldungen aus den angrenzenden Landkreisen. Die aus dem Rhein-Sieg-Kreis brauchte sie sich nicht anzuschauen, da ihre Behörde dafür selber zuständig war und sie daher davon wissen müssten.

»Ich denke, da fehlen noch eine ganze Menge«, gab sie geistesabwesend zurück. »Es existieren schließlich hunderte von Währungen. Sag mal, solltest du nicht mit mir zusammen die Vermisstenmeldungen durchsehen? Irgendwas in der Art habe ich nämlich im Ohr!«

»Da kümmere ich mich sofort drum«, versprach der Kommissaranwärter. »So viele werden das sicher nicht sein! Nein, im Ernst! Ich habe mir die insgesamt sechzig Münzen daraufhin noch mal angeschaut. In keiner der beiden Sammlungen ist eine einzige Ost-Mark zu finden!«

»Ja, und?«, wurde jetzt auch Vanessa aufmerksam. »Das ist mir so zwar nicht aufgefallen, aber andererseits spielte diese Währung außerhalb der Landesgrenzen nie eine Rolle. Was meinst du denn damit?« Sie kannte Erik lange genug, um zu wissen, dass er mit dieser Feststellung was ganz Bestimmtes im Sinn hatte.

»Ich habe mir überlegt, warum es denn überhaupt verschiedene Währungen sind. Findet ihr das nicht auch merkwürdig? Der Grund könnte sein, dass man auf diese Weise zu verhindern suchte, dass wir etwas über die Herkunft der Täterin herausfinden. Und das wiederum lässt darauf schließen, dass diese Kenntnis extrem gefährlich für sie wäre! Was läge da näher als die Vermutung, dass die Währung des Heimatlandes gar nicht erst dabei ist?«

Vanessa legte den Telefonhörer, den sie angehoben hatte, um beim Friedhofsamt in Lohmar anzurufen, auf die Gabel zurück. »Dieser Gedanke ist gar nicht mal so dumm!«, nickte sie anerkennend. »In Anbetracht des Ausweises aus dem Arbeiter- und Bauernstaat im Besitz des ersten Mordopfers ist das zumindest eine Überlegung wert! Wir werden aber wohl erst abwarten müssen, was die Identität der unbekannten zweiten Leiche hergibt. Und jetzt kümmere dich endlich um die Vermisstenmeldungen, oder soll Jasmin die ganze Arbeit alleine machen?«

»Erik hat recht!«, ließ die sich vernehmen. »Da ist ja noch mehr. Alle Währungen sind aus heutigen EU-Staaten. Bis auf eine! Und so, wie der Vollpfosten sich benimmt, der dort das Sagen hat, wird dieses Land selbst in hundert Jahren nicht dazugehören. Warum sind dann aber Rubel unter den Münzen, und eine russische Pistole im Besitz des ersten Mordopfers?«

»Wir bewegen uns auf einem extrem gefährlichen Pfad, wenn wir so darüber denken«, unkte Vanessa. »Wir sollten uns an die Fakten halten.« Zum Zeichen, dass dieses heikle Thema für sie abgeschlossen war, griff sie erneut zum Telefonhörer.

* * *

Der städtische Friedhof hatte eine Größe von etwa fünf Hektar und lag im Südwesten Lohmars unmittelbar neben dem Fahrdamm der A3, von diesem auf der gesamten Länge durch eine hohe Schallschutzwand getrennt. An den übrigen Seiten schloss sich jedoch eine dichte Wohnbebauung an, sodass Martin und Jonas sich in dieser Gegend durchaus die Hacken ablaufen konnten.

Große Hoffnung, auf jemanden zu treffen, der das nächtliche Treiben beobachtet haben könnte, hegten sie nicht. Das Grab, auf dem man die Leiche gefunden hatte, befand sich nahezu in der Mitte der Längsseite des Areals in einer Parzelle nahe der Autobahn und wies auf diese Weise den größtmöglichen Abstand zu den Wohnhäusern ringsum auf, also grob geschätzt hundertfünfzig bis zweihundert Meter. Aber wenigstens waren sie an der frischen Luft.

Von der Polizeizeichnerin hatten sie ein lebensecht wirkendes Porträt der unbekannten Toten erhalten, von der man nichts weiter wusste als das geschätzte Alter von irgendetwas in den Vierzigern. Alexandra Stein hatte dazu eins der Tatortfotos mit einer speziellen Software bearbeitet, mit der man das Aussehen von Menschen beliebig zu früheren oder späteren Zeiten berechnen lassen konnte. Die beiden Ermittler hatten eine Handvoll Häuser südlich des Friedhofs abgegrast und bogen jetzt in die Altenrather Straße ein, die mit ihren Neben- und Parallelstraßen erheblich mehr Bebauung aufzuweisen hatte. Hier würden sie einige Stunden zu tun haben!

Selbstverständlich hatten sie zuerst den Friedhof selbst aufgesucht. Dort waren sie durch die Reihen gegangen und hatten die Besucher befragt und auch Arbeiter von Gärtnereibetrieben, die im Auftrag ihrer Kunden deren Gräber pflegten, ob diese Frau irgendwann früher gesehen wurde. Ratloses Kopfschütteln und gleichgültiges Schulterzucken war alles, was sie ernteten. Den Friedhofsgärtner hatten sie auch angetroffen. Wobei es jedoch derselbe war, der am Vortag die Leiche gefunden hatte, und ihnen deshalb nichts Neues dazu sagen konnte. Einen Versuch war es aber in jedem Fall wert gewesen.

Sie hatten vor, zunächst einmal um das Friedhofsgelände herumzugehen und sich dann konzentrisch immer weiter in Richtung Innenstadt vorzuarbeiten. Mit etwas Glück würde das Haus der Toten mit dabei sein. »Lass uns mal hier nachfragen«, hielt Martin seinen Partner zurück, der achtlos an einem Blumenhandel vorbeigehen wollte. Solche Läden gehörten zu jedem Friedhof dazu. In der Regel waren sie, wie auch in diesem Fall, in unmittelbarer Nähe des Haupteingangs angesiedelt. »Viele, die die Gräber ihrer Angehörigen hier besuchen, besorgen sich vorher Blumen, Grablichter und anderen Kram, den man so braucht«, wusste er. »Meist bieten die Betreiber dieser Läden auch Dienstleistungen wie Grabpflege an und haben oft ein gutes Gedächtnis für ihre Kundschaft.«

»Wenn du meinst«, zuckte Jonas die Schultern und wollte ihm zum Eingang folgen. Er schreckte jedoch zunächst zurück, als ihm ein Mann mit einem großen Hund in der Tür entgegenkam. Er kannte diese Rasse nicht, doch es handelte sich dabei auf jeden Fall um ein Exemplar mit einem zotteligen Fell. Seit er sich im Rahmen einer Befragung einmal mit einem neuen Anzug in Hundehaare gesetzt hatte, reagierte er auf diese Tiere allergisch. Er machte einen großen Bogen um das ungleiche Paar und betrat mit einiger Verzögerung hinter Martin den Laden.

»Nein, diese Frau ist keine Kundin von uns«, hörte er die Inhaberin gerade zu seinem Partner sagen, der ihr das Handy mit dem von Amara Jones nachbearbeiteten Foto der Leiche hinhielt. »Zumindest habe ich sie hier im Laden noch nicht gesehen!« Sie war kräftig und sonnengebräunt. Sicher arbeitete sie oft und viel draußen an der frischen Luft, wofür Jonas sie beneidete. Jedenfalls was den letzten Teil betraf, das mit der Arbeit vertrug sich nämlich nicht mit seiner Vorliebe für Maßanzüge und italienische Designerschuhe. *Das wäre eher etwas für Martin*, dachte er im Näherkommen grinsend. *Der müsste sich nicht mal andere Klamotten anziehen!*

»Entschuldigen Sie bitte, wenn ich etwas zu direkt sein sollte«, sagte Jonas und hielt ihr nun seinerseits Dienstausweis und Handy hin. »Aber Sie sehen aus, als würden Sie viel im Freien arbeiten. Auch auf dem Friedhof? Eventuell ist Ihnen *diese* Frau dort schon einmal aufgefallen?«

»Nicht hier im Laden«, wiederholte sie nach einem Blick auf das Foto. »Doch jetzt, wo Sie es erwähnen, erinnere ich mich, sie mehrmals an einem der Gräber gesehen zu haben. Wenn Sie mich aber fragen wollen, welches das war, muss ich leider passen. Der Friedhof ist schließlich nicht eben klein, es war aber irgendwo in der Mitte, da wo die älteren Grabstellen sind!«

Martin sah ihn verblüfft an, sagte jedoch nichts. Er schob stattdessen kopfschüttelnd sein Handy in die Hosentasche und wandte sich dem Ausgang zu.

»Haben Sie vielen Dank«, nickte Jonas der Blumenfrau freundlich zu. »Sie haben uns mit ihrer Aussage vielleicht mehr geholfen, als Sie ahnen!« Er verstaute das Mobiltelefon sorgfältig in der Innentasche seines Jacketts und folgte Martin gutgelaunt nach draußen.

Vor der Tür trat ihnen der Mann von vorhin in den Weg. Sein zotteliger Hund hatte sich artig neben ihn gesetzt und hechelte sie mit heraushängender Zunge freundlich an. Es sah aus, als würde er grinsen. »Sie sind doch die Herren von der Polizei, die hier überall nach einer Frau herumfragen?«, erkundigte sein Herrchen sich bei den Ermittlern. »Es geht sicher um den Mord, der gestern auf dem Friedhof verübt wurde, habe ich recht?«

»Sie wissen davon?«, stellte Martin überflüssigerweise fest und zeigte auch ihm seinen Dienstausweis. »Weber und Faber, Kripo Siegburg.«

»Klar! Es war schließlich der Friedhofsgärtner, der die Leiche gefunden hatte«, nickte der Mann. »Und wenn der etwas weiß, ist es bald in der ganzen Stadt bekannt. Hat sich gestern in der Kneipe dort drüben einen auf den Schreck genehmigt. Kann man ja auch verstehen!«

»Und Sie? Haben Sie etwas gesehen?«, wandte sich Jonas an den offenbar schwatzhaften Hundebesitzer.

»Also, so richtig habe ich das nicht«, eierte dieser plötzlich herum. Die Kommissare argwöhnten, dass er sich nur wichtig machen wollte, und wandten sich zum Gehen. »Aber ich habe in der Nacht zwei Leute auf dem Friedhof miteinander streiten sehen!«, rief er ihnen nach, worauf sie wie vom Donner gerührt stehenblieben. »Und einige Minuten vorher hat ihn eine Frau durch den Haupteingang betreten«, fuhr er fort. »Da ging ich gerade mit dem Hund hier vorbei. Das kam mir schon etwas spät für einen Besuch vor, immerhin war es nach Mitternacht!«

»Und die beiden, die Sie später sahen, haben sich gestritten?«, vergewisserte sich Martin. »Könnten Sie uns die Personen beschreiben?«

»Nee, die waren zu weit weg. Ich hab das auch nur sehen können, weil die beiden direkt vor dem Vollmond standen, der gerade unterging.«

»Was ist mit der Frau, die Sie zuvor den Friedhof betreten sahen«, mischte sich Jonas ein und hielt ihm sein Handy hin. »Könnte es diese hier gewesen sein?«

Der Mann sah sich das Bild eine Weile konzentriert an und nickte dann. »Ja, die könnte das gewesen sein. Da sind helle Lampen direkt vor dem Eingang und sie schaute kurz in meine Richtung. Ja, ich bin mir fast sicher, dass sie das war!«

»Sag mal«, wandte Martin sich an seinen Partner, als sie sich bei dem Mann bedankt hatten und ihren Weg fortsetzten. Vorher hatten sie natürlich noch seine Personalien notiert. »Wann hast du denn das Bild von der zweiten Leiche auf dein Handy hochgeladen?«

»Wer sagt, dass ich das getan habe?«, grinste Jonas ihn breit an und zeigte ihm das einzige Foto, das er auf dem Telefon abgespeichert hatte. Es war das von ihrem Chef persönlich in Auftrag gegebene Phantombild der mutmaßlichen Mörderin! Martin schaute ihn entgeistert an.

»Dann hat die Blumenfrau vorhin auch *dieses* Bild zu sehen bekommen?«, hauchte er. »Mensch, du bist mir ja vielleicht eine Marke! Wir sind zwar mit der Toten keinen Schritt weitergekommen, wissen jetzt aber, dass ihre Mörderin womöglich hier irgendwo in der Nähe lebt!«

»Das muss nicht zwangsläufig so sein!«, bremste Jonas seinen Enthusiasmus. »Sie kann auch einfach nur die Lokalität ausspioniert haben. Aber immerhin wissen wir nun, dass es dieselbe Person war. Und wir sollten ab sofort etwas mehr die Augen offenhalten!«

Martin sah auf seine Uhr: »Zuerst machen wir eine kleine Pause, ich habe nämlich mein Fresspaket im Büro liegenlassen und einen Riesenhunger. Wir sind doch vorhin an einer Frittenbude vorbeigekommen, da hole ich mir schnell was zum Futtern. Der Tag ist noch lang und wir haben haufenweise zu tun!«

* * *

Einige Stunden später

Erik steckte den Kopf zur Tür herein. »Hast du mal eine Sekunde, Chef?«

Tobias unterbrach seine Lektüre der Ermittlungsberichte und sah ihn über seinen Computermonitor hinweg neugierig an. »Du bist noch hier?«, wunderte er sich nach einem Blick zur Uhr. »Sicher habe ich Zeit für dich, was gibt es denn? Hast du irgendwelche neuen Erkenntnisse zu unseren Mordopfern?«

»Nicht wirklich. Die Vermisstenmeldungen haben nichts gebracht, Jonas und Martin sind noch unterwegs und Vanessa hatte mit dem Grab auch keinen Erfolg, weil die in Lohmar ausgerechnet heute eine Umstellung an den Computersystemen durchführen. Die beiden Frauen sind schon in den Feierabend und ich bin eigentlich auch so gut wie weg.«

»Du bist doch sicher nicht extra gekommen, um mir das mitzuteilen«, lächelte Tobias. »Was willst du also wirklich?«

»Jürgen drückte mir gerade mehr oder weniger im Vorbeigehen den Pass in die Hand und hat gesagt, er wäre leider nicht in der Lage, die Schwärzungen zu entfernen, ohne die darunterliegende Schrift ebenfalls zu zerstören. Er bat mich, dir das auszurichten. Dabei ist mir unvermittelt eine Idee gekommen und ich würde ihn auf meine Weise gerne selbst untersuchen.«

»*Du?*«, runzelte Tobias die Stirn. »Jürgen hat sich schon ebenso eingehend wie offenbar erfolglos damit befasst. Ich weiß zwar, dass du eine ganze Menge kannst, aber der Mann hat Studienabschlüsse in allen mir bekannten Naturwissenschaften und womöglich einigen, die noch gar nicht erfunden sind! Wenn er es nicht geschafft hat, die Schrift wiederherzustellen, kann es niemand!«

»Ja, doch manchmal sieht man einfach den Wald vor lauter Bäumen nicht«, blieb der junge Mann hartnäckig. »Ich würde es wie gesagt gerne selbst einmal versuchen, brauche dazu jedoch deine Einwilligung. Es besteht nämlich eine gewisse Wahrscheinlichkeit, dass er danach endgültig unlesbar sein wird.«

Heller überlegte kurz und traf dann eine Entscheidung: »In Ordnung, ich bin einverstanden. So wie der

Pass derzeit aussieht, nützt er uns ohnehin nicht sehr viel, schlimmer kann es also nicht werden. Versuch aber bitte trotzdem, so pfleglich wie möglich damit umzugehen, es ist immerhin ein Beweisstück. Und jetzt mach Feierabend, hier kannst du allein sowieso nichts mehr ausrichten.«

Kapitel 11

Nachts auf dem Friedhof

Es war eine Szene, beinahe wie aus einem dieser alten Horrorfilme aus den Sechzigern, die ich mir früher eine Zeitlang angeschaut hatte. Natürlich war ich damals noch nicht geboren, aber wozu gab es im Fernsehen die Wiederholungen? Die Neunzehnhundertneunzigerjahre waren nicht nur geprägt von Glasnost, Perestroika und dem Mauerfall! Plötzlich lagen sich alle früheren Gegner nach einem halben Jahrhundert erbitterter Feindschaft reumütig in den Armen.

Lange hatte dieser brüchige Frieden nicht gehalten, wie man der Welt jetzt wieder vor Augen führte. Geblieben waren die privaten Fernsehsender, die damals wie Pilze aus dem Boden schossen und die Zuschauer mit öden Dauerwerbesendungen und langweiligen Produktionen überschütteten. Die im Grunde niemand sehen wollte, was aber ohne echte Alternative trotzdem getan wurde. Und natürlich die alten Gruselfilme in Schwarz-Weiß.

Ich hatte alles perfekt geplant. Gerade war wieder einer dieser ›Blutmonde‹ zu erwarten. Ein besonders erdnaher Vollmond, der durch die zeitgleiche Mondfinsternis eine angemessene Kulisse für mein Vorhaben liefern würde. Zumal der Friedhof als ›Bühne‹ perfekt dafür geschaffen war, für die gewünschte Atmosphäre zu sorgen. Gemäß meinen Berechnungen würde der riesige rote Mond kurz nach Mitternacht nahe dem westlichen Horizont stehen.

Ein verrottetes, schiefes Holzkreuz statt der Grabplatte wäre eine geniale Ergänzung gewesen, aber man kann eben nicht alles haben!

Es musste jedoch dieses spezielle Grab sein, das war für die Inszenierung, die ich mir in monatelanger Planung überlegt hatte, extrem wichtig! Genau wie die Münzen hatte auch diese Ruhestätte eine symbolische Bedeutung für mich. Sie zu finden, war jedoch nicht gerade einfach gewesen.

Ich wusste natürlich die Namen der dort Begrabenen, und durch eine glückliche Fügung auch den Ort. Aber der Friedhof war groß, und um kein unnötiges Aufsehen zu erregen, wenn ich dort herumschlich, verteilte ich die Suche auf mehrere Tage, bis ich endlich am westlichen Ende des Areals das bewusste Grab gefunden hatte. Für die Inszenierung war die Lage allerdings perfekt.

Überhaupt hatte ich bei der Suche unverschämtes Glück gehabt, und das nicht zum ersten Mal! War es zuvor ein Foto in der Zeitung gewesen, führte mich in diesem Fall eine dieser neumodischen Errungenschaften zum Ziel, nämlich ein Twitter-Account! Ich hatte mich aus einer Laune heraus angemeldet und Tweets mit Hinweisen auf meine Herkunft gepostet. Vornehmlich Sachen aus meiner Kindheit.

Es dauerte einige Wochen, doch eines Tages hatte ich eine Followerin, deren Profilbild mich förmlich aus den Socken haute. Das war sie, kein Zweifel, und sie hatte sich in all den Jahren ebenfalls kaum verändert! Einige private Tweets brachten alsbald die letzte Gewissheit und ich gab mich ihr zu erkennen. Ganz kurz kam mir der Gedanke, dass es im Grunde seltsam war, dass sich *fast alle Beteiligten in dieser Gegend wiedergefunden hatten, wenngleich sie offenbar nichts voneinander zu wissen schienen. Doch für mich galt ja dasselbe und mir konnte es recht sein. So hatte ich alle beisammen. Oder fast.*

Es war nicht leicht, sie an dem entscheidenden Tag und zu dieser Zeit, die man im Allgemeinen ›Geisterstunde‹ nannte, an einen unheimlichen Ort wie den Friedhof zu lotsen, aber nach einigen geheimnisvollen Andeutungen über mir bestens bekannte Episoden aus ihrer Kindheit und einem Hinweis auf das Grab willigte sie schließlich ein, sich mit mir um Mitternacht da zu treffen.

Dort sollte sich nach meiner Vorstellung ihr Schicksal erfüllen, das ich ihr und den anderen vor vielen Jahren zugedacht hatte. Schließlich werden es Schuldgefühle gewesen sein, die sie der Einladung Folge leisten ließen. Als sie dann endlich vor mir stand, konfrontierte ich sie, wie die anderen zuvor, mit ihrer schändlichen Tat. Sie schlug auf mich ein, als ich das Messer zog, doch ich tötete sie mit einem blitzschnell ausgeführten Schnitt quer über die Kehle, wie man es mir beigebracht hatte. Ein paar Gegenstände, die ihr aus der Hand gefallen waren, warf ich in hohem Bogen ins Grün an der Mauer.

Danach löschte ich den Twitter-Account, wodurch alle Tweets, die ich verfasst oder erhalten hatte, ebenfalls auf Nimmerwiedersehen verschwinden würden, wie ich vorher sorgfältig recherchiert hatte. Es war die einzige Spur, die möglicherweise zu mir führen könnte, und ich hatte sie erfolgreich getilgt.

Kapitel 12

Das Experiment

Erik saß schon an seinem Arbeitsplatz, als Vanessa hereinkam. »Du bist aber heute früh dran«, wunderte sie sich und zeigte auf einen Holzkasten, der mit etlichen Glasfläschchen, Reagenzgläsern und ähnlichem Zeugs vollgepackt war. Sogar einen kleinen, mit einer Gaskartusche betriebenen Bunsenbrenner konnte sie erkennen. Daneben stand etwas, das in einem Kriminalkommissariat wenig bis gar nichts zu suchen hat. »Was hast du denn da alles angeschleppt? Das sieht irgendwie aus wie mein Chemiebaukasten, den ich als Kind hatte. Was hast du mit dem ganzen Kram vor? Und wozu hast du einen *Gesichtsbräuner* mitgebracht?«

»Du kommst gerade zur rechten Zeit«, brummte Erik, ohne auf ihre letzte Bemerkung bezüglich des Bräunungsgeräts einzugehen. Stattdessen schob er es zur Seite und unterzog die Fläschchen nacheinander einer sorgfältigen Musterung. Einige davon stellte er vor sich auf den Tisch, andere zurück in den Kasten. »Es ist alles da«, nickte er mit zufriedener Miene. »Wir können sofort anfangen, ich werde aber deine Hilfe benötigen.«

»Wenn du mir sagst, was du vorhast, bin ich dabei. Ich hoffe, du hast nicht vor, das Kommissariat in die Luft zu sprengen?«

Erik griff in die Schublade und zauberte den DDR-Pass hervor, der ihm am Tag zuvor von Jürgen Vogel höchstpersönlich ausgehändigt worden war. »Natürlich nicht!«, entrüstete er sich. »Ich werde ein kleines Experiment durchführen«, bequemte er sich dann zu einer Erklärung. »Jürgen sagte mir gestern, dass die Schwärzungen mit einem säurefesten Filzschreiber gemacht wurden. Das bedeutet mit anderen Worten, dass er keine Eisenbasis haben kann, da er sich unter Säureeinfluss ansonsten auflösen müsste. Das trifft jedoch mit ein wenig Glück auf die Tinte, mit der das Dokument beschriftet wurde, *nicht* zu. Dieser Pass ist ja fast vierzig Jahre alt. Es ist daher sehr wahrscheinlich, dass die Tinte Eisenmoleküle enthält, wie das früher üblich war und auch heute noch vorkommt.«

»Okay, das habe ich so weit verstanden. Glaube ich wenigstens. Und was bringt uns diese Weisheit? Die Forensik konnte die Schwärzungen nicht entfernen, nehme ich an?«

»Das ist richtig. Zunächst kann ich dir bestätigen, dass dies hier«, zeigte Erik auf seinen Holzkasten, »tatsächlich mein Chemiekasten ist, ich besitze ihn schon zwölf Jahre. Allerdings ist er mit Chemikalien bestückt, die man normalerweise so nicht in einem Baukasten für Kinder findet. Da wären neben stinknormalem Natron noch Wasserstoffperoxid, Aminosäuren, stickstoffhaltige Lösungen, Nitrate, Salzsäure und noch einiges mehr. Da jedoch das Nitrieren von Säuren mit anschließender Dehydrierung nicht ganz geruchsfrei vonstattengeht, und außerdem ein ziemlich aufwändiger Prozess ist, habe ich das gestern in meinem Heimlabor gemacht und eine kleine Menge von diesem blassgelben Pulver hier hergestellt.« Er hob eins der Fläschchen für sie hoch. »Es ist aber nur in Basen und organischen Verbindungen löslich, ich werde es daher in einer Natronlauge auflösen. Hinzu kommt dann noch das Wasserstoffperoxid als Katalysator.«

»Aha«, machte Vanessa. Ihrem Gesicht war jedoch anzusehen, dass sie nur Bahnhof verstanden hatte. Jasmin war in der Zwischenzeit ebenfalls zum Dienst erschienen und platzierte sich neugierig neben ihre Freundin, enthielt sich aber eines Kommentars. Beide Frauen wussten aus monatelanger Erfahrung: Ganz gleich, welche Frage sie ihrem ›Genie‹ auch stellen würden, die Antwort wäre sowieso unverständlich.

»Um es kurz zu machen«, grinste Erik, als er die Fragezeichen auf ihren Gesichtern sah, »habe ich mir so eine Art *Luminol* gebastelt. Nur in einer stärkeren Konzentration, und die ist hier auch vonnöten, denke ich.«

»Es wäre wesentlich einfacher gewesen, wenn du es dir in der Forensik besorgt hättest!«, wölbte Jasmin die Brauen. »Und wozu brauchst du es überhaupt? An dem Pass ist doch wohl kein Blut, oder?«

»Klar hätte ich das, aber wo bliebe da der Spaß? Zu deiner Frage: Luminol bringt, wie du vielleicht weißt, das Eisen im Hämoglobin des Blutes zum Leuchten, wenn man eine UV-Lichtquelle darauf richtet. Falls meine Vermutung zutrifft, müsste das bei der Tinte ebenfalls funktionieren. *Mein* Luminol ist um einiges reaktionsfreudiger als das Handelsübliche«, behauptete Erik. »Deshalb muss es nachher schnell gehen. Die Reaktion, sofern überhaupt eine stattfindet, wird wahrscheinlich nur wenige Sekunden dauern. Einer von euch, oder besser beide, werdet daher das Ganze mit euren Handys filmen, damit uns auch wirklich nichts entgeht. Der Versuch wird nämlich höchstwahrscheinlich nicht wiederholbar sein. Wenn alles so läuft, wie ich es mir vorstelle, wird die Tinte durch den Filzschreiber hindurch leuchten und für kurze Zeit sichtbar sein.«

»Aha«, machte Vanessa wieder. »Dafür dient also dieser Gesichtsbräuner. Hast du den deiner Mutter geklaut? Eine UV-Lampe hättest du aber schon in der Forensik besorgen können, das weißt du!« Sie griff in die Tasche und zog ihr Handy hervor. »Dann lass uns anfangen!«

»Sekunde noch, ich muss das Zeug erst mal in eine Sprühflasche für extra feine Zerstäubung füllen. Das Papier darf nicht zu nass werden, das ist extrem wichtig! Du kannst aber schon das Licht ausmachen. Je dunkler es im Umfeld der Versuchsanordnung ist, desto besser wird die Reaktion zu sehen sein! Und den Gesichtsbräuner habe ich genommen, weil ich für unser Vorhaben sehr viel energiereicheres Licht benötige. Die notwendige blaue Farbe werde ich mit einer entsprechenden Folie erzielen. Wo habe ich sie denn?« Er kramte hektisch in seiner Kiste. »Ach, hier ist sie ja! Kannst du die schon mal vorn an dem Gerät anbringen? Ich bereite dann in der Zwischenzeit die Chemikalien vor.«

»Ich lasse zusätzlich die Jalousien an den Fenstern herunter«, bot Jasmin an. »Dann können wir es noch dunkler machen. Du kannst ja so lange deine Schreibtischlampe einschalten!«

Zwei Minuten später gab es in der Dunkelheit des Raumes nur noch eine kleine Lichtinsel, die aus Eriks Schreibtischlampe bestand. Der schwache Lichtkreis reichte gerade eben aus, um die Versuchsanordnung zu beleuchten und würde zu Beginn des Experiments ganz abgeschaltet. Er schaltete jetzt zusätzlich den Gesichtsbräuner hinzu. Er hatte diesen sorgfältig von ihren Gesichtern abgewendet, da sich der Einsatz von Schutzbrillen aus einem einleuchtenden Grund von selbst verbot. Das für kriminalistische Ermittlungen höchst ungewöhnliche Experiment konnte beginnen.

* * *

Zur selben Zeit, weit entfernt

»Puh!« Rieke Martinen wedelte sich mit der linken Hand frische Luft zu, als sie endlich wieder im Freien war. In der anderen hielt die junge Forensikerin ihren Instrumentenkoffer. Dass ihr Gesicht eine ungesunde Blässe angenommen hatte, war erst zu sehen, als sie ihren Mundschutz abgenommen hatte. »Warum nur werden Leichen oft nach Wochen und eher zufällig entdeckt?«, beschwerte sie sich um Atem ringend bei ihrer Kollegin. »Vermisst die denn niemand? Da ist ja kaum noch etwas von übrig, von dem fürchterlichen Gestank schon ganz zu schweigen! Und das, obwohl die Leiche vor zwei Stunden abgeholt wurde!«

»Da gewöhnt man sich mit der Zeit dran«, hob Elke Reimann die Schultern. Sie war um einiges älter als ›Frischling‹ Rieke Martinen und im Gegensatz zu ihr bereits seit zwölf Jahren bei der Flensburger Forensik. »Hier auf Amrum hatten wir es allerdings bis jetzt noch nie mit sowas zu tun. Es ist ja auch eine verhältnismäßig kleine Insel mit nur wenig mehr als zweitausend eingetragenen Einwohnern. Andererseits ist das hier ein abgelegenes Ferienhaus, das vom Opfer offenbar auch alleine bewohnt wurde. Dass sie tot ist, wurde deshalb erst bemerkt, als die Vermieterin nach Ablauf der vertraglich vereinbarten Zeit die Übergabe machen wollte.«

»Die zudem eine Tante von mir ist«, grinste Rieke Martinen schief. »Aber wie du schon völlig zutreffend sagtest: Das ist eine sehr kleine Insel, und ich bin hier sogar geboren und aufgewachsen. Zum Studium bin ich dann vor ein paar Jahren förmlich aufs Festland geflüchtet, weil ich es hier einfach nicht mehr ausgehalten habe. Und jetzt bin ich wieder hier!«

»Das wird sich wohl nicht ganz vermeiden lassen«, meinte die ältere Kollegin tadelnd. »Immerhin ist die Polizeidirektion Flensburg für diese Inseln zuständig. Es kommt zwar nicht oft vor, aber ab und zu wirst du deine Füße schon auf Heimaterde setzen müssen!«

»Keine Chance!«, informierte Rieke sie beiläufig. »Ende des Monats mache ich hier die Fliege. Ich habe ein lukratives Angebot von einer Forensik im Rheinland bekommen, das ich wohl annehmen werde. Das ist weit weg von unserer Nordsee und den Inseln, die darin herumschwimmen. Ich bin nicht in die Großstadt gezogen, um in den Dünen zu versauern!«

»Einmal ganz davon abgesehen, dass Inseln nicht schwimmen«, hob Reimann die Brauen, »riechen die Leichen dort sicher auch nicht nach Eau de Cologne! Wann hattest du denn vor, uns das mit dem Wechsel zu sagen?«

»Sorry, ich hab mich gerade erst entschlossen, das Angebot anzunehmen. Da ich noch in der Probezeit bin, muss ich nicht die üblichen Kündigungsfristen einhalten. Das hat mir heute auf jeden Fall den Rest gegeben, ich werde deshalb gleich bei meinem neuen Arbeitgeber anrufen und fest zusagen!« Sie holte ihr Handy hervor, um ihre Ankündigung auf der Stelle in die Tat umzusetzen.

* * *

Lob und Tadel und eine Überraschung

Das Bild, auf das alle gebannt starrten, hatte einen starken Blaustich. Trotzdem, oder gerade deswegen, waren die Schwärzungen deutlich zu erkennen, die ihnen allen seit Tagen zu schaffen machten, und die womöglich das letzte Hindernis zur wahren Identität der Marion Borchers darstellten. Da das Schwarz das blaue Licht nahezu vollständig absorbierte, erschien es dem Auge noch schwärzer. Das galt aber nicht für die hellblau leuchtenden Stellen, die sich innerhalb weniger Sekunden auf den Schwärzungen bildeten. Erst bloß punktuell, dann wuchsen diese Pixel immer mehr zusammen und nahmen allmählich Konturen an. Nach ungefähr einer Minute, die den Zuschauern nahezu endlos vorkam, stoppte dieser Effekt. Zurück blieben einige Buchstabenfragmente, die langsam zu verblassen begannen.

»War das schon alles?«, mokierte sich Jonas über das magere Ergebnis. »Viel erkennen kann man da ja nicht! Beim Vornamen sehe ich ein halbes ›O‹, etwas, das wie ein Teil von einem ›N‹ oder auch einem ›M‹ aussieht und am Ende ein ›A‹. Das kann Sonja oder Monika heißen. Roswitha wäre ebenso möglich und wahrscheinlich noch etliche Vornamen mehr. Beim Nachnamen verhält es sich ganz ähnlich. Irgendwas mit ›MANN‹ am Ende. Vom Geburtsdatum ist nur das Jahr richtig zu erkennen und der Geburtsort ist völlig unleserlich!«

»Den letzten Teil habe ich zu verantworten«, ließ sich Jürgen Vogel vernehmen. »Nachdem die Spektralanalyse kein Ergebnis gebracht hatte, musste ich irgendwo anfangen, die Schwärzungen abzulösen. Da habe ich mir den Geburtsort vorgenommen, weil der von allen Angaben am ehesten zu entbehren ist. Wie ihr seht, ist davon nicht viel übrig geblieben. Aber warum bist du damit nicht gleich zu mir gekommen, Junge?«, fuhr er Erik an. »Ich will deine Leistung ganz gewiss nicht schmälern. Das mit dem Luminol war sogar im Gegenteil eine geniale Idee von dir, die mir zugegebenermaßen im Leben nicht eingefallen wäre. Aber gemeinsam hätten wir vielleicht mehr daraus machen können!«

»Dafür wiederum übernehme ich die Verantwortung!«, nahm Tobias seinen Kommissaranwärter in Schutz. »Erik hatte mich um Erlaubnis gebeten und ich habe sie erteilt, nachdem die Forensik ja offenbar aufgegeben hatte! Und ich muss zugeben, dass sich das Ergebnis des Experiments durchaus sehen lassen kann, wenn es auch nicht das gewünschte Resultat lieferte. Was meinst du, Jürgen? Wäre es eventuell möglich, es noch einmal unter Laborbedingungen zu wiederholen? Immerhin scheint die Grundidee nicht völlig falsch gewesen zu sein!«

»Das halte ich für ausgeschlossen!«, brummte der Forensiker verstimmt. »Die Textstellen, die bei dem Experiment nicht sichtbar geleuchtet haben, werden das auch bei einer Neuauflage nicht tun. Dieser Zug ist endgültig abgefahren. Deine Mitarbeiter werden das gewusst haben, da sie ansonsten das Ganze nicht hätten filmen müssen. In meinem Labor hätten wir die dunkel gebliebenen Stellen aber mit dem gleichzeitig eingesetzten Spektrografen vielleicht ... Dabei kommt mir ein halbwegs genialer Gedanke«, unterbrach er sich. »Gib mir den Pass noch einmal mit, ich habe da eine vage Idee, glaube ich!«

Das Summen seines auf lautlos gestellten Handys enthob den SOKO-Chef zunächst einer Antwort, da Vogel sein Mobiltelefon auf der Tischplatte abgelegt hatte, wo es infolge des Vibrationsalarms ein wildes Tänzchen aufführte. Heller schluckte seine Erwiderung herunter und blickte ihn tadelnd an. »Sorry, da muss ich rangehen«, entschuldigte er sich bei diesem für die Störung, nachdem er auf das Display geschaut hatte. Er nahm das tanzende Telefon und verließ eilig den Raum. Tobias sah ihm kopfschüttelnd hinterher.

»Dieser Kerl wird in letzter Zeit immer skurriler«, wandte er sich an seine Leute. »Eigentlich wollte er uns noch was zu den Ergebnissen der Untersuchung des Bankschließfachinhalts sagen. Bis zu seiner Rückkehr machen wir daher zunächst mit eurer gestrigen Befragung weiter«, forderte er Jonas und Martin auf, von ihrer Aktion am Lohmarer Friedhof zu berichten. Das stand zwar in deren Bericht, doch Zusammenkünfte wie diese dienten ohnehin in erster Linie dem Brainstorming und nicht dem Informationsfluss.

Martin übernahm es als der Ranghöhere des Duos, ihren gestrigen Tag zusammenzufassen. Da es in den vier Stunden, die sie gemeinsam unterwegs gewesen waren, lediglich zwei erwähnenswerte Begegnungen gegeben hatte, war sein Bericht nicht sehr lang und schon nach fünf Minuten vorgebracht. »Zusammenfassend kann man sagen, dass niemand von denen, die wir befragt haben, und das waren wirklich eine ganze Menge Leute, sich an das Mordopfer erinnern konnte«, beendete er die kurzen Ausführungen. »Und wenn Jonas nicht zweimal das falsche Bild vorgezeigt hätte, wäre womöglich auch nicht herausgekommen, dass die Mörderin schon Tage zuvor auf dem Friedhof gesehen wurde. Dasselbe gilt für den Mann mit dem Hund. Er sah dort zur Tatzeit zwei Personen, die sich zu streiten schienen, und kurz vorher eine Frau den Friedhof betreten. Er erkannte sie ebenfalls auf dem Phantombild wieder.«

»Das mit dem Bild war pure Absicht!«, behauptete sein Partner. »Außerdem zählt allein das Ergebnis, oder?«

»Trotzdem ist es erforderlich, dass Ermittlungspartner über gleiche Informationen verfügen!«, rügte Tobias sein Versäumnis, vor dem Außeneinsatz auch das andere Foto aufs Handy geladen zu haben. »Für den Fall, dass man getrennt wird, muss jeder für sich in der Lage sein, die Ermittlungen auch allein durchzuführen! Viel nutzt uns diese Erkenntnis ohnehin nicht, da im ganzen Umfeld des Friedhofs niemand sonst die verdächtige Person zu kennen scheint. Die Wahrscheinlichkeit, dass sie dort irgendwo wohnt, ist daher äußerst gering. Sie wird demnach eher an den Tagen zuvor nur die Lokalität ausgekundschaftet haben. Der Streit auf dem Friedhof, sofern euer Zeuge sich da nicht geirrt hat, legt allerdings den Verdacht nahe, dass die beiden sich kannten, was wir ja schon beim ersten Mordopfer vermutet hatten.«

»Jasmin und ich sind dennoch der Ansicht, dass die Täterin aus der Gegend ist«, widersprach Vanessa ihrem Chef. »Wenn jemand sich tagelang im Umfeld einer späteren Straftat herumtreibt, könnte derjenige in der Nähe eine Unterkunft oder ein Versteck haben. Das muss keine Wohnung sein, eine Pension oder ein Hotelzimmer tun es auch. Vergessen wir nicht, dass die Mörderin von Marion Borchers sich ebenfalls gut auszukennen schien, bis hin zur Kenntnis über den Tunnel!«

»Du hast recht, aber selbst wenn sie dort irgendwo lebt, ist das Einzugsgebiet viel zu groß für eine ständige Observierung. Ich werde aber die Polizeistreifen in Lohmar anweisen, in der Gegend die Augen ganz besonders offenzuhalten«, verkündete Tobias. »Mehr können wir nicht tun. Sonst noch was?«

»Ich habe mittlerweile die Eigentümer des Grabes herausbekommen, auf dem die Tote lag, sie wohnen hier in Siegburg. Wir sollten sie heute noch aufsuchen, bei dieser Gelegenheit können wir ihnen auch gleich bezüglich der Personen in dem Medaillon auf den Zahn fühlen!«

»Meine Rede. Es könnte sich dabei wie gesagt um das Ehepaar handeln, das dort begraben ist. Das Alter scheint ja ungefähr zu passen. Habt ihr schon ein mögliches Verwandtschaftsverhältnis zu den beiden Opfern überprüft?«

»Wie denn?«, machte Jasmin ihn vorlaut auf einen Denkfehler aufmerksam, was bei dem immer hoch konzentrierten Tobias Heller eine absolute Seltenheit war. »Das erste Opfer hat offenbar irgendwann in der Vergangenheit eine falsche Identität angenommen und die des anderen kennen wir noch gar nicht!«

»Wahrscheinlich wollte er nur testen, ob ihr alle mitdenkt«, grinste der von seinem Telefonat zurückgekehrte Forensiker schadenfroh, während er seinen Platz einnahm. »Wir sind aber genau beim Thema, denn um die Dokumente aus dem Schließfach geht es jetzt. Ich will es ausnahmsweise kurz machen: Falls es sich um Fälschungen handelt, sind sie von einem absoluten Profi angefertigt worden! Die Zusammensetzung von Tinte und Papier entspricht exakt den für das Datum der jeweiligen Ausstellung erwarteten Parametern. Stempel und Unterschriften lassen sich nach der seither vergangenen Zeit nicht vergleichen. Außerdem existiert die Schule, die das Abiturzeugnis ausstellte, seit sechsunddreißig Jahren nicht mehr. Bei dem Brand gingen zudem alle Akten verloren und Computer gab es damals noch nicht.«

»Für mich sieht das aus, als habe man sich diesen Umstand zunutze gemacht«, bemerkte Martin. »Im Fall der Geburtsurkunde ist es im Prinzip ähnlich. Ich frage mich, was dann mit der *echten* Marion Borchers passiert ist? Ich könnte mir vorstellen, dass sie nach dem Unfall nicht wieder aus dem Koma aufgewacht ist und ihr Tod irgendwie unter den Tisch gekehrt wurde, was allerdings eine entsprechende Planung und auch Logistik voraussetzt. So gehen nur Geheimdienste vor!«

»Ich hatte mich schon gefragt, wann das auf den Tisch kommt!«, nickte Tobias. »Immerhin sprechen der Pass und die russische Pistole eine mehr als deutliche Sprache! Allerdings läge eine Spionagetätigkeit Jahrzehnte zurück und die DDR existiert längst nicht mehr! Mit unseren Mordfällen wird das daher wohl eher nichts zu tun haben.«

»Es gibt auch nach mehr als dreißig Jahren immer noch genügend ›ewig Gestrige‹, die dem verlorenen Sozialismus nachtrauern«, kam Jonas seinem Partner zu Hilfe. Wenn es darauf ankam, zeigten die Streithähne eine verblüffende Einigkeit, was wiederum für ihre Professionalität sprach. »Wir haben es in beiden Fällen mit deutlichen Anzeichen einer Bestrafung für einen Verrat zu tun! Das erste Auftreten Borchers war ausgerechnet am Tag der Wiederwahl Helmut Kohls zum Kanzler! Es war damals ein beliebtes Spielchen, Spione dort einzuschleusen, denkt nur an Guillaume! Vielleicht war Borchers ja auch eine Doppelagentin? Nach dem Scheitern der DDR konnte sich nicht mehr zurück und tauchte ab. Wie viele Hinweise brauchen wir denn noch?«

»Und weshalb entledigte sie sich nicht sofort der belastenden Gegenstände?«, wandte Erik ein. »Ich an ihrer Stelle hätte doch zuerst den Pass und die Pistole entsorgt! Und das Wichtigste: Warum nahm sie nicht erneut eine andere Identität an?«

»Sie wird ohne Unterstützung nicht die Möglichkeit dazu gehabt haben«, mutmaßte Jonas. »Und eine Pistole rückstandsfrei zu entsorgen ist auch nicht so ganz einfach. Sie wird die Sachen in dem Schließfach in Sicherheit gewähnt haben.«

»Wir werden das sowieso nicht klären können«, wiegelte Tobias ab. »Die im Kanzleramt werden uns nämlich auch mit Gerichtsbeschluss keine Auskunft über eine mögliche Anstellung geben, dafür sind wir einige Nummern zu klein! Allenfalls der BND könnte etwas herausfinden, doch die werden kein Interesse daran haben, weil diese Bedrohung mit dem Tod der mutmaßlichen Agentin erloschen ist. Zudem haben die momentan bestimmt genug mit ›Wladimir, dem Größenwahnsinnigen‹ zu tun. Und was die Hinweise betrifft, fehlt uns leider immer noch der Wichtigste von allen, nämlich wie die Morde zusammenhängen. Aber ohne die Namen werden wir das so bald nicht herausfinden!«

»Wenn es weiter nichts ist«, meldete sich Jürgen Vogel zu Wort. »Damit kann ich eventuell dienen! Ich habe doch vorhin einen Anruf erhalten. Das war eine zukünftige Mitarbeiterin, die mir ihre Zusage geben wollte. Wie ihr ja sicher wisst, ist August Weise Ende des Jahres in den Ruhestand getreten und man hatte mir nahegelegt, die Stelle mit einer Frau zu besetzen. Wegen der Quote. Davon abgesehen, dass sich wieder mal kaum Frauen unter den Bewerbern befanden, ist Rieke trotz ihrer fehlenden Berufserfahrung mehr als qualifiziert. Sie war bei ihren Studienabschlüssen mit Abstand die Jahrgangsbeste!«

»Rieke? Das klingt in meinen Ohren friesisch, von wo ist sie denn?«, kam Jasmin ihrem Chef zuvor, der bereits den Mund geöffnet hatte, um eine wesentlich zielführendere Frage, als die nach der Herkunft einer zukünftigen Mitarbeiterin zu stellen. Achselzuckend klappte er ihn wieder zu.

»Rieke Martinen ist gebürtig von der Nordseeinsel Amrum«, gab Vogel bereitwillig Auskunft. »Sie sagte, dass sie dringend eine ›Luftveränderung‹ bräuchte.

Daher der Wechsel, obwohl sie in Flensburg noch in der Probezeit ist.«

»Macht man sowas nicht normalerweise andersherum?«, wunderte sich Martin. »Ich meine, unsereins muss einen Haufen Kohle abdrücken, um da mal für ein paar Tage Urlaub zu machen, und diese Dame verlässt ihr Inselparadies, um im muffigen Rheinland zu arbeiten?«

»Mich würde viel mehr interessieren, was das mit unseren Mordfällen zu tun haben soll!«, ging Tobias jetzt doch dazwischen, bevor diese völlig unsachliche Diskussion in Klatsch und Tratsch ausuferte. »Also?«, nickte er dem Leiter der Forensik auffordernd zu.

»Nun, wir haben ein wenig über ihre zukünftige Arbeit geplaudert«, gestand dieser ihm. »Dabei kam auch der aktuelle Fall zur Sprache. Ihr werdet es nicht glauben, aber die haben heute in einem Ferienhaus auf der Insel eine weibliche Leiche gefunden, die dort seit mindestens drei Wochen oder länger herumlag! Mit durchschnittener Kehle und dreißig Münzen, die um sie herum verteilt waren. Und im Gegensatz zu uns kennen die Kollegen auf Amrum wahrscheinlich den Namen ihrer Toten!«

Kapitel 13

Das Blatt wendet sich

»Beruhigt euch, Leute!«, versuchte Tobias Heller, den nach Vogels Eröffnung entstandenen Tumult zu übertönen. Alles redete wild durcheinander. »Es hat doch keinen Sinn, wenn wir uns jetzt wie die aufgescheuchten Hühner verhalten!«

»Falls die Tote auf Amrum tatsächlich dazugehört, und danach sieht es wohl aus, haben wir es ab sofort mit einem Serientäter zu tun!«, brachte Vanessa es auf den Punkt, nachdem Ruhe eingekehrt war. Sie erntete allseits beifälliges Gemurmel für diese Feststellung.

»Das ist sicher richtig«, nickte Tobias. »Bei aller Tragik könnte es uns aber ein gutes Stück weiterbringen! Wie wir sehen, beschränkt sich die Täterin, falls es denn tatsächlich immer dieselbe Person ist, nicht nur auf unsere Gegend, sondern ist offenbar im ganzen Bundesgebiet aktiv! Sofern nicht noch weitere Leichen auftauchen, könnte es sich bei der Toten auf Amrum um ihren *ersten* Mord handeln. Und wie wir alle wissen, machen Serientäter anfangs nicht selten Fehler und perfektionieren ihr Vorgehen später!«

»Einer dieser Fehler könnte gewesen sein, dass es sich um ein Ferienhaus handelt«, begriff Martin. »Das heißt, dass der Vermieter den Namen kennen muss! Somit hätten wir endlich mal eine Identität!«

»Vorsicht!«, mahnte Tobias. »Das dachten wir im ersten Mordfall ebenfalls und stehen nun mit leeren Händen da! Was wir jetzt dringend benötigen, ist ein Quäntchen Glück! Der Name der Toten von Amrum wird uns nur dann weiterhelfen, wenn wir die beiden anderen in Erfahrung bringen oder wenigstens einen davon. Und das auch nur für den Fall, dass es tatsächlich eine Verbindung zwischen den Opfern gibt!«

»Ist es eigentlich schon einem aufgefallen, dass es sich bei allen Beteiligten um Frauen handelt?«, überlegte Jasmin. »Das ist momentan die einzige Gemeinsamkeit, die mir einfällt.«

»Das wird vielleicht nur ein Zufall sein«, tat Tobias den Einwand mit einem Achselzucken ab. »Das Alter ist zumindest nicht annähernd identisch. Wenn wir der Einschätzung der Rechtsmedizinerin folgen, ist das zweite Opfer zehn bis fünfzehn Jahre jünger. Wie schaut das bei der Amrumer Leiche aus?«, wandte er sich an den Forensiker. »Hast du da nähere Informationen?«

»Also, *danach* habe ich sie wirklich nicht gefragt!«, gab Vogel brummig zurück. »Ich konnte schließlich nicht wissen, dass es für euch wichtig ist! Ihr könnt aber die Handynummer von Rieke haben, dann fragt ihr sie am besten selbst!«

»Nein, lass nur«, winkte Heller ab. »Ich denke, es ist in diesem Fall besser, den offiziellen Weg einzuschlagen. Das wirst du in die Hand nehmen, Martin«, nickte er dem Hauptkommissar zu. »Erkundige dich bei den Kollegen in Flensburg nach allen Einzelheiten zum heutigen Leichenfund. Eine Kopie des Autopsieberichts wäre ebenfalls hilfreich, sobald er verfügbar ist. Und wo wir gerade bei einer Aufgabenverteilung sind: Jasmin und Vanessa, ihr kümmert euch um das Grab, beziehungsweise um die nun bekannten Angehörigen des Ehepaars, das darin begraben liegt. Ihr wisst selbst, was da zu tun ist«, wandte er sich an die Kommissarinnen, die dazu einmütig mit den Köpfen nickten.

»Erik, du kannst Jürgen bei der erneuten Untersuchung des DDR-Passes assistieren, wenn du magst. Und Jonas, du begleitest mich in einer Stunde in die Rechtsmedizin nach Bonn zur Autopsie. Und damit keine Missverständnisse aufkommen: Die Anfrage in Flensburg wird selbstverständlich *telefonisch* durchgeführt!«, wandte er sich abschließend an Martin, der die Hand zu einer Wortmeldung erhoben hatte und diese jetzt enttäuscht wieder sinken ließ.

* * *

Als Tobias Heller mit Jonas Faber den Sektionssaal betrat, erlebte er eine freudige Überraschung. Statt der erwarteten, ewig schlecht gelaunten Leiterin der Bonner Rechtsmedizin, die wichtige Obduktionen für die Kriminalpolizei in der Regel persönlich durchzuführen pflegte, fiel sein Blick beim Eintreten auf eine zwar ebenso große Gestalt, die aber doppelt so breit in den Schultern war und ihnen derzeit den Rücken zuwandte. Sofern der ehemalige Kollege Müller nicht erneut den Beruf gewechselt hatte, konnte dies nur Krystina Nowak sein. Die junge Frau war erst Anfang dreißig und seit zwei Jahren ebenfalls im Besitz eines Doktortitels. Sie galt als Expertin auf dem Gebiet der forensischen Entomologie.

»Ah, die Herren Heller und Faber«, begrüßte sie die Ermittler mit ihrer volltönenden Stimme, die zum Flüstern wenig geeignet schien. Gebürtig war sie aus Köln, absolvierte in Bonn ihr Medizinstudium und war den Siegburger Kommissaren als Assistentin der Pathologie seit Jahren bestens bekannt. Sie verfügte über einen extrem trockenen Humor und hatte die Angewohnheit, das ›R‹ beim Sprechen zu rollen, was ihrer polnischen Herkunft geschuldet sein mochte. Dies klang gemeinsam mit ihrer für eine Frau ungewöhnlich tiefen Stimme und ihrem unüberhörbar rheinischen Zungenschlag recht spaßig. Kurzum: Krystina Nowak stellte mit ihrer erfrischenden Art das genaue Gegenteil zu ihrer miesepetrigen Vorgesetzten dar.

»Meine Chefin wurde kurzfristig zu einem Tatort hier in Bonn gerufen«, beantwortete sie die unausgesprochene Frage Hellers. Er hatte nämlich Dr. de Luca erwartet, da er von ihr auch den Termin zur Leichenschau bekommen hatte. »Ich bin daher für sie eingesprungen«, fügte Dr. Nowak hinzu und wandte sich ihrer Leiche zu. »Ich rechne allerdings in Anbetracht der schon bekannten Tatumstände nicht mit großen Überraschungen. Machen Sie es sich irgendwo dort hinten so lange bequem. Aber bitte nicht auf einem der Sektionstische!« Sie nahm ein Skalpell und fuchtelte damit vor ihren Gesichtern herum. »Sie könnten einschlafen und liefen Gefahr, ›versehentlich‹ aufgeschnitten zu werden. Ich weiß nämlich nicht, wann meine Chefin zurück ist!« Sie zeigte mit einem glucksenden Lachen auf die chromblitzende Einrichtung, die nicht eine einzige Sitzgelegenheit aufwies.

»Ich bin überzeugt, dass mein Anliegen bei Ihnen in den allerbesten Händen ist, Frau Doktor Nowak!«, versicherte Tobias ihr charmant. Trotz ihrer ohnehin gewaltigen Erscheinung, welche durch die Laborkleidung, den Mundschutz und dem Skalpell, das sie jetzt am linken Schlüsselbein der Leiche zum obligatorischen ›Y-Schnitt‹ ansetzte, etwas martialisch wirkte, hinterließ sie einen sympathischen Eindruck bei den Ermittlern. Tobias gab Jonas einen Wink, worauf sie sich in einer Entfernung von drei Metern aufstellten, um dem blutigen Geschehen nicht näher als nötig zu sein.

Sie wussten, dass diese Prozedur anderthalb bis zwei Stunden in Anspruch nehmen würde. Wären sie dann im Besitz neuer, bahnbrechender Erkenntnisse, oder würden sie den Rückweg ins Kommissariat mit leeren Händen antreten müssen? Die Erfahrung mit der ersten Leiche und den Münzen, die im Zuge der Obduktion in ihrem Rachen gefunden worden waren, hatte sie immerhin gelehrt, dass man nie vorschnell urteilen sollte, was vermeintlich gesichertes Wissen betraf. Würde es hier ebenso sein?

* * *

»Und du hast das Zeug selbst hergestellt?«, fragte Vogel seinen Interims-Assistenten, während er die für das anstehende Experiment vorgesehenen Gerätschaften einer Prüfung unterzog. »Das ist wirklich sehr beachtlich! Mit einem normalen Chemiekasten für Kinder ist das eigentlich gar nicht möglich! Aber warum bist du damit nicht gleich zu mir gekommen? Wir haben Luminol hier literweise herumstehen!«

»Weil das nicht funktioniert hat!«, gab Erik selbstbewusst zurück. »Ich hatte am Abend vorher einen Test mit einem anderen Objekt gemacht, da war die Reaktion mit Luminol praktisch null. Ich dachte, ich versuche es mal mit einer alternativen Herstellungsmethode aus einem Chemiebuch. Und ich wollte dich nicht in Verlegenheit bringen, weil du doch gesagt hattest, dass du nicht in der Lage warst, die Schrift lesbar zu machen«, gestand er ihm.

»Das ist dir dann ja voll gelungen!«, grinste Vogel. Man konnte ihm vieles nachsagen, aber nachtragend war er nicht, und eine Leistung wie die des Kommissaranwärters wusste er durchaus zu würdigen. »Ich nehme an, du hast Nitrophthalhydrazid synthetisiert statt Aminophthalhydrazid? Du hast völlig recht, das ist sehr viel kräftiger als unsere Lösung, aber für den Nachweis von Blut normalerweise nicht nötig.«

»Da stimmt wohl. Ich verstehe nur nicht, wie wir nach meinem missglückten Experiment noch etwas bewirken wollen. Du hast vorhin selbst gesagt, dass eine Wiederholung gar nichts bringen wird, und die anderen Methoden hattest du bereits versucht!«

»Das ist mit einer der Gründe, weshalb *ich* diesen Laden leite, und nicht du«, zwinkerte der Forensiker. »Ich sage dir, was wir jetzt machen. Auch wenn dein Versuch, die Tinte zum Leuchten zu bringen, nur teilweise gelang, ist der Rest ja nicht völlig davon unberührt geblieben. Es findet bekanntlich *immer* eine Veränderung auf Molekularebene statt, wenn Chemikalien aufeinandertreffen. Deine Reaktionsflüssigkeit enthielt doch Sauerstoffmoleküle, nicht wahr? Und was geschieht, wenn die mit Eisen reagieren?«

»Das weiß jedes Kind! Es oxidiert mit Sauerstoff zu Eisenoxid, allgemein auch als Rost bekannt«, rief Erik sein Schulwissen ab. »Mir ist aber nicht so ganz klar, wie uns das hier weiterhelfen soll!«

»Na ja, es ist auf jeden Fall eine Reaktion, die im Gegensatz zu dem vorher erzielten Leuchteffekt nicht wieder verschwindet! Der Hauptgrund für das Fehlschlagen deines Versuchs dürfte sein, dass die Lumineszenz infolge des Alters der Tinte nicht sehr ausgeprägt und andererseits wegen unterschiedlich dicker Farbschichten der Schwärzungen für das Auge nicht überall ausreichend gut zu erkennen war. Die Lumineszenz ließ nach deiner Behandlung zwar schnell nach, doch die Oxidation der Eisenteilchen ist dauerhaft! Und das Wichtigste ist: Das Eisenoxid hat einen geringfügig anderen Brechungsindex für sichtbares Licht als der nicht oxidierte Rest der Tinte. Das gilt jedoch ebenfalls in Bezug auf die Schwärzungen, was *vor* deinem Versuch definitiv nicht der Fall war! Es betrifft zwar höchstwahrscheinlich nur wenige Pixel pro Quadratmillimeter, doch wenn wir die Tinte und den ›Rost‹ in verschiedenen Spektralfarben darstellen können, werden die Partikel leuchten wie ein Christbaum! Das Beste daran ist, dass wir *diesen* Versuch beliebig oft wiederholen können!«

»Jetzt verstehe ich, worauf du hinauswillst. Dazu benutzen wir den Spektrografen«, erkannte Erik den Plan des Forensikers. »Wir werden bestimmt etwas mit der Lichtquelle experimentieren müssen. Intensität und Spektrum und so. Ich nehme doch an, wir leuchten von hinten durch das Papier und messen dann von vorne?«

»Ich sehe, wir haben uns verstanden! Und nun lass uns keine unnötige Zeit mehr verschwenden. Je eher wir damit beginnen, desto früher erhalten wir ein Ergebnis! Ich denke, wir fangen mit weißem Sonnenlicht an, das enthält bekanntlich sämtliche Spektralfarben und wir können es vom Fenster aus mit einem Spiegel auf das Objekt lenken. Und wenn uns das kein befriedigendes Resultat liefert, versuchen wir es mit diversen Mischungen aus einzelnen Lichtfarben.« Er rieb sich in stiller Vorfreude die Hände. »Wir werden einen Weg finden, diese Schrift lesbar zu machen, wir haben schließlich noch den ganzen Tag Zeit dazu!«

* * *

Die Eheleute Alexander und Petra Unger, die laut Auskunft des städtischen Friedhofsamtes die Eigentümer der bewussten Grabstelle waren, wohnten im äußersten Nordosten von Kaldauen, einem Ortsteil der Kreisstadt Siegburg. Für die etwas mehr als sechs Kilometer lange Strecke hatte *Google Maps* eine Fahrzeit von zehn Minuten ausgeworfen, die Jasmin sogar noch unterboten hatte. Nun stellte sie ihren Dienstwagen vor einem schmucken Einfamilienhaus in der Römerstraße ab. Sie hatten ihr Ziel erreicht.

»Eigentlich ist es kein Wunder, dass Jonas dich nie den Wagen fahren lässt, wenn du mit ihm unterwegs bist«, nörgelte Vanessa einmal mehr über die großzügige Auslegung der Verkehrsregeln durch ihre Partnerin. Gleichzeitig kämpfte sie mit ihrem verdrehten Sicherheitsgurt. »Man braucht gute Nerven, wenn du am Steuer sitzt! Was meinst du, wozu es Ampeln und Verkehrsschilder gibt?«

»Was denn?«, grinste diese, während sie sich zum Aussteigen fertigmachte. »Bei ›Gelb‹ darf man fahren und die Geschwindigkeit, die auf den Schildern steht, kann man um zehn Prozent überschreiten, ohne eine Knolle zu bekommen! Jonas hingegen hat ständig ein Auge auf dem Tacho. Du kannst darauf wetten, dass er keinen Meter langsamer oder schneller fährt, als es erlaubt ist. Das ist ja sowas von langweilig! Er kann aber gar nicht wissen, wie ich fahre, da er mich noch nie ans Steuer gelassen hat!«, machte sie Vanessa auf einen Denkfehler aufmerksam.

Sie hatten Glück, die Frau des Hauses war anwesend und öffnete ihnen schon nach dem ersten Klingeln die Tür. Sie war es auch, die sie ohnehin hatten sprechen wollen, da das auf dem Lohmarer Friedhof begrabene Ehepaar gemäß Einwohnermeldeauskunft ihre Eltern waren. Petra Unger war eine leicht korpulente Frau von sechsundvierzig Jahren. Ihr dunkelblondes Haar war bereits mit grauen Strähnen durchsetzt, sodass davon auszugehen war, dass es sich um ihre Originalfarbe handelte. Offenbar hatten Jasmin und Vanessa sie beim Abwasch oder einer ähnlichen Hausarbeit gestört, denn sie trocknete ihre Hände an einer Schürze ab, während sie die Besucher mit einer Mischung aus Neugierde und Misstrauen musterte. Zuletzt blieb ihr Blick an deren Pistolen hängen.

Die Ermittlerinnen zogen mit speziell für diesen Zweck einstudierten, absolut nichtssagenden Mienen synchron ihre Dienstausweise hervor und hielten sie hoch. »Sind Sie Frau Unger?«, vergewisserte Vanessa sich. »Guten Morgen, wir sind von der Kriminalpolizei. Kommissarinnen Fuchs und Brandt. Haben Sie einen Augenblick für uns? Es geht um das Grab Ihrer Eltern, es haben sich da im Rahmen einer Ermittlung einige Fragen ergeben«, blieb sie so vage wie möglich. Für Erklärungen war später noch Zeit, es musste ja nicht gleich die ganze Nachbarschaft mitbekommen, dass auf dem Friedhof eine Leiche gefunden worden war. In der Zeitung hatte diesmal zum Glück nichts darüber gestanden. Zumindest bis jetzt.

»Stimmt etwas nicht damit?«, hob Petra Unger die Augenbrauen. Überrascht wirkte sie aber nicht. »Ich sage Ihnen, dort wird viel zu wenig kontrolliert! Es geschieht ja nicht zum ersten Mal, dass Grabschmuck gestohlen wurde! Ist doch auch kein Wunder, bei den Preisen!« Ohne eine Erwiderung auf ihren Monolog abzuwarten, gab sie übergangslos den Weg frei und wies mit einer Hand auffordernd in die Diele.

Jasmin und Vanessa sahen sich achselzuckend an und folgten der ›freundlichen‹ Einladung ins Haus. Während sie es betraten, überlegten sie, welches der mittlerweile acht Kommissariate überhaupt für den Diebstahl von Grablichtern oder ähnlichem Zubehör zuständig sein könnte. Am wahrscheinlichsten war noch das ›Kriminalkommissariat Ost‹ in Hennef, das sich mit leichten und mittelschweren Straftaten im östlichen Rhein-Sieg-Kreis befasste.

* * *

»*Was* sagen Sie da?«, hauchte ihre Gastgeberin fassungslos, nachdem Vanessa den Grund für ihren Überfall genannt hatte. Es verstand sich von selbst, dass sie dabei vermied, auf Einzelheiten einzugehen. Der Vorfall war bisher noch nicht an die Öffentlichkeit gedrungen und das sollte auch vorerst so bleiben.

Wenigstens, solange es möglich war, denn es war nur eine Frage der Zeit, bis die Presse Wind davon bekam. »Ich kann es nicht glauben! Eine Leiche auf *unserem* Grab? Wer tut so etwas Abscheuliches?«

»Das versuchen wir gerade herauszufinden, Frau Unger!«, brachte sich Jasmin ein. »Die Tat liegt jetzt zwei Tage zurück und wir sind erst ganz am Anfang unserer Ermittlungen.« Sie zog ihr Handy hervor, rief das nachbearbeitete Bild der Leiche aus der Foto-App auf und reichte das Telefon über den Tisch. »Haben Sie diese Frau schon einmal gesehen?«

»Ist sie das? Ist das die Tote auf dem Grab meiner Eltern?« Sie sah flüchtig auf das Display und gab das Handy an die Kommissarin zurück. »Tut mir leid, ich kenne sie nicht!«

»Und was ist mit *dieser* Frau?« Vanessa reichte ihr das eigene Handy mit dem Phantombild hinüber, das Tobias hatte anfertigen lassen. »Haben Sie diese Frau eventuell schon mal gesehen? Vielleicht in der Nähe des Friedhofs?«

»Hören Sie!«, fuhr Petra Unger auf, ohne dem Bild mehr als einen kurzen Blick zu gönnen. »Mein Mann und ich sind vor einem guten Jahr aus Norddeutschland hierhergezogen, wir kennen hier niemanden! Es ist ja schon schlimm genug, dass so etwas geschieht! Und Sie löchern mich mit irgendwelchen Fotos von Verdächtigen, statt Ihre Arbeit zu machen! Erkundigen Sie sich dort, wo das passiert ist! Der Friedhof in Lohmar ist immerhin eine halbe Fahrstunde von hier entfernt, wieso fragen Sie dann hier?«

»Wie sieht es denn damit aus?«, ließ Vanessa nicht locker und zeigte ihr nun die Vergrößerung des Fotos

aus dem Medaillon. Mit demselben Ergebnis. Kopfschütteln war alles, was sie nach einem eher gelang-
weilten Blick erntete.

»Ihr früherer Wohnsitz liegt ja nicht eben um die
Ecke. Darf ich den Grund für den Umzug erfahren?«,
erkundigte sie sich ungerührt und steckte ihr Handy
wieder ein. Die Frau hatte recht: Es war mehr als
unwahrscheinlich, dass sie was davon mitbekommen
hatte. Wie oft besuchte man einen Friedhof, um das
Grab von Angehörigen zu pflegen oder zur Andacht?
Einmal die Woche? Aber bestimmt nicht mitten in der
Nacht!

»Ich bin in Lohmar zur Schule gegangen«, erklärte
Frau Unger ihnen bereitwillig. Sie schien sich wieder
abgeregt zu haben. »Später lernte ich im Urlaub an
der Nordsee meinen Mann kennen und bin nach der
Hochzeit zu ihm in den Norden gezogen. Als meine
Eltern starben, musste ich eine Firma zur Grabpflege
beauftragen. Das geht mit der Zeit ziemlich ins Geld,
also haben wir beschlossen, unser Haus zu verkaufen
und uns hier etwas Neues zu suchen, als mein Mann
eine Arbeit angeboten bekam. Hier ist es auch schön,
und ich bin wieder bei meinen Eltern.«

»Wenn Sie hier zur Schule gegangen sind, müssen
Sie doch lange genug in dieser Gegend gelebt haben,
um Freundschaften zu schließen«, bemerkte Jasmin.
»Ich weiß, es ist viel Zeit vergangen, aber können Sie
sich trotzdem noch an Namen von Freundinnen erinnern? Oder aus dem Bekanntenkreis Ihrer Eltern?«

»Nein, bedaure!«, schüttelte sie wieder den Kopf.
»Als wir aus dem Osten hierhergezogen sind, war ich
zehn oder elf Jahre alt. Wir hatten hier keine Freunde!

Und nach dem Abitur bin ich ja auch schon in den Norden gezogen. Ich weiß aber ehrlich gesagt nicht so recht, was Ihre Fragen mit der Grabschändung zu tun haben sollen!«

»In erster Linie untersuchen wir ein Tötungsdelikt, Frau Unger!«, belehrte Vanessa sie geduldig. Sie fischte eine Visitenkarte aus ihrer Hosentasche und schob sie über den Tisch. »Wir haben zunächst keine weiteren Fragen mehr an Sie. Sollte Ihnen aber diesbezüglich noch was einfallen, zögern Sie nicht, mich anzurufen. Unter dieser Nummer bin ich jederzeit zu erreichen!«

Jasmin war zur Tür vorausgegangen und drehte sich jetzt noch einmal zu den beiden Frauen um, weil ihr etwas eingefallen war. »Ach, eine Frage hätte ich aber noch«, wandte sie sich an Petra Unger. »Besitzen Sie vielleicht alte Fotos von Ihren Eltern? Ein Hochzeitsfoto wäre mir recht.« Vanessa sah ihre Partnerin zuerst erstaunt an, dann begriff sie.

* * *

Nach Stunden unermüdlicher Arbeit und unzählige Versuche später ließ Jürgen Vogel entmutigt die Arme sinken. »So wird das wohl nichts!«, murmelte er enttäuscht. »Es ist zwar bei den helleren Lichtfrequenzen etwas von der Schrift zu erahnen, aber das ist auch schon alles! Von einem Lesen sind wir noch weit entfernt. Denk daran, dass unsere Ergebnisse im Zweifel gerichtsfest sein müssen! Der Kontrast ist einfach viel zu gering, um was zu erkennen! Warum musste diese Person denn auch ausgerechnet einen schwarzen Edding benutzen?«, rief er in komischer Verzweiflung aus.

»Klar, ein gelber oder grüner Textmarker wäre für uns besser gewesen!«, kommentierte Erik die launische Bemerkung des Forensikers trocken. »Von einem Christbaum sind die erzielten Ergebnisse jedenfalls meilenweit entfernt!«

»Ha, ha! Wirklich witzig!«, brummte Vogel und schlug sich dann mit der flachen Hand an die Stirn. »Weißt du was? Du hast mich mit dem Kontrast auf eine Idee gebracht! Wie wäre es, wenn wir den umgekehrten Weg einschlagen? Welche Farbe wird zwar von Schwarz nicht absorbiert, von anderen Farbpigmenten wie rot, grün oder braun aber schon?«

»Das ist leicht: Schwarz kann man mit helleren Lichtfarben durchleuchten, das hat das Experiment mit dem Sonnenlicht ja auch gezeigt. Leider brachte das wegen des zu geringen Kontrastes zur darunter liegenden Schrift nicht den gewünschten Erfolg. Die oxidierten Partikel der Tinte hingegen sollten alles außer braun, grün und rot absorbieren, weshalb Rost uns im Tageslicht ja auch in diesen Farbmischungen erscheint. Mit anderen Worten: Wir benötigen deren Komplementärfarben!«

»Exakt!« Vogel stellte mit den Reglern an seinem Lichtwerfer flink die entsprechenden Werte ein und fokussierte die Lichtstrahlen auf einen gemeinsamen Kreis. »Damit sollten wir nun die Schwärzungen weit genug aufhellen können, um die Schrift wenigstens teilweise hervorzuheben. Sie müsste ja aufgrund der Absorption dunkel bleiben. Jetzt kommt es nur noch auch die richtigen Helligkeitswerte an!«

Zehn Minuten später war es geschafft. Zuerst nur zögerlich als dunkle Punkte hinter den jetzt leicht transparenten Schwärzungen zu erahnen, wurden diese Pixel infolge mehrerer Nachjustierungen, die der Leiter der Forensik mit geübtem Blick vornahm, stetig deutlicher. Dann war keine Verbesserung mehr möglich und die Schrift war zwar nicht leuchtend wie ein Christbaum, aber doch ausreichend gut zu erkennen. Er hob die flache Hand, in die Erik begeistert einschlug. »Sind wir nicht ein wahrhaft starkes Team?«, lachte Vogel. »Du solltest dir ernsthaft überlegen, den Beruf zu wechseln! Bei mir in der Forensik läge eine glänzende Zukunft vor dir!«

»Sorry, meine Leidenschaft sind kriminalistische Ermittlungen«, winkte Erik bescheiden ab. »Aber wie du selbst gesehen hast, ist es durchaus möglich, beide Welten miteinander zu verbinden. Und wo wir schon dabei sind, gehen wir noch einen Schritt weiter und fertigen ein hochauflösendes Foto von dem Ergebnis an. Das kann Amara ganz bestimmt mit einem ihrer ›Zauberprogramme‹ derart nachbearbeiten, dass die Schrift tatsächlich leuchtet, oder irre ich mich da?«

* * *

Krystina Nowak legte ihren Mundschutz ab und streifte anschließend die OP-Handschuhe von ihren Händen. Als sie dann die Haube von ihrem Kopf zog, schnellten ihre widerspenstigen, blonden Locken in alle Richtungen, als hätten sie bloß darauf gewartet, nach fast zwei Stunden des Eingesperrtseins endlich in die Freiheit entlassen zu werden. Sie kam gemessenen Schrittes näher.

»Es ist überstanden, meine Herren!«, verkündete sie ihren Besuchern von der Kriminalpolizei fröhlich. »Wie erwartet, habe ich keine allzu großen Überraschungen erlebt. Der Körper ist einem altersgemäß guten Zustand, wenn man von der Tatsache absieht, dass ihr jemand die Kehle durchtrennt hat. Übrigens war das mit einem identischen, wenn nicht sogar mit demselben Messer wie bei der ersten Leiche. Alles in allem würde ich sie auf etwa Mitte vierzig schätzen, nageln Sie mich darauf aber bitte jetzt nicht fest. Die Todesursache dürfte somit klar sein. Den Todeszeitpunkt, beziehungsweise den Zeitrahmen, hatte Ihnen meine Chefin bereits an der Fundstelle genannt. Dem habe ich nichts hinzuzufügen.«

»Danke, den konnten wir mittlerweile anhand von Zeugenaussagen auf die Zeit kurz nach Mitternacht eingrenzen«, informierte Tobias Heller sie. »Das geht also in Ordnung. Gibt es sonst irgendwelche Besonderheiten wie fremde DNA oder andere Hinweise, die uns zu ihrem Mörder führen?«

»Bargeld hatte sie nicht verschluckt, wenn Sie das meinen«, lachte sie. »Allerdings habe ich äußerliche Anzeichen für eine gewaltsame Auseinandersetzung gefunden. Einige Hämatome an den Armen und im Brustbereich lassen jedenfalls darauf schließen, und sie sind definitiv kurz vor ihrem Tod entstanden!«

»Auch das bestätigt die Aussage unseres Zeugen, einen Streit gesehen zu haben«, nickte Heller. Er fand es erfrischend, mit ihr in dieser Form sprechen zu können. Martina de Luca schätzte es nicht besonders, wenn man ihre Monologe unterbrach, und hätte ihn garantiert längst zurechtgewiesen. Heruntergeputzt, um es genau zu sagen.

»Was die DNA anbelangt«, fuhr Nowak ungerührt fort, »wird diese als Resultat von tätlichen Auseinandersetzungen meist in Form von Hautpartikeln unter den Fingernägeln gefunden. Ich muss Ihnen jedoch sagen, dass die im vorliegenden Fall sorgfältig gereinigt wurden. Und zwar von meiner Chefin!«, grinste sie, als sie die enttäuschten Gesichter der Kommissare sah. »Frau de Luca hatte vorausgesehen, dass Sie es eilig haben werden, und gleich gestern früh eine Probe davon ins humangenetische Institut bringen lassen. Dort wird in aller Eile ein direkter Vergleich mit dem am vorherigen Tatort sichergestellten Blut durchgeführt. Das Ergebnis könnte jeden Augenblick eintreffen, es kann also gut sein, dass Sie es morgen schon auf dem Tisch haben!«

»Das war sehr gut mitgedacht«, kam Tobias Heller nicht umhin, den Scharfsinn der Rechtsmedizinerin zu bewundern. Man konnte über ihren Charakter ja sagen, was man wollte, aber von ihrem Fach verstand sie eine ganze Menge! »Sie haben uns sehr geholfen!«, bedankte er sich bei Krystina Nowak. »Wir wollen Sie dann auch nicht länger beanspruchen. Den schriftlichen Bericht habe ich in den nächsten Tagen auf dem Schreibtisch, nehme ich an?«

Kapitel 14

Die Gemeinsamkeiten sind kein Zufall!

»Dank der äußerst fruchtbaren Zusammenarbeit zweier ›Tüftler‹ konnten fast alle persönlichen Daten hinter den Schwärzungen lesbar gemacht werden!«, nickte Tobias Heller in Richtung Jürgen Vogel und Erik Hagel, die dieses Mal einträchtig nebeneinandersaßen. »Das nenne ich mal eine produktive interdisziplinäre Kooperation! Im Zuge einer gemeinsam erarbeiteten Versuchsanordnung ist ihnen dieses Kunststück hervorragend gelungen, wie ihr seht!«

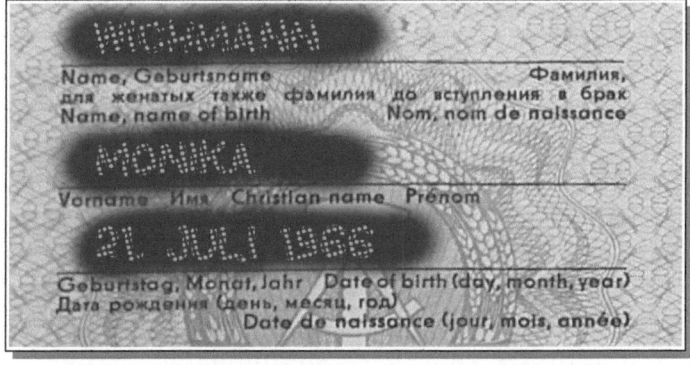

Er wies mit einer Hand auf seinen Bildschirm, auf dem das durch Amara Jones mit Photoshop nachbearbeitete Foto des DDR-Passes *nach* dem erfolgreich verlaufenen Experiment zu sehen war. Wie auch auf sämtlichen Monitoren seiner Mitarbeiter und natürlich dem des Leiters der Forensik.

»Leider fehlt der Geburtsort«, schränkte er den Wert der Information sofort ein. »Diese Angabe fiel ja bekanntlich den Bemühungen zum Opfer, die Farbschicht mit rein chemischen Mitteln zu entfernen. Es wird daher nicht leicht werden, die Herkunft dieser Person zu ermitteln, zumal das Passfoto ja auf diese Weise nicht sichtbar gemacht werden konnte und es nach mehr als dreißig Jahren kaum noch Unterlagen der ehemaligen DDR geben dürfte. Es ist aus diesem Grund nicht einmal sicher, dass es sich bei Monika Wichmann und Marion Borchers tatsächlich um ein und dieselbe Frau handelt. Das Foto wäre der letzte, entscheidende Beweis gewesen!«

»Wem sollte der Pass denn sonst gehört haben?«, wandte Martin Weber ein. »Er befand sich in einem von ihr angemieteten Bankschließfach, in dem neben einer großen Geldsumme unter anderem eine russische Pistole lag, wie sie auch in der DDR von Polizei und Geheimdiensten verwendet wurde! Und darauf wurden ihre Fingerabdrücke gefunden, wenn ich den Bericht der Forensik richtig gelesen habe!«

»Ich sage ja nicht, dass es sich *nicht* so verhält«, beschwichtigte Tobias ihn. »Wir müssen und aber an Fakten halten, mit Spekulationen kommen wir nicht weiter! Allerdings ist eines gewiss: Sofern dieser Pass jemand anderem gehört, steht diese Person auf jeden Fall mit ihr in einem engen Zusammenhang! Und die Spur scheint tatsächlich in den Osten der Republik zu führen! Sagte eure Zeugin nicht, dass ihre Familie in den Achtzigerjahren von dort zugereist sei?«, wandte er sich an die Kommissarinnen Brandt und Fuchs.

»Ja, aus einem kleinen Kaff nahe der hessischen Grenze«, nickte Vanessa. »Dort und an der Demarkationslinie zum Nachbarland Niedersachsen fanden statistisch die meisten erfolgreichen Fluchtversuche statt. Petra Unger wollte nicht mit uns darüber reden, doch wir gehen eher nicht von einer legalen Ausreise aus. Ihre Eltern, Bernd und Elke Richter, waren dafür zu jung. Das Mädchen war damals zehn oder elf Jahre alt und wird sich nur ungern an die Flucht erinnern wollen, sowas kann unter Umständen ein sehr traumatisches Erlebnis für ein Kind sein.«

»Die demnach in etwa zeitgleich mit dem ersten Auftreten von Marion Borchers in unseren Meldesystemen stattgefunden hätte«, rechnete Jonas Faber schnell nach. »Ja, ich weiß, das besagt für sich allein noch gar nichts«, kam er einem Einwand seines Chefs zuvor. »Ich wollte es nur nicht unerwähnt lassen!«

»Zumal das damals sicher Zehntausende gewesen sind«, sagte Jasmin. »Einen direkten Zusammenhang konnten wir sowieso nicht erkennen. Das Hochzeitsfoto, das Frau Unger uns freundlicherweise überließ, hat nämlich nicht die geringste Ähnlichkeit mit dem Bild in dem Medaillon. Und eine Verwandtschaft mit einer Familie Wichmann ist ebenfalls nicht belegt, das habe ich gleich heute Morgen überprüft. Zumindest leugnete Frau Unger eine solche, als ich sie telefonisch danach fragte. In den Meldeunterlagen ihres Geburtsortes war auch nichts zu finden.«

»Das wäre meine nächste Frage gewesen«, lächelte Tobias. »Aber wie ich sehe, hast du deine ›Hausaufgaben‹ gründlich gemacht. Und wieder mal hat sich unser Auskunftssystem bestens bewährt!«, freute er sich darüber, dass seine Mitarbeiter ihre Rechercheergebnisse bis auf wenige Ausnahmen immer gleich in das elektronische ›Denkbrett‹ einpflegten, wo es von den anderen eingesehen werden konnte. So war auch der bearbeitete Pass rechtzeitig dort hineingelangt.

»Der Zusammenhang dürfte eher in einer dritten Person begründet sein«, erinnerte Martin daran, dass die Inhaberin des Blumenladens in Lohmar anhand des ihr gezeigten Phantombildes eine Frau wiedererkannt hatte, die Tage vor dem Mord auf dem Friedhof offenbar auf der Suche nach einer bestimmten Grabstelle war. »Unsere Mörderin suchte vielleicht gezielt nach der Ruhestätte der Eheleute Richter, was eventuell bedeuten könnte, dass diese zumindest mit der zweiten Leiche in Verbindung stehen.«

»Deren Namen wir leider noch nicht kennen«, hob Tobias die Schultern. »Im Gegensatz zu der dritten Leiche, hoffe ich. Die zeitmäßig aber wohl an die erste Stelle gehört, sofern nicht weitere unentdeckte Mordopfer auftauchen! Hast du da schon etwas?«, forderte er Martin auf, von seinen Ermittlungen zu berichten. In die Datenbank waren diese jedenfalls nicht eingepflegt, aber das musste bei Weber ja nichts heißen. Berichte zu schreiben gehörte nämlich nicht unbedingt zu seinen Stärken, zumal er mit Computertastaturen erwiesenermaßen auf Kriegsfuß stand.

»Sorry, ich hatte bisher noch keine Zeit, die Sachen in die Datenbank einzugeben«, entschuldigte er sich. »Hauptkommissar Rickert von der Kriminalpolizei in Flensburg hatte mir zugesagt, die Akte per E-Mail an mich zu verschicken, muss es dann aber verschludert haben. Jedenfalls kam sie erst heute Morgen an!«

»Ach, solche Leute gibt es?«, grinste sein Partner anzüglich. »Das kann ich mir jetzt so überhaupt nicht vorstellen!«

»Die Tote heißt laut Buchungsunterlagen Irmgard Reuter«, fuhr Martin fort, nachdem er seine Lesebrille aufgesetzt hatte, um besagte ›Ermittlungsakte‹ vorzulesen. Diese bestand lediglich aus zwei Seiten. Vorher schickte er jedoch einen strafenden Blick nach links zu Jonas.

»Sie hatte ein kleines Ferienhaus in der Nähe des Leuchtturms gemietet, wobei es sich jedoch eher um eine Hütte mit dem nötigsten Komfort handelt. Dort wurde sie gestern Morgen von der Vermieterin, einer Frau Martinen, gefunden. Sie ist übrigens eine Tante unserer zukünftigen Kollegin Rieke, die Insel ist halt nicht sehr groß«, hob er die Schultern. Dass in diesen Gegenden alle irgendwie miteinander verwandt oder verschwägert waren, war allgemein bekannt.

»Jedenfalls wollte Frau Martinen an diesem letzten Tag die Schlüsselübergabe machen und fand die Tote halbverwest mit durchschnittener Kehle auf ihrem Bett liegend vor. Um sie herum waren einige Münzen verteilt. Dreißig Geldstücke, um es genauer zu sagen. Irmgard Reuter wurde am 17. Mai 1978 in der damaligen DDR geboren, und zwar in demselben Ort, aus dem auch die Familie Richter kam«, zeigte er, dass er die Berichte der Kolleginnen durchaus gelesen hatte. »Die Autopsie ist für morgen angesetzt«, beendete er seinen Vortrag. »Den Pathologiebericht werden wir dann zeitnah erhalten, versprach Hauptkommissar Rickert mir. Fest steht aber schon jetzt, dass der Mord mindestens drei Wochen zurückliegt.«

»Das ist ein kleines Dorf mit nicht einmal tausend Seelen«, wusste Jasmin. Sie hatte sich eingehend mit der Herkunft der Familie Richter auseinandergesetzt. »Und außerdem waren die beiden Mädchen ungefähr im selben Alter. Ob sich Petra Unger noch an Irmgard Reuter erinnert?«

»Sie hieß damals Böckmann«, berichtigte Martin sie und zeigte damit gleichzeitig, dass auch er seine ›Hausaufgaben‹ gemacht hatte, was ihm einen anerkennenden Blick seines Chefs einbrachte. »Und sie hat diesen Ort im Grunde niemals verlassen. Als die Mauer fiel, war sie erst zwölf. Sie heirate früh, und zwar einen Ortsansässigen, von dem sie sich jedoch schon nach wenigen Jahren scheiden ließ. Sie wohnte bis zu ihrem Tod in diesem Dorf und verbrachte nicht zum ersten Mal ihren Urlaub auf Amrum.«

»Was es für ihre Mörderin leicht machte, sie dort aufzuspüren«, nickte Tobias. »Ich denke, wir sind uns darüber einig, dass sie für *alle* Morde verantwortlich ist! Wir haben es offenbar mit einer vorausplanenden Person zu tun. Sie wusste von dem Tunnel, sie suchte sich höchstwahrscheinlich das Grab gezielt aus und kannte wahrscheinlich die Urlaubsgewohnheiten des ersten Opfers. Wir müssen uns ebenfalls darüber im Klaren sein, dass diese Gemeinsamkeiten kein Zufall sein können!« Er hob ein DIN-A4-Blatt hoch. »Dieses Analyseergebnis ist heute Morgen hereingekommen. Die Hautzellen unter den Fingernägeln des Lohmarer Opfers tragen dieselbe DNA wie das Blut, das wir im Trauzimmer und im Tunnel fanden. Somit ist *dieser* Zusammenhang ebenfalls amtlich, wir benötigen nur noch den Namen der Toten!«

»Wir sollten uns aufgrund dieser neuen Erkenntnisse noch mal mit Petra Unger unterhalten«, schlug Vanessa vor. »Jetzt, wo wir die Namen von zwei der Opfer haben, können wir sie gezielt danach fragen und sie erinnert sich dann vielleicht doch noch an Begebenheiten aus ihrer Kindheit. Allerdings wohnte Marion Borchers, oder Monika Wichmann, wie wir sie jetzt nennen wollen, laut unseren Ermittlungen nicht in dem Ort, wie Jasmin ja vorhin bereits sagte.«

»Fragt sie dennoch danach«, gab der SOKO-Chef sein Einverständnis. »Falls Wichmann tatsächlich als Spionin unterwegs gewesen ist, wurde ihre Vita diesbezüglich vielleicht nachträglich verändert. Für den Staatssicherheitsdienst war so etwas ein Klacks! Und nehmt das Medaillon mit! Es könnte sein, dass es eine verschollene Erinnerung in ihr weckt.« Er überlegte kurz und fügte hinzu: »Wenn es geht, bittet sie um eine Speichelprobe. Eine Täterschaft ist bei ihr zwar nicht sehr wahrscheinlich, da sie meinem Phantombild nicht mal ähnlich sieht, aber wir wollen uns in dieser Sache kein Versäumnis erlauben!«

»Ein derart planvolles Vorgehen sieht mir schon irgendwie nach Geheimdienst aus«, überlegte Erik. »Die Mörderin könnte demzufolge eine ›Kollegin‹ von Monika Wichmann gewesen sein, was haltet ihr denn von *diesem* Gedanken?«

»Er ist eine Überlegung wert«, nickte Tobias. »Ich werde mich mit dem Bundesarchiv für Stasi-Unterlagen in Verbindung setzten. Wenn wir Glück haben, existiert noch eine Akte über Monika Wichmann. Das wird aber sicher einige Tage dauern und ein Erfolg ist höchst ungewiss. Erinnert euch, dass man im Minis-

terium für Staatssicherheit in der Nacht des Mauer-
falls viele tausend Unterlagen vernichtete, bis dem
Treiben im Morgengrauen von Mitarbeitern des BND
Einhalt geboten wurde. Die Akten der Spione werden
sicher nicht zuletzt drangekommen sein!«

* * *

Tobias Heller hatte sich in seinem Büro verbarrikadiert und versuchte seit einer Stunde mit mäßigem
Erfolg, das elektronische ›Denkbrett‹, wie er die von
ihm selbst erdachte Wissensdatenbank nannte, mit
einem Diagramm zu versehen, in das er alle Bezüge,
die zwischen den beteiligten Personen zu bestehen
schienen, eintragen und logisch verknüpfen wollte.
Die hierfür notwendige Funktion hatte ein Program-
mierer der IT-Abteilung erst vor wenigen Tagen auf
sein Drängen hin realisiert.

Anlass für diese Erweiterung war eine Anregung
Eriks gewesen. Er hatte in einem ihrer letzten Fälle
einen Sachverhalt grafisch darstellen wollen und auf
ein stinknormales Flipchart zurückgreifen müssen,
weil die Software dies nicht hergab. Nichtsdestotrotz
war es extrem schwierig, irgendwelche Bezüge herzu-
stellen, da machte es überhaupt keinen Unterschied,
welches Werkzeug man dazu benutzte. Der Grund lag
darin, dass man zwar haufenweise Puzzleteile besaß,
die aber nirgends zusammenzupassen schienen.

Es gibt einfach zu viele Lücken, grübelte er, während
er seufzend eine weitere angefangene Grafik ›ausra-
dierte‹, weil die von ihm gewählte Anordnung der
Elemente sinnlos erschien. *Das ist wie ein Puzzle aus
hundert Teilen, von denen gerade einmal eine Handvoll
vorhanden ist, die zudem wahllos über das ganze Motiv*

verstreut sind! Wie soll ich da einen Kopf dran kriegen?
Die einzige gesicherte Erkenntnis ist, dass zwei Personen
aus demselben Ort in Thüringen stammen, wovon aber
eine kein Opfer ist und als Täterin wohl ebenfalls mit
einiger Wahrscheinlichkeit ausscheidet!

Er war dermaßen in Gedanken versunken, dass er
das Klopfen an seiner Tür überhörte. Bei einem Mann
wie ihm, mit ausgeprägten Sinnesorganen und der
Fähigkeit, diese auch zu gebrauchen, war das schon
außergewöhnlich. *Dieses Grab*, nahm er eine frühere
Überlegung wieder auf. *Es ist von zentraler Bedeutung,*
das sagt mir mein Bauch! Irgendetwas ist mit dem ...

»Ja, was ist denn?«, rief er ungehalten aus, als es
erneut an seiner Tür klopfte, und diesmal fordernder.
Da die Front seines bescheidenen Refugiums von
Hüfthöhe an aufwärts aus Glas bestand, konnte er
Torsten Schröder erkennen. Der Wachmann war ein
wahrer ›Kleiderschrank‹ ähnlich seinem ausgeschie-
denen Kollegen Wolfgang Müller, mit 1,80 Meter aber
eine Handbreit ›kleiner‹, wodurch er sehr kompakt
wirkte. Die zierliche blonde Frau neben ihm fiel daher
erst auf den zweiten Blick auf.

Als er Schröder durch die Glastür heftig gestikulie-
ren sah, erinnerte sich Tobias daran, dass er abgeschlossen hatte, um für eine Weile ungestört zu sein.
Eigentlich war diese Maßnahme ja kontraproduktiv,
wie er jetzt erkannte. Wenn ein Kerl wie der Wachmann mit seinen Riesenpranken ›anklopfte‹, war das
wesentlich störender, als wenn er einfach eingetreten
wäre. Der SOKO-Chef stand seufzend auf und öffnete
den beiden die Tür.

Die Besucherin reichte ihm sofort eine Zeitung, die so gefaltet war, dass ihm ein großformatiges Foto auf Seite 4 direkt ins Auge sprang. ›*Wer kennt diese Frau?*‹, stand in großen Lettern darüber. Der Artikel war ihm natürlich bekannt, er hatte diesen Aufruf schließlich am Montag erst persönlich in Auftrag gegeben. »Ich komme deswegen«, erklärte sie wenig überraschend mit einer für ihre kleine, zierliche Gestalt ungewöhnlich kräftigen Stimme. Überhaupt erinnerte sie ihn in ihrer Erscheinung und ihrem Auftreten sehr an seine ehemalige Kollegin Christina Ohlsen. Tobias schätzte sie auf etwa Mitte vierzig. Sie tippte mit ihrem Zeigefinger einige Male nachdrücklich auf die Zeitung in seiner Hand. »Ich weiß, wer das ist!«

* * *

Das satte Motorgeräusch erstarb, als Vanessa den Zündschlüssel herumdrehte. Die Fahrt hatte auf die Minute genau dieselbe Zeit beansprucht wie am Tag zuvor, obwohl sie im Gegensatz zu Jasmin sämtliche Verkehrsregeln eingehalten hatte. Den Audi hatte sie zudem in derselben Parklücke vor dem Haus in der Römerstraße abstellen können, wodurch der Fußweg bis zu ihrer Zieladresse nur wenige Meter betrug. Sie schenkte der Partnerin einen triumphierenden Blick: »Siehst du? Man kommt ohne deine Raserei genauso schnell ans Ziel! Das sind sowieso nur Sekunden, die man damit herausschindet!«

Bevor Jasmin zu einer ihrer berüchtigten flapsigen Antworten ansetzen konnte, piepste Vanessas Handy. Sie hatte es ohnehin gerade aus der Halterung der Freisprecheinrichtung nehmen wollen und las jetzt stirnrunzelnd die SMS, die sie soeben erhalten hatte.

»Du wirst es nicht glauben«, stieß sie hervor. »Der Chef hatte gerade Besuch von einer Zeugin, die das Bild in der Zeitung erkannt hat. Unsere Friedhofsleiche ist identifiziert! Wir sollen gleich nach einer Renate Kurfürst fragen. So hieß sie jedenfalls damals, und sie lebte als Kind in demselben Ort in Thüringen wie Petra Unger und Irmgard Reuter. Mit fünfundvierzig ist sie außerdem etwa im selben Alter!«

»Wir wollten uns ja sowieso nach der Böckmann erkundigen, wie das Amrumer Opfer damals hieß«, gab Jasmin zurück, während sie sich zum Aussteigen anschickte. »Dann hätten wir mit Unger drei Frauen, die aus diesem Dorf stammen und etwa im selben Alter sind. Zufall ist das keiner mehr! Schade ist dabei nur, dass die Vita von Borchert/Wichmann offenbar gefälscht wurde, vielleicht mehrfach. Ich wette, sie kam ursprünglich ebenfalls von dort!«

Petra Unger öffnete ihnen nur wenige Sekunden, nachdem Vanessa geklingelt hatte, und geleitete sie nach der kurzen Begrüßung an der Haustür ohne ein weiteres Wort in ihr geräumiges Wohnzimmer. Sie schien mit ihrem Erscheinen gerechnet zu haben, aber wahrscheinlich hatte sie lediglich ihre Ankunft beobachtet, denn von dort konnte man problemlos die Straße einsehen. Sie sah die Ermittlerinnen mit fragend hochgezogenen Augenbrauen an. »Haben Sie herausgefunden, wer für die Grabschändung verantwortlich ist?«, erkundigte sie sich neugierig. »Mein Mann möchte außerdem wissen, ob wir dort wieder arbeiten dürfen. Das Grab müsste dringend gereinigt werden. Da ist ja immer noch das Blut drauf!«

Die Kommissarinnen warfen sich einen Blick zu. War diese Person so naiv, oder gab sie dies nur vor? »Sie schätzen die Lage völlig falsch ein, Frau Unger!«, beschied Vanessa ihr. »Wir ermitteln immer noch in einem Tötungsdelikt, nicht wegen einer ›Verunreinigung‹ der Grabstelle Ihrer Eltern, so verstörend auch dieser Umstand für Sie persönlich sein mag! Es haben sich unverhofft Gemeinsamkeiten mit einem ähnlichen Mordfall ergeben, der im letzten Monat auf der Insel Amrum verübt wurde. Sagten Sie nicht, dass Sie bis vor einem Jahr noch in Norddeutschland gewohnt haben? Außerdem haben wir mittlerweile herausgefunden, dass beide Frauen wahrscheinlich nicht nur etwa gleich alt, sondern in *Ihrem* Alter waren und aus demselben Ort in Thüringen stammen, in dem *Sie* in Ihrer Kindheit gelebt haben! Finden Sie das nicht etwas merkwürdig für einen bloßen Zufall?«

»Jedenfalls erscheint die Tatsache, dass eine der Toten auf dem Grab Ihrer Eltern lag, nun in einem völlig anderen Licht«, meine Jasmin. »Nachdem Sie den Fotos, die wir Ihnen gestern zeigten, so wenig Beachtung geschenkt haben, sagen Ihnen ja eventuell die Namen dieser beiden Frauen etwas. Bei der Toten von Amrum handelt es sich um eine Irmgard Reuter, geborene Böckmann. Die auf dem Grab hieß Renate Kurfürst, sie nahm nach ihrer Scheidung wieder den Mädchennamen an. Dämmert jetzt vielleicht was bei Ihnen?«

Petra Unger schlug sich erschrocken die Hand vor den Mund. Sie war bei den Worten der Kommissarin totenbleich geworden und starrte sie mit weit aufgerissenen Augen sprachlos an. »Das … Das kann nicht sein«, hauchte sie nach endlosen Sekunden, in denen man eine Nadel hätte fallen hören können. »Irmchen, also Irmgard war meine beste Freundin und Renate auch. Ich habe sie nicht mehr gesehen, seit unserer ... Seit unserem Umzug in den Westen. Das ist jetzt fast sechsunddreißig Jahre her!«

»Ich denke, es ist an der Zeit, Sie über Ihre Rechte zu belehren«, verkündete Vanessa mit ernster Miene. »Sie müssen nichts sagen, was Sie eventuell belasten könnte und können einen Anwalt hinzuziehen, falls Sie das für notwendig erachten. Außerdem muss ich Sie um eine Speichelprobe für einen DNA-Abgleich bitten!« Sie griff in die Tasche und holte ein steril verpacktes Wattestäbchen hervor.

»Bitte, tun Sie, was Sie für nötig halten!«, stimmte Unger ohne zu zögern zu. »Viel mehr als das, was ich Ihnen sagte, weiß ich ohnehin nicht.« Sie sperrte den Mund weit auf und Vanessa machte ihren Abstrich, wie man es ihr in der Forensik gezeigt hatte.

Derweil nahm Jasmin beiläufig das mitgebrachte Medaillon zur Hand und legte es vor sich auf den Tisch. Unger klappte bei seinem Anblick entgeistert den Mund zu, wobei sie um ein Haar das Wattestäbchen durchgebissen hätte. Vanessa konnte es gerade eben noch in Sicherheit bringen. »Wo haben Sie das her?«, flüsterte sie beinahe unhörbar und bannte das Schmuckstück mit ihren Blicken, als fürchtete sie, es könne wieder verschwinden.

Kapitel 15

Tödliches Inselparadies

Irmgard war mein allererstes Opfer. Sie aufzutreiben war dermaßen einfach, dass ich mich ernsthaft fragte, warum es mir nicht schon früher gelungen war. Sicher, sie hatte geheiratet und nach der Scheidung wohl den Ehenamen behalten. Wie ich sie einschätzte, geschah das wahrscheinlich aus purer Bequemlichkeit. Doch sie war im Gegensatz zu den anderen Mädchen niemals aus dem Kaff an der Grenze zum Westen weggezogen. Aber oft sieht man den Wald vor lauter Bäumen nicht und das Naheliegendste wird sowieso leicht übersehen. Zu meiner Entschuldigung ist zu sagen, dass ich eine ganze Weile nicht in der Lage war, mich darum zu kümmern. Das Schicksal hatte nämlich eine größere Aufgabe für mich vorgesehen.

Letztlich war es ein Zufall, der uns nach so vielen Jahren zusammentreffen ließ. Ich traf sie eines schönen Tages in Hamburg, wo ich nach einem ausgeführten Auftrag am Hauptbahnhof auf eine Umsteigemöglichkeit nach Berlin wartete, wo ich dann in den Flieger nach Hause steigen wollte. Da die Zugverbindungen im Gegensatz zu den Flughäfen normalerweise nicht überwacht wurden, würde mein Weg im Falle eines Falles kaum zu verfolgen sein. Dies aber war für mein ›Handwerk‹ von immenser Wichtigkeit, da es unvermeidbar war, Zeugnisse meiner Tätigkeit zu hinterlassen.

Irmgard zog einen riesigen Koffer hinter sich her und setzte sich neben mich auf eine Bank im Wartebereich, nachdem sie den Fahrplan eingehend studiert hatte. Zuerst hatte ich sie gar nicht erkannt, und ich war mit meinen Gedanken ohnehin ganz woanders. Aber bald kamen wir irgendwie ins Gespräch und etwas in ihrer Art, sich zu artikulieren und ihre Angewohnheit, ihre Worte mit den Händen gestenreich zu unterstreichen, weckte eine Erinnerung in mir. Nach ein paar geschickt eingestreuten Testfragen war ich mir sicher, dass sie es sein musste. Sie hatte sich zwar optisch stark verändert, aber wenn man wusste, worauf man zu achten hatte, blieb kaum ein Zweifel.

Sie lebte in einem verschlafenen Dorf im Osten nahe der hessischen Grenze, wo sie geboren und aufgewachsen war, erzählte sie mir. Nach der Wiedervereinigung seien ihre Freundinnen in den Westen gezogen, aber sie selbst war irgendwie hängengeblieben. Das einzige Vergnügen, das sie sich einmal im Jahr gönnte, bestand aus einer Reise nach Amrum im Frühling, um für einen Monat die himmlische Ruhe in den Dünen am Meer zu genießen, bevor der Massentourismus begann. Jetzt war sie wieder auf dem Weg nach Husum, wo sie die Fähre auf die Insel nehmen würde.

Zwei Jahre war das jetzt her, doch nach all der Zeit, die seither vergangen war, musste ich ja nichts überstürzen. Eine glückliche Fügung hatte unser beider Wege kreuzen lassen und ich wusste jetzt, wo ich sie zu suchen hatte. Während ihrer Abwesenheit in ihrem Heimatort zu spionieren und die Nachbarn auszuhorchen, war eine Kleinigkeit für mich, denn die Leutchen dort waren alt und vertrauensselig. Die jungen Menschen waren längst in die Stadt oder in den Westen gezogen und die Alten waren froh über jede Abwechslung. So war es dann kein Problem, in Erfahrung zu bringen, dass Irmgard jedes Jahr exakt zur selben Zeit in Urlaub fuhr, und immer für vier Wochen. Immer auf die Insel Amrum, und immer in dasselbe Ferienhaus.

Ich ließ mir viel Zeit, alles akribisch vorzubereiten. Vor allem musste ich die Münzen zusammenbringen, die ich für mein Vorhaben benötigen würde. Denn ich hatte vor, mit dem Tod der Verräterin ein Zeichen zu setzen, und es sollte nicht das Einzige sein. Zwei Jahre brauchte ich dafür. Die meisten bekam ich bei eBay, einige waren aus meinem Heimatland und andere brachte ich von Reisen mit. Man soll gar nicht glauben, was man heute noch an alten Münzen als Wechselgeld zurückbekommt, wenn man nicht höllisch aufpasst. So sah das Fünfhundert-Lire-Stück einer Zwei-Euro-Münze verblüffend ähnlich, bei einem Bruchteil des Wertes.

Dann war es endlich so weit. Als Irmgard in diesem Jahr an ihrer Ferienhütte ankam, war ich schon vor Ort. Mit meinen Fähigkeiten war es leicht gewesen, mir am Tag zuvor mit einem Dietrich Zugang zu ihrer Behausung zu verschaffen und mich bei ihrer Ankunft im Schrank zu verstecken. Niemals werde ich ihr Erstaunen bei meinem Anblick vergessen, das in panisches Entsetzen umschlug, als ich mich ihr offenbarte. Der Tod kam unvorbereitet und schnell über sie. Wo ihre Komplizinnen zu finden waren, wusste sie nicht oder wollte es mir nicht sagen. Ich würde sie aber ebenfalls bald aufgespürt haben, da war ich mir sicher. Und so kam es auch!

Kapitel 16

Die passenden Puzzleteile

»Sie kennen dieses Medaillon?«, versuchte Jasmin, die offenbar verstörte Frau in die Realität zurückzuholen. »Als wir Ihnen gestern eine vergrößerte Kopie des Fotos zeigten, das sich darin befindet, sagten sie etwas anderes!«

»Das sagte ich«, gab Petra Unger unumwunden zu, nachdem sich ihr verklärter Blick von dem Schmuckstück gelöst hatte. »Darf ich das Original sehen?« Sie streckte fordernd ihre Hand aus. Sie zitterte leicht, wie die Kommissarinnen bemerkten. Jasmin öffnete das Medaillon nach einem fragenden Blick zu ihrer Partnerin, den diese mit einem angedeuteten Kopfnicken beantwortete, und reichte es der Frau über den Tisch.

Petra Unger sah sich das winzige Foto darin lange an und gab das Schmuckstück schließlich mit einem unendlich traurigen Ausdruck in den Augen zurück. Jasmin glaubte, eine Träne erkennen zu können. »Ich muss mich für mein gestriges Verhalten entschuldigen«, sagte sie leise. »Das Foto, das sie mir zeigten, war sehr verpixelt und ich konnte nicht ahnen, dass es aus diesem Medaillon stammte. Und im Grunde ist es auch gar nicht möglich!«

»Ach, und warum nicht?«, wollte Vanessa wissen. »Was genau hat es damit auf sich?«

»Das will ich Ihnen sagen, Frau Kommissarin. Ich sah dieses Medaillon vor fast genau sechsunddreißig Jahren zum letzten Mal. Und das kleine Mädchen, das es trug, ist in dieser Schicksalsnacht gestorben!«

»Es gibt doch sicher eine Geschichte dazu. Wollen sie uns die nicht erzählen?«, ermunterte die Kommissarin sie. »Wir haben viel Zeit!«

»Warum eigentlich nicht«, nickte ihre Gastgeberin versonnen. »Es ist zwar sehr lange her, doch ich habe nichts davon je vergessen können. Hören Sie zu!« Und Petra Unger erzählte.

* * *

Thüringen, Sommer 1986

Es war ein heißer Tag, ich spielte mit meiner Cousine und zwei Schulfreundinnen bei uns im Hof. Das Haus von Reginas Eltern war nebenan und es gab keinen Zaun dazwischen, sodass wir Platz zum Herumtollen hatten. Meine Mutter und mein Vater taten sehr geheimnisvoll in den letzten Tagen, doch sie hatten mir verraten, dass wir bald alle zusammen verreisen würden.

Onkel und Tante würden mitkommen, worüber ich mich riesig freute, da ich dann viel Zeit mit Regina verbringen konnte. Wohin es ging, wollten sie mir nicht sagen, aber meine Cousine würde mit uns im Auto vorausfahren, da ihre Eltern noch was Wichtiges zu erledigen hätten und bald nachkämen.

Mein Vater und Onkel Alfred verbrachten seit Monaten jede freie Minute in unserem Geräteschuppen, der aber nichts Besonderes enthielt. Nur Gerümpel, doch man warf in diesen Zeiten nichts weg. Und man hatte uns bei Strafe verboten, hineinzugehen. Außerdem hing seitdem ein großes Vorhängeschloss an der Tür, was die Sache noch geheimnisvoller machte. Ich sollte später erfahren, was sie dort die ganze Zeit getrieben hatten.

Es war gegen 17:00 Uhr, als Monika auf den Hof kam, um meine Freundinnen abzuholen. Renate und Irmgard wohnten am Rand unseres kleinen Dorfes, und obwohl hier niemals Fremde hinkamen, bestanden ihre Eltern darauf, dass sie die dreihundert Meter bis dorthin nur in Begleitung eines Erwachsenen gingen. Vielleicht lag es daran, dass der Zaun nicht weit entfernt war, der unsere Republik vor dem ›Klassenfeind‹ schützte, wie man uns immer wieder eintrichterte. Monika war eine Nachbarin und zwanzig, was mir damals unendlich alt vorkam. Den Nachnamen weiß ich nicht mehr.

Wir hatten Verstecken gespielt und meine Freundinnen hatten sich in dem Schuppen verborgen, der heute aus irgendeinem Grund nicht verschlossen war. Oder hatte es mit der bevorstehenden Reise zu tun? Ich bemerkte erst, dass die zwei ein striktes Verbot missachtet hatten, als Monika nach ihnen rief und sie aus dem Verschlag kamen. Schnell sah ich mich um, aber es hatte niemand etwas mitbekommen und ich beschloss daher, den Mund zu halten, um nicht bestraft zu werden.

Leider galt das nicht für meine beiden geschwätzigen Freundinnen, die dieser Monika brühwarm erzählten, was sie in seinem Inneren entdeckt hatten. Das konnte ich ihren aufgeregten Gesten entnehmen, als sie mit ihr schwatzend vom Hof gingen. Insbesondere die ein Jahr jüngere Irmgard gestikulierte herum und zeigte immer wieder auf den Schuppen. Sie war bekannt dafür, beim Sprechen Arme und Beine zu Hilfe zu nehmen. Hätte ich doch was gesagt, dann wäre das alles nicht passiert!

So aber nahm das Schicksal seinen Lauf. Gleich nach dem Abendbrot luden wir unsere Koffer in den Trabbi, der mit dem Kram hoffnungslos überladen war. Bis zum Beginn der Dunkelheit waren es nur noch zwei Stunden. Warum wir so spät losfuhren, wusste ich damals nicht. Als es dann losgehen sollte, wollte meine Cousine nicht einsteigen und klammerte sich weinend an ihre Mutter, die ihr zuredete. Als alles nicht half, hängte sie ihr das Medaillon um, das sie um den Hals trug und sagte, dass es ein Glücksbringer sei, auf den Regina gut aufpassen müsse. Dann gingen Tante Hildegard und Onkel Alfred hinein. Ich sollte sie nie wiedersehen.

Als wir gerade losfuhren und vorn an der Straße kurz anhielten, entwischte uns die Kleine und lief zum Haus zurück. Ich wollte ihr hinterherlaufen, aber mein Vater sah hektisch auf die Uhr und sagte, wir hätten dafür keine Zeit mehr und es würde jetzt schon extrem knapp werden. Regina müsse eben jetzt doch mit ihren Eltern zusammen nachkommen. Es werde schon gut gehen. Ich sollte bald genug erfahren, was er damit meinte.

Ich muss hier zum besseren Verständnis vorausschicken, dass es bei dieser Aktion nicht um einen gemeinsamen Urlaub ging, sondern um eine minutiös geplante Flucht in den Westen. Ich erfuhr es während der langen Fahrt. Wir fuhren in die Tschechoslowakei, das Visum hatten meine Eltern schon vor vielen Monaten erhalten. Sowas musste man eine Ewigkeit im Voraus beantragen und wenn man Glück hatte, bekam man es auch.

Für die achthundert Kilometer weite Fahrt waren neun Stunden veranschlagt. Was ich zu dem Zeitpunkt nicht wusste: Direkt hinter der Grenze würden wir in einen speziell für diesen Zweck umgebauten LKW mit Wiener

Kennzeichen ›umsteigen‹, der uns und ein paar andere ›Ausreisewillige‹ nach Österreich schmuggeln sollte. Das war auch der Grund, warum mein Vater unter Zeitdruck stand. Kämen wir nur eine halbe Stunde zu spät, wäre alles gelaufen, sagte er.

Onkel und Tante wollten die paar Kilometer bis zur Grenze und auf die andere Seite des Zauns mit einem selbstgebastelten Heißluftballon zurücklegen. Das war auch der Grund dafür, dass ihre kleine Tochter mit uns fahren sollte. Sie war erst vier und es könnte gefährlich werden. Den Ballon hatten sie in dem Schuppen genäht, wofür sie über Jahre hinweg Stoffbahnen in gerade noch unverdächtiger Menge zusammengekauft hatten. Auch den dazu notwendigen Gasbrenner hatten sie sich selbst gebaut. Sie hatten gehört, dass es bereits ein paar Jahre zuvor einer Familie gelungen sei, auf diese Weise in den Westen zu gelangen.

Was ich Ihnen jetzt erzähle, habe ich Jahre nach der Wende von ehemaligen Nachbarn gehört, doch es soll sich genau so zugetragen haben. Kurz, nachdem wir mit Höchstgeschwindigkeit unser Dorf verlassen hatten, um im Morgengrauen den LKW nicht zu verpassen, müssen Onkel und Tante mit ihrer Tochter und dem Ballon im selbstgebastelten Anhänger zu einem Feld außerhalb des Ortes aufgebrochen sein. Nachbarn sahen sie wegfahren und etwas später Polizei und Grenzsoldaten vorfahren. Der Fluchtplan musste verraten worden sein, und es ist wohl keine Frage, von wem!

Sie beide sind viel zu jung, um das zu kennen. Wir waren damals mittendrin und wussten es ebenfalls nicht. Wir glaubten, was die Staatsführung uns vorlog, und viele waren zufrieden damit. Solche Dinge wurden niemals an die große Glocke gehängt, und Pressefreiheit und objektive Berichterstattung waren ein Mythos. Wie jetzt in Russland. Aber es gab Gerüchte. Danach durchsuchte die Polizei das Haus, während die Soldaten zum nahen Feld eilten, um die Flucht eventuell noch zu verhindern.

Honecker hatte ja den Schießbefehl erlassen, der es den Soldaten damals erlaubte, Republikflüchtlinge notfalls durch Schusswaffengebrauch aufzuhalten. Es hieß, sie hätten von weitem auf den bereits gestarteten Ballon geschossen, der zwanzig Meter oder höher gestiegen war. Dabei haben sie anscheinend den Gasbrenner getroffen. Er explodierte und der Ballon fiel lichterloh brennend zur Erde zurück. Niemand hat überlebt!

Wir hingegen erreichten völlig ahnungslos und gerade rechtzeitig unser Ziel an der tschechischen Grenze und wurden sofort in einen engen Verschlag gepfercht, den man im Aufleger des LKW installiert hatte. Das Gepäck mussten wir aber zurücklassen. Der Lastwagen war ein Viehtransporter, der einige Dutzend Schweine geladen hatte. Der Geruch war kaum auszuhalten, er sollte die Hunde an der Grenze in die Irre führen.

Ich weiß nicht, wie ich die endlosen Stunden in diesem Verschlag überstanden habe, aber irgendwann kamen wir tatsächlich in Österreich an, wo wir in einen Zug nach Köln stiegen. Dort hatte meine Mutter Verwandte, bei denen wir eine Weile wohnen konnten, bis wir dann hier etwas fanden.

* * *

»Sie werden sicher erraten haben, wer die Kinder in meiner Geschichte waren«, beendete Petra Unger ihre Erzählung. Jasmin und Vanessa hatten ihr mit steigendem Interesse gelauscht, ohne sie zu unterbrechen. »Es waren meine Freundinnen Irmgard und Renate, meine kleine Cousine Regina und ich. Und so, wie es aussieht, bin ich nun wohl die einzige Überlebende!«

»Es gab einen dritten Mord«, erinnerte Vanessa sie. »Könnte es sich bei der Nachbarin, von der Irmgard und Renate abgeholt wurden, um Monika Wichmann gehandelt haben?«

»Ich weiß es wirklich nicht«, hob Unger die Schultern. »Möglich wäre es natürlich. Ich denke, dass ich ihren Nachnamen nie gewusst habe. Aber finden Sie es nicht irgendwie total unlogisch, dass hier jemand herumlaufen soll und jeden umbringt, der damals in irgendeiner Weise an dieser Sache beteiligt war? Und dann nach so vielen Jahren? Und wer sollte das auch sein? Es muss einen anderen Grund dafür geben!«

»Wenn wir das nur wüssten! Wir ermitteln derzeit in sämtliche Richtungen, unser einziger brauchbarer Hinweis ist das Phantombild, das ich Ihnen bereits gezeigt hatte.« Vanessa zog ihr Handy aus der Tasche und hielt es ihr noch mal hin. »Wie ist es denn jetzt? Erkennen Sie diese Frau?«

»Nein, leider nicht!«, schüttelte Petra Unger den Kopf, nachdem sie sich das Bild diesmal lange genug angeschaut hatte. »Dieses Gesicht ist mir völlig unbekannt!«

* * *

»Er passt!«, frohlockte Martin, als das Schloss mit einem Klicken reagierte und die Tür aufschwang. Sie gehörte zu einer Wohnung im Norden Lohmars und den Schlüssel hatten sie in der Jeanstasche des bis vor einer Stunde noch namenlosen Opfers vom Friedhof gefunden. Es war das Einzige, das Renate Kurfürst bei sich gehabt hatte. Gleich, nachdem ihre Identität auf so wundersame Weise geklärt werden konnte, war er mit Jonas aufgebrochen, um in ihrer Behausung nach Hinweisen zu suchen.

Die kleine Wohnung im Dachgeschoss war keine vierzig Quadratmeter groß und mit zwei Zimmern plus Bad ziemlich übersichtlich, doch das hatten die Ermittler bereits anhand der äußeren Abmessungen des Drei-Parteien-Wohnhauses vermutet. Die Möbel waren von einem Discounter und dem Gehalt einer einfachen Kassiererin im Supermarkt angemessen. Selbstverständlich hatten sie vor Antritt ihrer Fahrt entsprechende Erkundigungen eingezogen. Alles war penibel aufgeräumt, Anzeichen eines Überfalls oder einer Wohnungsdurchsuchung waren auf den ersten Blick nicht zu erkennen.

»Das ist definitiv kein Tatort!«, brachte Jonas Faber es auf den Punkt, während er hinter seinem Partner das Wohnzimmer mit Essecke betrat. Eine Diele gab es nicht. »Du weißt, was das bedeutet?«

»Klar«, brummte Martin Weber. »Sie wurde nicht gewaltsam verschleppt, sondern suchte den Friedhof aus freien Stücken auf. Aber warum tat sie das?«

»Mich würde eher interessieren, wie sie dorthin gekommen ist! Das sind locker fünf oder sechs Kilometer. Das ist etwas weit für zu Fuß, findest du nicht? Und Busse fahren um diese Zeit nicht mehr!«

»Vielleicht ist sie ja damit gefahren!« Martin griff sich einen Autoschlüssel mit Anhänger, der auf einer Kommode lag. »Es müsste dann am Friedhof stehen, vor dem Haus oder in der Straße habe ich jedenfalls keinen Honda gesehen! Das hier wird demnach der Ersatzschlüssel sein.« Da Martin über die Augen eines Adlers verfügte und gewohnheitsmäßig jede noch so winzige Kleinigkeit abspeicherte, wenn er an einem Einsatzort war, glaubte Jonas ihm dies aufs Wort.

Eine knappe halbe Stunde später waren sie mit der Wohnungsdurchsuchung fertig. Ihre Ausbeute war gering: Einige gerahmte Fotos, ein altes Fotoalbum, teilweise mit Schwarz-Weiß-Bildern, ein Laptop und andere Dinge aus dem Besitz der Mieterin, die eventuell von Bedeutung sein könnten. Ein Handy war nicht zu finden gewesen. »Hauen wir ab«, beschloss Martin und schob den gefundenen Autoschlüssel in die Tasche. »Auf dem Rückweg machen wir einen kleinen Schlenker und schauen uns beim Friedhof um. Vielleicht entdecken wir ja das Auto!«

* * *

»Wir sind womöglich mit den heute gesammelten Informationen ein erhebliches Stück in dieser Sache vorangekommen!«, fasste Tobias Heller das Ergebnis der Einsätze seiner Ermittler zusammen. »Es kann sogar sein, dass wir jetzt endlich im Besitz von zwei passenden Puzzleteilen sind, die wir nur noch an der richtigen Stelle einsetzen müssen!« Vanessa, Jasmin, Jonas und Martin nahmen das versteckte Lob ihres Vorgesetzten mit unbewegten Mienen entgegen. Erik hingegen machte ein verdrießliches Gesicht, weil er an keiner der Aktionen beteiligt gewesen war.

»Fangen wir mit euch an«, nickte der SOKO-Chef in Richtung Faber und Weber. »Ich weiß zwar nicht, ob der Kram, den ihr aus der Wohnung angeschleppt habt, uns wesentlich weiterbringt, doch euer letzter Fund tut das auf jeden Fall! Es war ein vortrefflicher Gedanke, das Auto am Friedhof zu suchen, und er wurde mit einem Handy belohnt, das entweder im Wagen vergessen oder bewusst dort zurückgelassen wurde. Amara nimmt sich derzeit noch das Notebook vor. Das Telefon zu entsperren, war für sie aber kein Problem. Hier ist das Ergebnis!« Tobias zeigte auf seinen Bildschirm, um die Mitarbeiter auf eine frisch hinterlegte Information aufmerksam zu machen, die auf deren Monitoren ebenfalls zu sehen war.

Ljudmila @Ljudmila82 Willst du wissen, was aus den Menschen wurde, die du so schändlich verraten hast? Dann komm heute um Mitternacht auf den Lohmarer Friedhof. Ich werde dir ihr Grab zeigen! Und sei pünktlich, ich warte nicht gerne!

»Eine *Twitter*-Nachricht«, kommentierte Jonas es trocken. »Und was können wir daraus jetzt so Großartiges erkennen? Dass sie auf dem Friedhof getötet wurde, wussten wir doch bereits!«

»Aber wir haben einen Namen!«, widersprach ihm sein Partner erwartungsgemäß. »Und dazu gehört bei *Twitter* ein Account! Auch wissen wir jetzt, wie die Mörderin Kontakt zu den Opfern aufgenommen hat, oder zumindest in diesem speziellen Fall! Sie müssen zudem vorher bereits Nachrichten ausgetauscht haben. Niemand geht mitten in der Nacht auf einen Friedhof, wenn er die Person, die ihn dazu auffordert, nicht kennt! Außerdem hätte Renate Kurfürst sonst ja nicht gewusst, worum es sich bei dieser Mitteilung dreht! Die Täterin hat einen entscheidenden Fehler begangen!«

»Deine letzte Einschätzung muss ich leider korrigieren«, übernahm Tobias wieder das Ruder. »Dieser Account existiert nämlich nicht mehr, das habe ich selbstverständlich untersucht! Er wurde womöglich gleich nach dieser Mitteilung gelöscht, die übrigens über den ›Privatmodus‹ an die Zielperson gesendet wurde und für alle anderen unsichtbar war. Mit der Löschung des Kontos sind die verfassten Nachrichten ebenfalls verschwunden. Ich denke, dass dies beabsichtigt war!«

»Aber was nutzt uns der Tweet dann überhaupt?«, wollte Erik wissen. »Du sprachst vorhin von einem passenden Puzzleteil, doch wo passt es? Und warum ist diese Mitteilung noch auf dem Telefon gewesen, wenn der Account gelöscht wurde, wie du sagst?«

»Das Letzte ist einfach zu beantworten«, lächelte Tobias, denn Erik hatte genau die richtigen Fragen gestellt. »Frau Kurfürst hatte von der Nachricht eine Bildschirmkopie angefertigt. Ob dies unbeabsichtigt geschah oder aus einem bestimmten Grund, wissen wir natürlich nicht, ich tendiere aber zu Letzterem. Und das wiederum lässt darauf schließen, dass sie eventuell misstrauisch war. Dass sie der Aufforderung dennoch Folge leistete, beweist uns, dass sie augenscheinlich wusste, worum es ging. Zumindest muss sie es geahnt haben. Und damit kommen wir zum *zweiten* passenden Puzzleteil«, korrigierte er den Kommissaranwärter. »Das andere ist die Geschichte, die Jasmin und Vanessa mitbrachten. Ihr habt ihren Bericht gehört. Es ist wohl unbestritten, dass diese Nachricht sich darauf bezieht, auch wenn die Eltern von Petra Unger im Grunde nicht dem Verrat zum Opfer fielen! Die Täterin ist hierbei womöglich einer Fehlinformation aufgesessen oder hat bewusst ein falsches Detail angegeben.«

»Aber in der Geschichte kommt gar keine Ljudmila vor«, erinnerte Martin seinen Chef an ein wichtiges Detail. »Was ist das überhaupt für ein Name? Klingt irgendwie russisch, oder?«

»So hieß die erste Ehefrau des derzeit unbeliebtesten Staatsmannes dieser Welt«, nickte Jonas, der seinem Ruf als wandelnde Datenbank mal wieder alle Ehre machte. »Der Kerl war übrigens 1986, dem Jahr, in dem diese Geschichte handelt, KGB-Offizier in der DDR. Als die Mauer fiel, ist er nach Russland zurück. Den Rest kennt ihr!«

»Na ja, *diese* Ljudmila wird wohl nichts damit zu tun haben«, meinte Tobias dazu. »Vielleicht erfahren wir etwas aus den angeforderten Stasi-Akten, aber es kann noch dauern, bis ich die erhalte.«

»Was mich daran stört, ist das fehlende Motiv!«, äußerste sich Vanessa erstmals. »Was ich meine, ist: Wenn die Morde mit dem damaligen Verrat zu tun haben … wer hätte dann einen Grund dazu? Alle, die seinerzeit beteiligt waren, sind tot!«

»Vielleicht ja doch nicht *alle*!«, überlegte Erik laut, wobei er mehr zu sich sprach. Dennoch war ihm die Aufmerksamkeit der Kollegen sicher, die ihm sofort ihre Köpfe zuwandten. »Wir gehen doch von einem Racheakt aus, richtig?«, hob er jetzt die Stimme. »Und wie es nun aussieht, ist die zumindest teilweise miss-glückte Flucht wohl der Auslöser gewesen, wobei drei Personen ihr Leben verloren. Eine davon war ein vier-jähriges Mädchen, das ein Medaillon trug. Offensicht-lich handelt es sich um dasselbe Medaillon, das die Mörderin an einem Tatort zurückließ, denn es wurde von der Zeugin Unger zweifelsfrei wiedererkannt!«

»Das wissen wir ja nun alle zur Genüge!«, erregte sich Jonas. »Ich kann nur nicht sehen, was uns diese Erkenntnis bringen soll!«

»Ich schon!«, stieß Tobias hervor. Ihm war schlag-artig klargeworden, worauf sein jüngstes Teammit-glied hinauswollte. Er rief das Foto des Medaillons in der Datenbank auf und gab es frei, sodass es gleichzei-tig auf allen Bildschirmen erschien. »Wir waren alle so blind, Leute! Sieht dieses Teil vielleicht aus, als hätte es irgendwann in einem heißen Feuer gelegen? Sogar das Foto darin ist noch intakt! Dieses Medaillon ist zu keiner Zeit einer solch großen Hitze ausgesetzt gewesen, wie sie von einer Gasexplosion zu erwarten ist!«

Kapitel 17

Die Erkenntnis

»Und was für das Schmuckstück gilt«, fuhr Tobias fort, »trifft dann wohl ebenfalls auf die Trägerin zu! Wir wissen ja, dass ein kleines Mädchen es zu diesem Zeitpunkt trug, es war demnach *nicht* im Ballon, als er brennend abstürzte! Und wer könnte ein stärkeres Motiv für diese drei Morde haben? Ich bin mir sicher, dass wir unsere Mörderin gefunden haben, sie nennt sich jetzt aus irgendeinem Grund Ljudmila!«

Es wurde von einem Augenblick auf den anderen still im Besprechungsraum. Im Gegensatz zu anderen Gelegenheiten, wo alle durcheinanderredeten, wenn jemand eine brisante Tatsache oder eine aberwitzige Theorie vorbrachte, sah Tobias jetzt nur betroffene Gesichter. Bis auf Erik natürlich, er hatte diesen Stein schließlich ins Rollen gebracht.

Jasmin war die Erste, die ihre Sprache wiederfand. »Aber Petra Unger sah ihre kleine Cousine selbst zum Haus ihrer Eltern laufen«, widersprach sie. »Das war, *bevor* die sich mit dem Ballon auf den Weg zum Startplatz machten! Aus welchem Grund hätten sie denn ihr eigenes Kind zurücklassen sollen?«

»Die eigentliche Frage ist doch, weshalb sie an dem Abend nicht gleich mit den anderen in das heutige Tschechien gefahren sind«, meinte Martin stirnrunzelnd. »Warum machten sie es dermaßen umständlich und nahmen diesen ungleich gefahrvolleren Weg in die Freiheit? Vielleicht wollten Sie das Kind ja gar nicht mitnehmen und gaben es deshalb in die Obhut der Verwandten!«

»Wir werden womöglich niemals erfahren, wie es wirklich war«, wiegelte Tobias ab. »Aber viel wahrscheinlicher ist, dass es nicht genügend Platz in dem Schleuserfahrzeug gab. Im hinteren Bereich dieses Viehtransporters war vermutlich ein nur einen Meter tiefer Verschlag durch eine falsche Wand abgetrennt. Da passen nur wenige Menschen hinein, die zudem kaum Luft bekommen. Nicht umsonst sind damals viele davon unterwegs gestorben. Außerdem wollten die Schleuser harte Westwährungen für ihre Dienste. Die beiden Familien werden eine solch hohe Summe einfach nicht zur Verfügung gehabt haben.«

»Ich könnte mir vorstellen, dass es eine Verkettung unglücklicher Umstände war«, überlegte Jonas. »Die kleine Regina entwischte in letzter Sekunde aus dem Auto und rannte zu ihrem Haus zurück. Onkel und Tante waren knapp in der Zeit und wähnten das Kind außerdem in Sicherheit, weshalb sie einfach weiterfuhren. Alfred und Hildegard Berger, die Eltern des Mädchens, waren wahrscheinlich aber schon in dem Schuppen, wo sie ihren Ballon aufluden. Sowas ist garantiert nicht in ein paar Minuten erledigt. Ihre Tochter kam nicht in das verschlossene Wohnhaus hinein und versteckte sich irgendwo auf dem Grundstück. Wir erinnern uns, dass der Schuppen auf dem Nachbarhof stand. Dann fuhren die Bergers nichtsahnend los und Regina blieb allein zurück.«

»Später könnten die Beamten der Staatssicherheit, die an der geplanten Festnahme garantiert beteiligt waren, sie dort gefunden und mitgenommen haben«, nickte Tobias. »So in etwa könnte es sich zugetragen haben! Allerdings bringt uns diese Erkenntnis keinen Schritt näher an die Inhaftierung der Täterin, da wir ihren derzeitigen Aufenthaltsort nach wie vor nicht kennen. Ganz zu schweigen davon, weshalb sie sich einen russischen Namen zugelegt hat!«

»Wir hatten ja bereits zu Beginn der Ermittlungen eine entsprechende Ausbildung vermutet«, erinnerte sich Martin. »Die Art und Weise, wie diese Tötungen ausgeführt wurden, erhärtet diesen Verdacht meines Erachtens noch! Soweit ich weiß, hat man Kinder von Flüchtlingen, die bei der Flucht verhaftet oder getötet wurden, in Umerziehungslager gesteckt, wo man sie zu regimetreuen Bürgern erzog. Gerüchten zufolge sollen darunter auch ›Spezialeinrichtungen‹ gewesen sein, in denen die jungen Menschen zu Killern ausgebildet wurden. Dies konnte zwar nie richtig bewiesen werden, aber nach dem Mauerfall waren einige der Kinder angeblich verschwunden. Könnte dabei nicht der erwähnte KGB-Offizier seine schmutzigen Finger im Spiel gehabt haben? Das würde zumindest den Namen erklären!« Er grinste seinen Partner breit an, der ihn mit offenem Mund anstarrte.

»Du meinst also, ›Ljudmila‹ könnte eine ausgebildete Killerin von ›du-weißt-schon-wem‹ sein, die in Ungnade gefallene Russen ermordet? Wie jetzt diese Oligarchen, die Selbstmord begangen haben sollen? Oder Regimekritiker, die auf diese Weise mundtot gemacht werden?«, vergewisserte Jonas sich.

»Vergessen wir das jetzt mal für einen Augenblick, Leute!«, unterbrach Tobias die Diskussion energisch. »Das ist alles absolut uninteressant, solange wir die Täterin nicht hinter Schloss und Riegel haben. Und dazu müssen wir sie erst finden!«

»Und wenn es trotz allem die Unger ist?«, wandte Jasmin ein. »Sie ist ja definitiv noch übrig und könnte ebenfalls ein Motiv haben, falls ihre Cousine doch bei dem Absturz ums Leben kam! Für das Amulett kann es auch eine andere Erklärung geben. Regina könnte es im Auto verloren haben!«

»Natürlich könnte sie das. Aber denken wir doch einen Schritt weiter: Dieses Amulett hat offenbar für die Mörderin eine große emotionale Bedeutung. Auf Petra Unger trifft das aber eher nicht zu. Zudem ist sie bis zum Ergebnis des DNA-Abgleichs raus, da sie meinem Phantombild nicht einmal im Entferntesten ähnlich sieht. Ich glaube auch nicht, dass sie es war.«

»Ich denke, wir sollten einmal ernsthaft darüber nachdenken, ob diese Mission überhaupt schon abgeschlossen ist!«, meldete sich Erik zu Wort. Sofort ruckten sämtliche Köpfe zu ihm herüber. »Falls es euch nicht aufgefallen ist: Es sind nicht *alle* damals beteiligten Personen tot, *eine* ist ja noch übrig, wie Jasmin gerade schon zutreffend sagte!«

»Verdammt, du hast recht«, entfuhr es dem SOKO-Chef. »Petra Unger wusste, dass ihre Freundinnen im Schuppen gewesen waren und den Ballon gesehen haben mussten. Und weil sie nichts sagte, ist sie nach Reginas Meinung ebenso schuldig wie alle anderen. Diese Morde wurden offenbar mit großer Wut ausgeführt, was nach sechsunddreißig Jahren schon ungewöhnlich ist. Dass sie sich ihre Cousine zum Schluss vornimmt, ist unter dem Aspekt ebenfalls verständlich! Aber wie hat sie nach all den Jahren überhaupt davon erfahren können? Das würde wiederum deine Theorie stützen, Martin. Als Geheimdienstmitarbeiterin wird sie auch Zugriff auf die bestimmt umfangreichen Datensammlungen aus DDR-Zeiten gehabt haben! Doch vor allem müssen wir uns jetzt umgehend mit Petra Unger in Verbindung setzen und sie warnen. Sie schwebt in allergrößter Lebensgefahr!«

Er griff zu seinem Handy, um seinen Worten Taten folgen zu lassen, doch in diesem Moment summte das auf Lautlos gestellte Telefon von Vanessa, die das Gespräch mit einem Stirnrunzeln annahm und sofort totenbleich wurde. »Bleiben Sie bitte ganz ruhig, Frau Unger! Warten Sie einen Augenblick«, sagte sie und wandte sich an ihren Vorgesetzten: »Sie glaubt, dass jemand gewaltsam in ihr Haus eingedrungen ist und nun dort herumschleicht«, informierte sie ihn leise, wobei sie das Mikrofon mit dem Daumen abdeckte.

Tobias gab ihr mit einem Wink zu verstehen, ihm das Handy zu reichen. »Frau Unger, hier ist Hauptkommissar Heller! Meine Leute sind vollzählig hier versammelt und ich habe die Mithörfunktion eingeschaltet. Wo sind Sie jetzt? Haben Sie eine Möglichkeit, sich zu verbarrikadieren, bis wir bei Ihnen sind? Wir machen uns umgehend auf den Weg zu Ihnen, werden aber etwa zehn Minuten brauchen!« Mit der freien Hand wedelte er in der Luft herum, was seinen Stellvertreter veranlasste, seinerseits zum Telefon zu greifen. Martin ahnte, was Tobias wollte und rief das SEK an. Hier war jetzt jede Sekunde kostbar!

»Kommen Sie schnell!«, hörten sie die vor Angst zitternde und fast unverständliche Stimme von Petra Unger aus dem Lautsprecher. Es war kaum mehr als ein Flüstern. »Ich habe mich in unserem Bad eingeschlossen! Es hat kein Fenster und ich weiß nicht, wie lange ich mich verstecken kann! Bitte, ich habe solche Angst und mein Mann kommt erst heute Abend nach Hause!«

»Wir sind schon auf dem Weg«, vertröstete Tobias sie, und als Martin den Daumen hob, fügte er hinzu: »Es ist eine Spezialeinheit unterwegs, Frau Unger! Sie wird in wenigen Minuten bei Ihnen sein. Harren Sie so lange aus und verhalten Sie sich still. Und stellen Sie das Handy auf Lautlos! Es wird alles gut!«

* * *

Das Zylinderschloss stellte keine große Herausforderung an meine Fähigkeiten dar. Sowas mit einem Dietrich zu knacken, gehörte schon zur Grundausbildung in unserer Einheit, seit ich zwölf war! Das einzige nennenswerte Hindernis auf meinem Weg zum krönenden Abschluss des Rachefeldzuges waren die Polizistinnen, die bei der Verräterin waren. Hatte ich etwa einen Fehler gemacht und sie waren einer Spur gefolgt, die ich unwissentlich gelegt hatte? Oder waren sie wegen des Grabes hier? Ja, das musste es sein!

Aber was dauerte das dann so lange? Was hatten die drei alles zu bereden, wenn es bloß um das Grab ging? Geduld ist in meinem Beruf das Wichtigste überhaupt. Weil ich mir nicht sicher sein konnte, dass man keinen Verdacht geschöpft hatte, wartete ich sicherheitshalber hinter einem Baum im Garten, nachdem sie nach einer Stunde endlich gefahren waren. Sie könnten immerhin ihren

Rückzug vorgetäuscht haben und mit Verstärkung wiederkehren. Ich wusste ja nicht, was sie denen sonst noch erzählt hatte!

Als auch nach einer Stunde alles ruhig blieb, entschloss ich mich, das Wagnis einzugehen, und verschaffte mir über die Terrassentür innerhalb von Sekunden Einlass. Ich ging völlig lautlos zu Werke, doch das Wohnzimmer war leer, als ich es betrat. Dabei hatte ich sie kurz zuvor durch das Fenster noch in Gesellschaft der Polizistinnen dort gesehen! Hatte sie womöglich Verdacht geschöpft und sich versteckt? Irgendwo musste sie schließlich sein! Ich begann, sämtliche Räume zu durchsuchen. Niemand versteckt sich lange vor Ljudmila Sokolowa!

* * *

Sie benötigten acht Minuten. Im Gegensatz zu den Kommissarinnen musste sich Tobias, der vorausfuhr und den Weg freimachte, nicht an die Verkehrsregeln halten. Den zweiten Wagen lenkte aus diesem Grund auch Martin und nicht Jonas. Sie fuhren mit Blaulicht und Sirene, die sie erst zwei Kilometer vom Ziel entfernt abschalteten. Es musste in dieser Situation vermieden werden, ihre Ankunft vorzeitig anzukündigen und die Täterin damit eventuell in Panik zu versetzen. Eine Geiselnahme wäre das Letzte, das sie jetzt gebrauchen konnten!

Jasmin hatte schnell geschaltet und während des kurzen Telefongesprächs ihres Chefs mit *Google Maps* eine Route ausgesucht, die sie hoffentlich ungesehen auf die Gartenseite des Wohnhauses bringen würde. Dort wartete im Sichtschutz einiger Bäume bereits das angeforderte SEK auf sie. Polizeihauptkommissar

Ulf Meyer hatte als erfahrener Einsatzleiter offenbar denselben Gedanken gehabt. Seine Leute standen um ihn herum und waren einsatzbereit, als die Kommissare ausstiegen. Mit ihren schwarzen Körperpanzern, den Schilden und den Helmen sahen sie aus wie von einem anderen Stern.

»Irgendwelche Auffälligkeiten?«, fragte Heller den Kommandanten nach einer kurzen Begrüßung, die im Wesentlichen aus einem zweimaligen Kopfnicken bestand. Für Höflichkeitsfloskeln war jetzt wirklich nicht die Zeit und man kannte und respektierte sich ohnehin seit vielen Jahren.

»Sie sorgen schon dafür, dass meine Männer nicht aus der Übung kommen, Heller!«, brummte Meyer freundlich. Er bezog sich dabei auf einige spektakuläre Einsätze seines Teams in jüngster Vergangenheit. Er reichte dem SOKO-Chef ein Fernglas. »Drinnen ist alles ruhig, keine Bewegung im Haus zu erkennen«, berichtete er in militärischer Knappheit. »Wie Sie sehen, steht die Terrassentür einen Spalt offen, dort wird die Zielperson eingedrungen sein.«

Tobias gab ihm das Fernglas zurück. »Wissen wir, wo sich die Personen im Gebäude aufhalten?«, erkundigte er sich ebenso knapp.

»Negativ. Die Wärmebildkameras nutzen uns bei diesen Außentemperaturen nichts und vor das Haus können wir nicht. Wir würden damit riskieren, von den großen Frontfenstern aus gesehen zu werden. Es wäre in dieser Situation am besten, hineinzustürmen und auf einen Überraschungseffekt zu bauen.«

»Zu gefährlich. Wir haben es höchstwahrscheinlich mit einer Profi-Killerin mit militärischer Ausbildung zu tun. Sie wird sich von ein paar Blendgranaten und Tränengas nicht aufhalten lassen! Solange wir nicht wissen, wo sich wer in dem Haus befindet, brauchen wir das gar nicht erst zu versuchen. Diese Person ist zu allem entschlossen und notfalls bereit, ihr eigenes Leben zu opfern, wenn sie damit erreicht, ihr Ziel zu eliminieren! Der letzte bekannte Standort von Frau Unger ist das Bad, in dem sie sich verbarrikadiert hat. Sie hat zwar ein Telefon dabei, doch ich weiß nicht, ob sie es lautlos gestellt hat, wie ich es ihr geraten habe. Ein Anruf könnte sie in dieser Situation erst recht in Gefahr bringen.«

»Dann bleiben uns aber im Grunde keine Optionen mehr!«, hob Meyer die Schultern. »Sie sind der Boss. Was wollen Sie unternehmen?«

»Die Täterin ist wahrscheinlich mit einem Messer bewaffnet«, gab er zurück. »Was wir benötigen, ist ein Verhandlungsspezialist für Geiselnahmen, doch bis der hier ist, könnte es schon zu spät sein. Ich bin derzeit vor Ort der beste Ersatz und gehe deshalb selbst hinein.« Heller bezog sich auf die drei Semester seines abgebrochenen Studiums in Kriminalpsychologie zu Beginn seiner Laufbahn. Außerdem hatte er bereits erfolgreich bei einer Geiselnahme verhandelt. Er sah seine Leute durchdringend an. »*Allein!*«

»Bitte lass mich mitgehen!«, trat Vanessa dennoch entschlossen vor. »Du betest uns selbst ständig vor, dass man niemals alleine eine ungesicherte Lokalität betreten soll. Denk nur an Müller, einer muss dir den Rücken freihalten!«

Tobias blickte sie lange nachdenklich an, wobei er seine Optionen gegeneinander abwog. »Also gut, aber ich möchte lieber Jasmin dabeihaben!«, entschied er dann spontan aus einem Bauchgefühl heraus. Eines ihrer herausragenden Talente könnte ihm vielleicht tatsächlich von Nutzen sein. »Natürlich nur, wenn du das auch willst«, wandte er sich an die Kommissarin. »Der Einsatz wäre nämlich freiwillig!«

»Ich bin dabei, Chef!«, rief Jasmin und trat gleichzeitig ebenfalls einen Schritt vor. »Lass uns keine Zeit verlieren!« Tobias hatte nichts anderes erwartet und ihn erfüllte Stolz über seine Leute, die ausnahmslos bereit waren, ihm überall hin zu folgen. Dass Martin und Jonas sich nicht gemeldet hatten, lag nur daran, dass sie es gewohnt waren, Anordnungen von Vorgesetzten widerspruchslos zu befolgen, was die beiden Kommissarinnen noch zu lernen hatten.

Die Diskussion mit dem SEK-Kommandanten und seinen Leuten hatte zwei Minuten gedauert, war aber notwendig gewesen. Er bedeutete Jasmin, sich hinter ihm zu halten und möglichst unsichtbar zu bleiben. Nach einer Überprüfung ihrer beider Schutzwesten und der eindringlichen Ermahnung, jedem seiner Befehle ohne Widerrede Folge zu leisten, betrat er mit gezogener Schusswaffe vor ihr das Gebäude durch die offene Terrassentür. Drinnen war es totenstill. Waren sie zu spät gekommen?

* * *

Behutsam pirschten sie durch das Erdgeschoss in die vermutete Richtung zum Bad, in dem Frau Unger hoffentlich immer noch in relativer Sicherheit war. Tobias gab Jasmin mit einem Wink zu verstehen, sie solle die Treppe nach oben ins Dachgeschoss im Auge behalten, während er vorsichtig in den kleinen Flur einen Meter weiter lugte, in dem er das Badezimmer vermutete. Ihm stockte der Atem, als er die Trümmer vor dem Raum schräg gegenüber sah. Nicht einmal Kollege Müller wäre dazu in der Lage. Beim Zerlegen der Tür mussten enorme Kräfte und eine Menge Wut im Spiel gewesen sein!

Jetzt vernahm er auch die Stimme einer Frau aus diesem Raum. Es war nicht Petra Unger, die hatte er ja vorhin erst gehört. Sie klang zornig, wobei er die Worte jedoch nicht verstand. War das Russisch? Eine andere Frau antwortete holprig in weinerlichem Ton in derselben Sprache. Tobias erinnerte sich, dass in der ehemaligen DDR an den Schulen Russisch gelehrt worden war. Die andere Frau war jedoch Petra Unger, daran bestand kein Zweifel. Sie lebte also noch!

Jasmins Posten an der Treppe war jetzt überflüssig geworden. Er winkte sie zu sich und flüsterte ihr etwas zu, worauf sie mit gezogener Waffe hinüberhuschte und sich in einem Meter Abstand zur Türöffnung platzierte, den Rücken an die Wand gepresst. Tobias nahm ebenso lautlos den Platz neben ihr ein und lugte erneut um die Ecke.

Er sah die Rückansicht der Mörderin im Halbprofil, sie hielt ein sehr gefährlich aussehendes, zweischneidiges Messer in der Hand. Ihr gegenüber stand mit panisch aufgerissenen Augen die Frau des Hauses. Sofort zuckte er zurück, denn auch das Opfer konnte ihn unbeabsichtigt verraten, wenn es ihn sah. Aber was war das für eine Kampfmaschine? Er hatte sie zwar nur von schräg hinten gesehen, doch an ihr war bei einem geschätzten Kampfgewicht von fünfundsiebzig Kilogramm kein Gramm Fett zu viel, alles nur

Muskelmasse! *Jede Wette, dass die ein halbes Dutzend Nahkampftechniken beherrscht, deren Namen ich nicht einmal kenne*, schoss es ihm durch den Sinn. *Mit der würde vermutlich nicht mal Denise fertig, und die habe ich schon gegen gestandene Männer kämpfen sehen!*

Was tun? Ein gezielter Schuss wäre in dieser Situation nicht gerechtfertigt, da die Mörderin das Messer momentan nicht erhoben hatte. Außerdem könnte er versehentlich das Opfer treffen. Nach Abwägen aller Optionen fasste er einen Entschluss. »Du bleibst hier und lässt dich auf keinen Fall blicken. Es sei denn, ich rufe dich!«, flüsterte er und verließ die Deckung. Die Hände, auch die mit der Waffe, hielt er hoch über den Schultern. Er hätte die Pistole zwar ebenso bei Jasmin zurücklassen können, aber das hier war ein psychologischer Schachzug. Ljudmila sollte *sehen*, wie er die Waffe aus der Hand legte, um mit ihr zu verhandeln!

Sie musste ein außerordentlich gutes Gehör haben und nachweislich über katzenhafte Reflexe verfügen, denn sie fuhr sofort zu ihm herum, wobei sie mit der freien Hand ihre Geisel packte, diese an sich zog und ihr das Messer an die Kehle hielt. Und alles innerhalb eines Lidschlags! Vor Tobias' innerem Auge blitzte die Szene vor dem Fenster des Trauzimmers auf. Das war dasselbe Gesicht! Er nahm seine Pistole mit spitzen Fingern am Lauf und legte sie auf den Boden. Danach kickte er sie von sich fort. Ljudmila beobachtete ihn dabei mit Argusaugen, blieb jedoch stumm. Der erste Schritt zur Kommunikation war getan!

Tobias nahm es erleichtert zur Kenntnis. Solche Situationen werden aufgrund ihrer Dramatik gerne als Bedrohung für die Geisel wahrgenommen, stellen jedoch das Gegenteil dar. Mit dieser Reaktion zeigte die Täterin nämlich an, dass sie zu Verhandlungen bereit war, und dann konnte sie ja ihr einziges Pfand nicht leichtfertig opfern! Außerdem glaubte sie so, die Kontrolle über die Situation zu haben, was durch das demonstrative Weglegen der Schusswaffe noch unterstrichen wurde.

Und das wiederum war bei Verhandlungen dieser Art von immenser Wichtigkeit, da man zu keiner Zeit das Gefühl vermitteln durfte, diese Kontrolle an sich reißen zu wollen. Es lief also alles nach Plan. Einziger Unsicherheitsfaktor war Jasmin, deren erster Einsatz dieser Art das hier war. Würde sie dem Druck standhalten und in Deckung bleiben? Alles andere konnte zu einer Katastrophe führen!

»Ich heiße Tobias«, begann er in ruhigem Ton mit einer eher unwichtig erscheinenden Information, die nur dazu gedacht war, Vertrauen bei ihr aufzubauen. Dafür war es notwendig, einander mit Namen anzusprechen. »Wir können über alles reden, Regina ...«

»Name ist *Ljudmila*«, zischte sie und presste das Messer an die Kehle der Geisel. Autsch! Erster Fehler! Oder doch nicht? Tobias lauschte dem harten Akzent in den drei Worten nach. Womöglich hatte sie sich tatsächlich lange Zeit in Russland aufgehalten. Hatte Martin recht, und diese Frau war eine ausgebildete Killerin von Putins Gnaden? Darauf musste er seine weitere Verhandlungsstrategie aufbauen. Hoffentlich machte Jasmin so lange mit!

* * *

Jasmin war von der für sie tatsächlich neuen Situation weitaus weniger beeindruckt, als Tobias es von ihr vielleicht annehmen mochte. Dass ein Polizeibeamter während eines Einsatzes von seinem Partner getrennt wurde und dieser blind aus einer Deckung heraus agieren musste, war zwar die Ausnahme, kam aber hin und wieder vor.

Und speziell für diesen eher seltenen Fall hatte ihr Ausbilder immer und immer wieder mit ihr geübt. »Wenn du nichts sehen kannst«, hatte er stets zu ihr gesagt, »müssen deine Ohren dir eben die fehlenden Informationen verschaffen!« Er hatte recht behalten. Es war verblüffend, was man durch Zuhören alles an Informationen erhalten konnte, wenn man wusste, worauf man zu achten hatte.

Sie zwang sich zu einer gleichmäßigen Atmung und schaffte es schließlich, ihren Herzschlag auf ein vernünftiges Maß zu reduzieren, während sie angestrengt nach nebenan lauschte. Tobias hatte soeben eine erste, offenbar positive Reaktion erzielt, denn die Geiselnehmerin war nicht gleich ausgerastet. Gut!

Sie hatte großes Vertrauen in seine Fähigkeiten, sagte man doch dem *dynamischen Duo*, das er früher mit Denise Malowski gebildet hatte, wahre Wunderdinge nach! Alles, was sie jetzt zu tun hatte, war der richtige Einsatz zur rechten Zeit. Und diese galt es allein durch Analyse des Gesprächsverlaufs und der Nebengeräusche zu ermitteln! Sie schloss ihre Augen, um sich besser darauf konzentrieren zu können.

* * *

»In Ordnung, Sie sind Ljudmila«, nickte Tobias, als sei ihm diese Information absolut neu gewesen. Eine erprobte Vorgehensweise bei solchen Verhandlungen war, die Forderungen der Geiselnehmer mit leichter

Abwandlung zu wiederholen und dabei seinerseits eine Botschaft darin zu verstecken. So gab man ihnen das Gefühl, sie hätten nach wie vor die Kontrolle über das Geschehen. »Sie haben einen Auftrag zu erfüllen, nehme ich an?«, fügte er daher im Plauderton hinzu.

Sie entspannte sich sichtbar und lockerte auch den harten Griff ein wenig, mit der sie die vor Todesangst wimmernde Petra Unger festhielt. Das Messer blieb aber an deren Hals. »Verräterin muss sterben!«, sagte sie und zog ihre Geisel wieder an sich. Doch allein die Tatsache, dass sie ihr Opfer nicht sofort getötet hatte, wie sie es zuvor offenbar dreimal getan hatte, zeigte Tobias, dass ihr Interesse geweckt war. Er konnte nur hoffen, dass Jasmin sich weiter bedeckt hielt.

»Die Frau hat nichts Schlimmes getan!«, versuchte er sie umzustimmen, indem er vorgab, die Wahrheit zu kennen. »Das ist alles ein Irrtum. Man hat Ihnen versehentlich falsche Informationen gegeben, lassen Sie sie also gehen!« Zumindest hatte er Zweifel in ihr gesät, wie er ihrem flackernden Blick zu entnehmen glaubte. Allerdings bemerkte er auch eine gefährliche Portion Wahnsinn darin. Er musste weiter behutsam vorgehen.

* * *

Kommandant Ulf Meyer blickte auf die Uhr. »Eine Viertelstunde sind die beiden da drin! Wir warten ab jetzt genau fünf Minuten und stürmen danach diese Lokalität in der üblichen Vorgehensweise! Blendgranaten, Reizgas und so weiter. Das ganze Programm. Ihr wisst Bescheid!«, wandte er sich an seine Einsatztruppe, die nach wie vor in voller Ausrüstung um ihn versammelt war. »Unsere Kameraden könnten in der

Zwischenzeit gefallen sein oder dringend Hilfe benötigen, haltet euch also bereit!«

* * *

Jasmin Brandt sah ebenfalls auf ihre Uhr. Eine Viertelstunde waren sie jetzt schon hier drin. Wenn das SEK da draußen ungeduldig wurde und die Bude stürmte, war alles umsonst. Sie tippte schnell eine kurze Nachricht an Vanessa in ihr Handy. *Mist, kein Netz*, fluchte sie in Gedanken. *Egal, dann geht die SMS eben raus, sobald ich ein Signal habe. Hoffentlich ist es dann nicht zu spät!*

* * *

»Frau hat Schuld!«, widersprach Ljudmila, doch es klang nicht mehr so überzeugt wie zuvor. Nur noch ein paar verdammt gute Argumente, und sie wäre so weit. Jetzt nur keinen Fehler machen! »Alle haben Schuld!«, flüsterte sie. Es klang verzweifelt.

»Sie war doch noch ein Kind!«, legte Tobias sofort nach. »Genau wie Sie! Wenn hier überhaupt irgendjemand Schuld auf sich geladen hat, dann dieses ungerechte Regime, welches die Menschen jahrzehntelang belogen und betrogen hat! Ebenso wie das, für das Sie jetzt arbeiten! Es ist alles nur Lug und Trug!«

»*NJET!*«, brüllte sie und hob das Messer, das sie gerade erst hatte sinken lassen. »Alles Lüge!«

Na toll! So viel also zu ›behutsam vorgehen‹, schalt sich Tobias in Gedanken einen Narren. Im nächsten Augenblick flog ihm die Geisel förmlich in die Arme, die Ljudmila wütend heftig von sich gestoßen hatte. Das drohend erhobene Messer hielt sie jedoch an die eigene Kehle. Offenbar, um sich selbst zu richten!

* * *

Jasmin konnte förmlich sehen, was im Bad gerade passierte. Sie spannte ihre Muskeln an und machte sich zum Sprung bereit. *Jetzt!*

* * *

Tobias sah im Geiste das Blut hervorspritzen, doch im selben Moment ertönte neben seinem linken Ohr ein lauter Knall, der ihm beinahe das Gehör raubte. Ljudmila aber ließ das Messer, von einer Kugel in den rechten Oberarm getroffen, mit ungläubig aufgerissenen Augen aus der nun kraftlosen Hand fallen und wankte bedenklich. Sie ging jedoch nicht zu Boden.

Er setzte die ohnmächtig gewordene Petra Unger behutsam an die Duschkabine und hechtete zu seiner Waffe, in die er das zuvor sicherheitshalber entnommene Magazin schob. Jasmin legte derweil der völlig orientierungslosen Geiselnehmerin Handschellen an. Tobias warf ihr seine ebenfalls zu. »Die Füße auch«, riet er ihr, während er die Täterin mit der Pistole in Schach hielt. »Sie ist eine Kampfmaschine, sicher ist sicher!« Jasmin tat es und versorgte dann die Wunde fachmännisch mit einem Verband aus einer Erste-Hilfe-Box, die sie an der Wand entdeckt hatte. Es war ein glatter Durchschuss.

»Welchen Teil von ›bleib, bis ich dich rufe‹, hast du nicht verstanden?«, fragte er die wie aus dem Nichts erschienene Kommissarin. In seinem Ohr klingelte es immer noch. »Das Kommando begreift jeder Hund!«

»Das wird daran liegen, dass ich keiner bin, Chef!«, grinste sie übermütig. »Was willst du überhaupt? Ist doch alles gut gegangen!«

»Das war ein sehr guter Schuss!«, lobte er sie. »Und exakt das richtige Maß Eigeninitiative. Mein Kompliment!« Dass er sie genau wegen dieser Schießkünste mitgenommen hatte, sagte er ihr nicht. Jasmin war nämlich mit Abstand die beste Schützin in der SOKO, sie wurde in puncto Treffsicherheit nur von Chrissie Ohlsen übertroffen. *Ob das an der Körpergröße liegt?*, dachte er amüsiert.

Weiter kam er in seinen Überlegungen nicht, denn in diesem Augenblick stürmten die Männer des SEK herein. »Wie ich sehe, werden unsere Dienste nicht mehr benötigt«, wandte sich deren Kommandant an ihn. Meyer war nie ein Mann vieler Worte gewesen. »Ihr solltet aber einen Krankenwagen rufen!«, riet er ihnen mit einem Seitenblick zur bandagierten Geiselnehmerin.

»Das hatte ich gerade vor«, nickte Tobias und hob sein Handy hoch, das er soeben aus der Hosentasche gezogen hatte. Die atemlose Jagd nach einer offenbar wahnsinnigen Killerin war beendet!

Kapitel 18

Zwei Wochen später

Tobias Heller betrat den Besprechungsraum heute als letzter. »Guten Morgen, Leute!«, begrüßte er seine versammelten Mitarbeiter aufgeräumt, während er einen Hefter auf den Tisch legte. Dieser war umfangreich, was in Anbetracht dessen, dass Besprechungen in seinem Kommissariat normalerweise weitgehend papierlos durchgeführt wurden, beachtenswert war. Wie bereits angekündigt, brachte er Neuigkeiten zum Fall Ljudmila mit, entsprechend neugierig waren die Kolleginnen und Kollegen, was er zu sagen hatte.

»Nachdem die mutmaßliche Mörderin von einem Gutachter für vollständig vernehmungsfähig erklärt wurde, habe ich gestern Nachmittag gemeinsam mit Staatsanwalt René Stein das Verhör auf der Krankenstation der JVA in Köln durchgeführt«, fuhr er ohne Umschweife fort. Die Gefahr, dass seine Ermittler vor Neugierde platzten, erschien ihm einfach zu groß.

»Bei dieser Gelegenheit darf ich dir mitteilen, dass die interne Ermittlung zu deiner Schussabgabe abgeschlossen ist«, wandte er sich unmittelbar an Jasmin Brandt. »Man ist aufgrund meiner Aussage und auch der von Petra Unger zu dem Schluss gelangt, dass die Maßnahme zur Vermeidung eines drohenden Suizids gerechtfertigt war. Du bist also entlastet!«

»Du konntest ja nicht schießen, weil die Geisel in deinen Armen lag«, grinste Vanessa anzüglich.

»Außerdem hatte er das Magazin aus seiner Waffe genommen, bevor er zu den beiden hineinging«, erinnerte Jasmin sie.

»Natürlich! Glaubt ihr denn, ich gehe mit einer geladenen Schusswaffe zu einer Geiselnehmerin, die bis dahin nur über ein Messer verfügt?«, rechtfertigte sich Tobias. »Da könnte ich mich auch gleich selbst erschießen! Indem ich ihr die Waffe auslieferte, gab ich ihr gleichzeitig das Gefühl der Kontrolle über die Situation. Das ist für eine erfolgreiche Verhandlung nicht unwesentlich. Außerdem wusste ich ja meine beste Schützin in der Hinterhand!«

»Der du aber strikt verboten hattest, sich einzumischen!«, gab Jasmin trocken ihren Kommentar dazu ab.

»Also, *so* will ich das jetzt nicht nennen«, lächelte ihr Vorgesetzter. »Das war eher als eine Art *Vorschlag* zu verstehen. Hast du dir denn nie Gedanken darüber gemacht, warum ich dich Vanessa vorgezogen hatte? Ich ahnte, dass ich deine speziellen Fähigkeiten brauchen würde!«

»Ich begreife nur nicht so recht, weshalb das *überhaupt* nötig war«, mischte sich Jonas Faber ein. »Die Geiselnehmerin schleuderte Frau Unger rasend vor Wut, wie du sagtest, von sich und gab so ihr einziges Pfand auf. Dann wollte sie sich das Leben nehmen, obwohl sie in der vermeintlich besseren Position war. Von Jasmin wusste sie ja nichts! Warum tat sie das? Das ist doch völlig irrational!«

»Wir können diese Frau wohl nicht mit normalen Maßstäben messen«, hob Tobias die Schultern. »Ihr habt sie ja gesehen, als man sie abtransportierte, und Jasmin stand ihr sogar Auge in Auge gegenüber! Sie ist eine Kampfmaschine, Anabolika und jahrzehntelange Gehirnwäsche werden ihr den Verstand vernebelt haben. Deshalb war bei der Vernehmung neben einer Dolmetscherin auch ein Psychologe anwesend. Sie sagte zwar nicht viel zur Sache, aber es sieht alles danach aus, als habe sie eine Art Sendungsbewusstsein entwickelt. Eine höhere Macht oder eine Stimme, die ihr solche Dinge einflüstert. Irgendwas, das ich zu ihr sagte, muss eine verschüttete Erinnerung an ein früheres Leben in ihr geweckt haben. Sie wird ihre Mission als gescheitert betrachten und dann nur noch diesen Ausweg gesehen haben. Sowas ist für diesen Geisteszustand nicht gerade ungewöhnlich, sagte der Psychologe.«

»Dolmetscherin?«, echote Martin Weber mit hochgezogenen Augenbrauen. »Wofür denn das?«

»Sie weigerte sich, Deutsch mit uns zu sprechen, obwohl sie es beherrscht. Und sie bestand darauf, mit ›Ljudmila‹ angeredet zu werden. Jedes Mal, wenn ich ›Regina‹ sagte, rastete sie aus und beschimpfte mich wüst. Ich kann gar nicht wiederholen, was sie mir alles an den Kopf geworfen hat!«

»Ich wusste gar nicht, dass du Russisch sprichst, Chef!«, wunderte sich Vanessa.

»Tue ich auch nicht, deshalb kann ich es ja nicht wiederholen«, grinste Tobias. »Tatsächlich hat sie einen russischen Pass, der auf den Namen Ljudmila Sokolowa lautet. Das bedeutet Falke, wie ich mir habe sagen lassen. Sicher nicht der schlechteste Name für eine mutmaßliche Auftragsmörderin. Und bevor einer fragt«, fügte er rasch hinzu, als er sah, dass Erik die Hand gehoben hatte. »Sie *ist* Regina Berger, daran besteht mittlerweile kein Zweifel mehr!«

Er griff in den mitgebrachten Hefter und holte ein Dokument hervor. »Das war vorhin in meiner Post. Es ist der sehnlichst erwartete DNA-Vergleich zwischen Petra Unger und Ljudmila Sokolowa. Er bescheinigt uns einen Verwandtschaftskoeffizienten von genau 12,5 Prozent, was bekanntlich auf Verwandte vierten Grades zutrifft. Mit anderen Worten: Die zwei sind Cousinen und da kommt nur Regina Berger infrage!«

Tobias griff zu einem weiteren Dokument aus dem Hefter. »In Anbetracht ihrer russischen Staatsbürgerschaft bin ich aber geneigt, deiner Theorie zu ihrem Werdegang weitestgehend zu folgen, Martin. Es gibt sogar eine Stasi-Akte darüber, die mir ebenfalls seit heute vorliegt. Demnach hat sich der Vorfall mit dem Ballon genau so zugetragen, wie du vermutet hattest. Das Kind wurde später im Garten hinter dem Haus der getöteten Eltern gefunden und nach tagelangem Verhör in einem Heim untergebracht. Man muss sich das einmal vorstellen. Ein vierjähriges Mädchen wird verhört wie ein Schwerverbrecher! Ljudmila schwieg sich aber dazu aus, wie sie generell zu keiner Aussage zu ihrem früheren Leben bereit war, sofern sie sich überhaupt noch erinnert. Ich denke jedoch, mit ihren Kontakten zum russischen Geheimdienst erlangte sie höchstwahrscheinlich zufällig Kenntnis von diesem Vorfall, was zu den drei Morden führte.«

»Aber dann *muss* sie doch eine Erinnerung daran haben«, widersprach Jonas. »Sonst ergibt eine Rache für den Verrat keinen Sinn! Irgendwie passt das nicht zusammen!«

»Es war mir klar, dass es einem von euch auffallen würde, denn es macht einen guten Ermittler aus! Ich habe mich das ebenfalls gefragt und den Psychologen um eine Stellungnahme gebeten. Der Verstand sei ein äußerst fragiles Gebilde, erklärte er mir. Schreckliche Erlebnisse werden manchmal weit in den hintersten Winkel des menschlichen Gehirns verbannt, wo sie ›vergessen‹ werden. Hin und wieder entsteht daraus aber eine zweite Persönlichkeit, die dann Dinge weiß, die das Hauptbewusstsein nicht kennt! Hier könnte es die kleine, schwache Regina gewesen sein, die der großen, starken Ljudmila einflüsterte, sie müsse die damalige Tat für sie rächen.«

»Also gut, dann hätten wir schon mal das Motiv«, gab sich Jonas zufrieden. »Aber was ist mit den drei Morden? Wenn diese Ljudmila nichts dazu ausgesagt hat, verstehe ich deine gute Laune nicht!«

»So habe ich das ja nicht gesagt. Sie sprach nicht über ihre Beweggründe, das stimmt. Zu den Taten äußerte sie sich aber schon. Sie schien sogar regelrecht stolz darauf zu sein und gab uns eine detaillierte Schilderung aller drei ›Bestrafungen‹, wie sie es nannte. Ihr könnt ihre Aussage später im Computer selbst nachlesen, sie ist wirklich sehr umfangreich. Wir haben daher jetzt ein vollständiges Geständnis, das wir aber gar nicht benötigen, da wir ihr alle Taten nachweisen können! Da wäre die DNA an zwei der Tatorte beziehungsweise Leichen. Weiter sind wir im

Besitz des Medaillons, das sie verloren hat, und nicht zu vergessen das Phantombild. Die Münzen vervollständigen dieses Gesamtbild beim einzigen Mord, bei dem sie keine Spuren hinterließ. Auf Amrum war sie offenbar vorsichtiger. Aber stattdessen gibt es ja den Überfall auf Petra Unger. Es passt also sehr wohl alles zusammen, und dass wir jetzt im Besitz all dieser Beweise sind, haben wir wieder einmal eurem unermüdlichen Einsatz zu verdanken. Ihr habt alle eine hervorragende Arbeit geleistet!«

»Apropos Münzen! Hast du sie wenigstens gefragt, was das mit den unterschiedlichen, zum größten Teil nicht mehr gebräuchlichen Währungen zu bedeuten hatte?«, wollte Jasmin wissen. »Nicht, dass es irgendetwas ändern würde, doch das möchte ich jetzt schon gerne erfahren!«

»Klar habe ich sie das gefragt. Sie grinste mich an und sagte nur ein einziges Wort, es klang wie *Shutka*, oder so ähnlich. Die Dolmetscherin hat es mir aber nicht übersetzt.«

»Das bedeutet ›Scherz‹«, ließ sich Erik vernehmen. »Wir hatten in der Schule eine Schülerin mit russischen Wurzeln. Sie sagte das immer, wenn sie einem einen bösen Streich gespielt hatte.«

»Warum sie erst jetzt zuschlug und wie sie nach so vielen Jahren ihre Opfer finden konnte, wissen wir übrigens nun auch«, nahm Tobias den Faden erneut auf. »Es war im Prinzip alles Zufall. Irmgard Reuter traf sie auf einem Bahnhof, bei Renate Kurfürst war es ein *Twitter*-Profil, das sie auf ihre Spur brachte und Monika Wichmann alias Marion Borchers wurde in einer Lokalzeitung mit einem Bild erwähnt. Das Grab fand sie, als sie Petra Unger zum Friedhof folgte. Die hatte sie als Einzige durch Recherche aufgespürt. Sie musste nur noch die Grabstelle suchen, die für den Mord an Renate Kurfürst eine Rolle spielen sollte.«

»Was Monika Wichmann angeht, werden wir wohl niemals abschließend erfahren, was da gelaufen ist«, bedauerte Vanessa. »Dabei hat uns ihre mutmaßliche Spionagetätigkeit im Grunde ja erst auf die Spur der Täterin gebracht, wenn man es genau nimmt.« Sie spielte auf ihre Stasi-Akte an, die sie vor einer Woche erhalten hatten. Das Meiste war geschwärzt worden, wie bei ihrem Pass.

»Das könnte man so sehen«, nickte Tobias. »Aber bei Licht betrachtet sagen uns auch die unkenntlich gemachten Textstellen eine ganze Menge. Sie wurden nämlich mit an Sicherheit grenzender Wahrscheinlichkeit vom BND oder einer ähnlichen Behörde extra für uns angebracht! Und das wiederum bestätigt mir, dass wir mit der mutmaßlichen Spionagetätigkeit im Kanzleramt nicht ganz falschgelegen haben können! Dass sie ein Stasi-Spitzel war, ist hingegen in der Akte überliefert. Dieser Fall ist damit abgeschlossen!«

Epilog

Mentale Kommunikation

In der winzigen Zelle der forensischen Psychiatrie war es dunkel. Nur der silberne Schein des fast vollen Mondes, der durch die Gitterstäbe hindurch auf die schmale Pritsche fiel, sorgte für ein schummriges Dämmerlicht. Nicht genug, um damit zu lesen, doch nach einem solch unproduktiven Zeitvertreib stand der einsamen Insassin ohnehin nicht der Sinn.

»*Bist du wach, Ljudmila?*«, wisperte es von irgendwoher. Die körperlose Stimme hallte wie ein fernes Echo in ihrem Kopf nach.

Die Gefangene starrte blicklos an die Decke, wie sie es seit der Einweisung im Grunde unentwegt tat. Sie war diesbezüglich unendlich geduldig. Wäre jemand an ihrer Zelle vorbeigekommen, hätte dieser sie für schlafend gehalten oder tot. Doch darüber machte sich niemals jemand Gedanken, das kannte man von ihr. »*Ja, ich bin wach! Bist du das, Regina? Du hast dich lange nicht gemeldet, wo warst du? Ich habe mir große Sorgen gemacht!*«

»*Du hast jämmerlich versagt, Ljudmila!*«, warf ihr die körperlose Stimme vor. »*Warum hast du nicht alle bestraft, die am Tod meiner Eltern Schuld haben, wie ich es dir aufgetragen hatte? Und du hast das Medaillon verloren! Ich bin maßlos enttäuscht von dir!*«

Die Gefangene blieb weiter bewegungslos liegen, den Blick immer noch starr an die Decke gerichtet. So konnte sie tagelang ausharren, das hatte man ihr in den Ausbildungslagern beigebracht. *»Eine der Frauen ist entkommen, das stimmt. Ich schäme mich für dieses unverzeihliche Versagen! Aber ich bin noch da und ich halte meine Versprechungen immer! Die können mich schließlich nicht ewig hier drin einsperren! Eines Tages komme ich heraus aus dieser Klapse, und dann vollende ich, was ich dir schuldig geblieben bin!«*

»Also gut, ich warte … Aber dann musst du auch diese kleine Kommissarin töten, die sich uns in den Weg gestellt hat. Und diesmal werde ich ein Versagen nicht entschuldigen!«

Die SOKO Rhein-Sieg kommt wieder!

Der Aufhänger zur vorliegenden Geschichte war mir eine Herzensangelegenheit und in dieser oder ähnlicher Form schon seit langem geplant. Aufmerksamen Stammlesern wird es vielleicht aufgefallen sein: Ich habe auf diesen Plot bereits mit »Samantha« und den beiden folgenden Titeln der »SOKO« nebenbei hingearbeitet. Es war für mich nämlich keine Frage, dass eine Frau wie Chrissie Ohlsen mit einem ›Knalleffekt‹ heiraten würde. Nun, es ist letztlich gut ausgegangen und es hat zudem den Vorteil, dass keiner der Beteiligten diesen Tag vergessen wird!

Die Geschichte mag zugunsten einer straffen Handlung diesmal etwas kürzer ausgefallen sein, als Sie das von mir gewohnt sind. Es gibt sicher Autoren, die in solchen Fällen umfangreiche ›Nebenhandlungen‹ einfügen, um ›Seiten zu schinden‹. Ich finde so etwas unprofessionell. Sie haben »Hochzeit mit Todesfolge« gekauft und sollen für ihr Geld auch nicht weniger bekommen!

Wie ich bereits früher gesagt habe, veröffentliche ich meine Bücher zum niedrigsten von Amazon zugelassenen Preis. Den Grund möchte ich an dieser Stelle ein weiteres Mal erläutern: Ich sehe meine Hauptaufgabe darin, meine Leser zu unterhalten und nicht, sie auszunehmen. Es mag auch Autoren geben, die ihre Anhänger als eine Art ›Goldesel‹ betrachten, denen man fortwährend billiges Stroh vorsetzt, um daraus wertvolle Golddukaten zu erwirtschaften. So etwas liegt mir fern. Natürlich erhält nicht jede Story die ungeteilte Zustimmung der Leser, doch ich gebe mir die größte Mühe.

Im vorliegenden Fall spielt ein Versorgungstunnel eine wesentliche Rolle, der unter der Straße hindurch auf die andere Seite führt. Nun, der unterirdische Gang existiert tatsächlich. Er verband früher einmal zwei Gebäude einer Firma, die es in dieser Form in Troisdorf nicht mehr gibt. Das eine Bürohaus wurde in den 1990er Jahren an die Gemeinde verkauft, das andere kürzlich dem Erdboden gleichgemacht. Man kann den Tunnel von dort nicht mehr betreten, doch er besteht noch. Man mag es mir verzeihen, dass ich hier ein wenig geschwindelt habe.

Manchmal kommt es leider vor, dass die Wirklichkeit jede Fiktion in den Schatten stellt. So geschehen auch hier, wo der Umzug eines Teils der Verwaltung in einen Rathausneubau mich mitten in den Arbeiten zu diesem Werk kalt erwischte. Doch sowas kommt eben vor, und ein Autor kann nicht jedes Mal eine neue, überarbeitete Auflage herausbringen, nur weil sich Straßennamen geändert haben oder andere, im Grunde unwichtige Dinge nicht mehr so sind wie zur Drucklegung. Ich bitte auch hier um Verständnis.

Im Übrigen habe ich mich bei der Beschreibung der Örtlichkeiten weitestgehend an die Realität gehalten. Auch das Innenleben dieses Tunnels entspricht der Wahrheit, ich habe ihn persönlich mehrfach benutzt. Einzige Ausnahme ist, dass man ihn von innen *nicht* ohne Schlüssel öffnen kann, wie sicher nicht nur ich leidvoll erfahren durfte. Es ist im Zweifel also ratsam, ein Handy dabeizuhaben. Gerüchten zufolge soll das Rathaus demnächst abgerissen und auf der anderen Seite neu gebaut werden. Dann war's das sowieso.

Ich bitte auch diejenigen um Entschuldigung, die sich von Eriks Experiment genervt gefühlt haben. Ich höre nicht zum ersten Mal, dass technische Beschreibungen, mit denen der Laie nichts anzufangen weiß, in einer Krimihandlung nichts zu suchen hätten. Da bin ich anderer Meinung! Meine Krimis sind so aufgebaut, dass sie im Wesentlichen die Ermittlungsarbeit der Kommissare beschreiben. Und da gehört sowas dazu! Ich darf Ihnen aber versichern, dass eine *detaillierte* Beschreibung der Herstellung einer Chemikalie wie Luminol um ein Vielfaches länger gewesen wäre!

Natürlich hätte ich stattdessen schreiben können: »Erik sprühte eine geheimnisvolle Flüssigkeit auf das Papier und richtete eine UV-Lampe darauf«, oder so ähnlich. Aber mal ehrlich: Dann kann ich auch gleich den ganzen Krimi auf einen Satz reduzieren, wie »Die Kommissare sichteten den Tatort, ermittelten eine Weile herum und überführten schließlich den Täter.« Doch wem wäre damit gedient? Unser Schöpfer schuf in seiner grenzenlosen Weisheit zweierlei Menschen: Autoren und Leser. Die einen schreiben, die anderen lesen. Wer sind wir, daran etwas ändern zu wollen?

Ich hoffe, der vorliegende Band der SOKO Rhein-Sieg hat Ihnen gefallen und ich konnte Ihnen einige spannende und unterhaltsame Stunden verschaffen, denn zu diesem Zweck wurde das Buch geschrieben! Wenn dies der Fall ist, habe ich eine persönliche Bitte an Sie: Ich würde mich freuen, wenn Sie den Krimi auf der

Produktseite von Amazon bewerten und dort ein kurzes Feedback hinterlassen. Sie müssen sich gar nicht in epischer Breite über den Inhalt auslassen, einige Sätze reichen vollkommen aus. Applaus ist das Brot des Künstlers, heißt es, und er motiviert zumindest zum Weiterschreiben!

Falls Sie auf *Lovelybooks*, *Goodreads* usw. aktiv sind, einen Buchblog betreiben oder Ihre Leidenschaft für Bücher auf *Facebook*, *Instagram* oder *Twitter* teilen, würde ich mich auch dort sehr über eine Rezension freuen. Das soll aber jetzt nicht heißen, dass ich hier um positive Bewertungen bettele. Selbstverständlich dürfen Sie Ihrem Unmut bei Nichtgefallen ebenfalls freien Lauf lassen, sofern Sie Ihre Meinung sachlich und vor allem ehrlich vertreten!

Zum Abschluss liegt mir noch etwas am Herzen: Meine Manuskripte werden einem Korrektorat unterzogen, es bleibt aber nicht aus, dass Fehler übersehen werden. Sollten Sie jedoch der Meinung sein, dass der Text ›übersät‹ davon ist, denken Sie bitte daran, dass es einmal eine Rechtschreibreform gab! Ein fünfzig Jahre alter Duden ist also nicht das geeignete Werkzeug, dies zu bewerten!

Übrigens werden meine Texte zwar einem Korrektorat unterzogen, nicht jedoch einem Lektorat. Und das hat einen Grund: Würde ich so schreiben, wie ein *anderer* es haben will, wäre es ja nicht mehr *mein* Stil! Ich bitte daher diejenigen, die es betrifft, mir stilistische Ausprägungen nicht ständig vorzuhalten. Wenn ich zum Beispiel ab und zu lieber »trotzdem« anstelle von »obwohl« verwende, dann ist das gewollt. Es mag zwar umstritten sein, entspricht jedoch in der angewandten Form den Grammatikregeln. Ebenso könnte man einen Maler fragen, warum er für einen Sonnenuntergang ›Orange‹ verwendet. Wenn alle Welt ›Rot‹ bevorzugt, muss er das ja nicht ebenfalls tun!

Und bitte nicht ärgern, dass dieser Krimi auf Ihrem Kindle schon nach 96 % zu Ende war! Prozentzahlen sind ja nicht alles und ich versichere Ihnen, Sie haben eine durch und durch hundertprozentige Geschichte bekommen! Nehmen Sie dieses etwas umfangreicher ausgefallene Schlusswort einfach als Draufgabe.

Offenbar wird man als Selfpublisher gerne als so eine Art ›Hobby-Autor‹ angesehen. Ich kann Ihnen jedoch versichern, dass dies auf mich nicht zutrifft. Ich habe diesen Weg beschritten, um unabhängig zu sein, und nicht etwa wegen fehlender Verlagsangebote! Dieses Nachwort stellt den Versuch dar, notorischen Nörglern, Kleingeistern und Trägern eines ausgeprägten ›K-Chromosoms‹ ein wenig den Wind aus den Segeln zu nehmen. Ich bin jedoch zuversichtlich, dass diesen Leuten immer noch genug einfällt. Dem großen Rest von Ihnen soll es hingegen der Unterhaltung dienen.

Im Anschluss finden Sie die Kurzbeschreibungen der Protagonisten dieses Buches, soweit sie zur Vermeidung von Wiederholungen für Stammleser im Text nicht erwähnt wurden.

Ihr René Falk

Das Ermittlerteam

Tobias Heller, Jg. 1979, studierte nach dem Abitur Kriminalpsychologie an der Universität Bonn, brach dann aber nach drei Semestern das Studium ab und bewarb sich bei der Kriminalpolizei. Er ist 1,85 Meter groß und hat eine sportliche Figur. Das dunkelblonde lockige Haar trägt er schulterlang. Seine bevorzugte Kleidung besteht aus Jeans, Turnschuhen und Lederjacke. Seit 2021 leitet er die eigens für ihn eingerichtete SOKO Rhein-Sieg.

Martin Weber, Jg. 1978, fing mit dreiundzwanzig Jahren beim Kriminalkommissariat 2 der Siegburger Kriminalpolizei an, das von Melanie Heller geleitet wird. 2021 folgte er dem Ruf ihres Ehemannes Tobias und wechselte in dessen SOKO. Weber steht mit der modernen Technik auf Kriegsfuß, verfügt aber über eine brillante Kombinationsgabe. Er misst 1,75 Meter und seine Haare sind bereits von grauen Strähnen durchsetzt. Seine Frisur wirkt meist, als sei er gerade aus dem Bett gestiegen und er zeichnet sich durch eine extrem legere Kleidung aus, die normalerweise aus ausgelatschten Turnschuhen und verwaschenen Jeans besteht.

Jonas Faber, Jg. 1989, ist mit seinem unfehlbaren Gedächtnis und seinem umfangreichen Fachwissen eine wandelnde Datenbank, womit er sich hervorragend mit seinem Ermittlungspartner Martin Weber ergänzt. Optisch stellt er jedoch einen krassen Gegensatz zu diesem dar, denn seine bevorzugte Kleidung besteht aus Maßanzügen mit Designerhemd und Krawatte. Faber misst 1,89 Meter und ist schlank. Seine dunkelblonden Haare trägt er kurz und er wirkt ständig, als sei er gerade erst beim Friseur gewesen.

Vanessa Fuchs, Jg. 1992, fing ihre Karriere beim Kriminalkommissariat 4 an. Nach nur zwei Dienstjahren dort wurde sie von Tobias Heller für die neue SOKO angeworben, dem ihre hervorragenden Kenntnisse über forensische Analysen und ihre Affinität zu elektronischen Geräten jeglicher Art aufgefallen war. Sie ist mit 1,76 Meter und einer sportlichen Figur recht groß für eine Frau. Das schulterlange naturbraune Haar trägt sie in der Regel zu einem Pferdeschwanz gebunden.

Jasmin Brandt, Jg. 1994, begann ihre Laufbahn ebenfalls im Kriminalkommissariat 4, wo sie mit Vanessa Fuchs ein Ermittlungsteam bildete. Sie gilt als wahre Meisterin der Recherche, weshalb sie eine ideale Ergänzung des SOKO-Teams darstellt. Sie ist 1,64 Meter groß und ein wenig rundlich. Die blonden Haare trägt sie meist modisch kurz.

Erik Hagel, Jg. 2000, ist ein Neffe von Hellers früherem Chef Donner. In seinem Abiturjahr 2019 absolvierte er ein Praktikum im Kommissariat seines Onkels und trat später als Kommissaranwärter in den Dienst der Siegburger Kriminalpolizei. Er ist bei einer Größe von 1,82 Metern erschreckend hager. Das schwarze Haar trägt er halblang und ungekämmt. Er ist in forensischen Untersuchungen sehr talentiert und der Assistent von Vanessa Fuchs.

Jürgen Vogel, Jg. 1971, leitet die forensische Abteilung der Kripo Siegburg. Der kauzig wirkende Wissenschaftler liebt seinen Beruf und schwarze Zigarillos über alles. Mit einer Größe von 1,92 Metern und einer extrem hageren Gestalt wirkt er in seinen Bewegungen unbeholfen, ist jedoch in seinem Fachgebiet der forensischen Spurenanalyse eine anerkannte Koryphäe und bei seinen Mitarbeitern und den polizeilichen Ermittlern sehr beliebt.

Amara Jones, Jg. 1990, ist gebürtige Münchnerin und die einzige Tochter nigerianischer Einwanderer. Sie studierte Mathematik und Informatik, bevor sie in der Forensik der Kripo Siegburg die Stelle der IT-Spezialistin übernahm. Sie hat in beiden Studienfächern einen Master und ein untrügliches Gespür für alles Technische. Ihr unüberhörbarer bayrischer Akzent steht in einem lustigen Kontrast zu ihrer tiefschwarzen Hautfarbe. Sie ist nur 1,57 Meter groß und in den Hüften eine Winzigkeit zu breit. Das schwarze, krause Haar trägt sie kurz, da es ansonsten kaum zu bändigen wäre.